KB068283

GRASS HOPPER

그래스호퍼

이사카 고타로

오유리 옮김

RHK
알에이치코리아

스즈키

스즈키는 거리를 바라보며 곤충을 생각했다. 밤인데도 밖은 어둡지 않다. 어둡기는커녕 대낮처럼 휘황하다. 화려한 네온사인과 가로등이 발광하고 어디나 사람들로 넘쳐났다. 현란한 빛깔의 곤충이 꿈틀대는 듯해 묘한 기분이 든 순간, 예전에 어느 교수가 한 말이 문득 떠올랐다. 벌써 10년도 더 된 학창 시절 이야기다.

"이렇게 개체와 개체가 근접 생활 하는 생물은 보기 드물지. 인간은 포유류가 아니라 오히려 곤충에 가까워."

교수는 의기양양하게 말했다.

"개미나 메뚜기에 더 가깝다고 봐야지."

"펭귄이 군집 생활 하는 걸 사진으로 본 적이 있는데요. 그럼 펭귄도 곤충입니까?"라고 스즈키가 묻자 교수는 얼굴이 벌게져서 내뱉듯 말했다.

"펭귄 따윈 잊어라."

그러고는 2년 전 죽은 아내 생각이 났다. 아내가 유난히 그 이야기를 좋아했기 때문이다.

"그럴 때는 그냥 '네, 선생님 말씀이 맞습니다.' 그리고 넘어가야 문제가 안 생기는데." 하고 곧잘 말했다.

아내는 "그래, 당신 말이 맞아." 하고 스즈키가 자기 말에 동의하면 그때마다 배시시 웃었다.

"뭐 하고 있어. 빨리 안으로 처넣지 않고."

히요코가 채근하는 소리에 스즈키는 퍼뜩 정신을 차렸다. 고개를 저어 죽은 아내의 잔상을 털어내고는 앞에 있는 젊은 사람들을 차 안으로 밀어 넣었다. 세단 뒷자리로 두 사람이 쓰러진다.

남자는 노란 머리에 키가 껑충하다. 곯아떨어졌다. 검은색 가죽점퍼에 검은 셔츠를 입었다. 검은색 바탕에 작은 곤충 무늬가 들어간 셔츠다. 셔츠나 사람이나, 상태가 안 좋다.

남자보다 먼저 탄 여자도 늘어져 있다. 그쪽도 스즈키가 갖은 고생을 해서 차에 태웠다. 긴 머리에 노란색 코트를 입은 20대 초반의 여자. 눈을 감고 입을 약간 벌린 채 시트에 기대

잠들었다.

남자의 다리를 차 안으로 밀어 넣고서 문을 닫는다. 중노동이 따로 없다는 생각을 하며 긴 숨을 내쉰다.

"타."

히요코의 말에 스즈키는 조수석 문을 열고 올라탔다.

후지사와콘고초 지하철역. 세단은 북쪽 출입구 옆에 서 있다. 앞은 혼잡한 교차로다.

밤 10시 30분. 평일이라고 해도 신주쿠에서 얼마 떨어지지 않은 이곳은 낮보다 밤에 더 유동 인구가 많고 번잡하다. 취기 오른 사람과 그렇지 않은 사람이 반반이다.

"간단하지?"

히요코가 감정 없는 목소리로 말했다. 도자기처럼 반질반질 윤이 나는 흰 피부가 차 안에서도 환하게 떠 보인다. 귀 끝에 살짝 닿을 만큼 짧은 갈색 머리에, 쌍꺼풀 없이 가늘게 째진 눈 때문인지 표정이 차가워 보인다. 빨간색 립스틱이 강렬하다. 흰 셔츠는 가슴 아래까지 단추를 풀어놓았다. 아래는 무릎이 드러나는 미니스커트. 20대 후반이라고 듣긴 했는데, 이따금 좀 더 나이가 들지 않았을까 싶을 만큼 노련함이 엿보인다. 겉모습은 꽤 노는 여자로 보이지만, 실상은 똑똑하고 나름 교양을 갖추지 않았을까 스즈키는 짐작해본다. 브레이크를 밟은 발에는 검은색 하이힐을 신었다. 저런 구두를 신고 용케 운전을 한다는 생각에 절로 감탄이 나온다.

"간단하고 자시고, 전 그냥 차에 밀어 넣었을 뿐입니다."

스즈키가 떨떠름하게 말했다.

"굶아떨어진 젊은 애들을 차에 태운 것밖에 더 있습니까."

자신에게는 그 이상 어떤 책임도 없다고 선수를 쳤다.

"이 정도 갖고 겁먹으면 아무 일도 못해. 너도 이제 수습 기간이 끝나가니까 이런 일에도 익숙해져야 해. 하긴, 이런 식으로 사람들을 데려갈 줄은 몰랐겠지?"

"그야 그렇죠."

스즈키는 그렇게 대답했지만, 실은 그다지 놀라지 않았다. 이 회사가 제대로 된 회사라고는 애초에 생각지 않았으니까.

"근데 프로이라인은 독일어로 '영애令愛'라는 뜻 아닌가요?"

"잘 아네. 맞아. 데라하라가 붙인 사명답지?"

히요코의 입에서 그 이름이 나온 순간 스즈키는 긴장했다.

"부친 쪽을 말하는 겁니까?"

사장을 말하는 건지 확인한다.

"당연하지. 얼간이 아들이 회사 이름 같은 걸 지을 줄이나 알겠어?"

순간 스즈키는 뱃속 밑바닥에서 끈적한 적갈색 상념이 치밀어 오르는 것을 느꼈으나 복부에 힘을 주고 평정을 가장했다.

얼간이 아들, 즉 데라하라 사장의 아들을 떠올릴 때마다 감정이 요동친다.

"영애라는 회사가 설마 여자들을 제물로 삼을 줄은 몰랐습니다."

겨우 마음을 가라앉히고 말했다.

"의외지?"

스즈키와 나이는 같아도 입사한 지 오래된 히요코는 사내에서도 책임 있는 위치에 있다. 그래서 한 달 전 계약직으로 입사한 스즈키에게 업무를 가르치는 중이다.

한 달간 스즈키가 한 일은 상가를 지나는 여자들을 꾀는 것이었다. 길 가는 여자에게 말을 걸며 불러 세운다. 무시당하고, 거절당하고, 욕을 먹어도 계속 시도한다. 물론 대부분 그냥 지나친다. 특별한 요령이나 방법, 기술 같은 건 없다. 여자들이 매몰차게 돌아서도 줄기차게 말을 건다. 그래도 하루에 한 명 정도, 천 명에 한 명 정도는 관심을 보인다. 걸린 여자는 카페로 데려가 화장품과 건강식품에 대해 설명한다. 협박, 아첨, 날조를 총동원하고 "하루아침에 효과를 보진 못해도 한 달이 지나면 극적으로 효과가 나타난다."며 그럴듯하게 설을 푼 다음 팸플릿을 펼친다. 그래프와 수치가 컬러풀하게 인쇄되어 있지만 무엇 하나 사실은 없는, '구라로 범벅인' 팸플릿이다.

어수룩한 여자는 그 자리에서 계약을 하고, 그렇지 않은 여자는 생각해보겠다며 일어선다. '생각해보겠다'는 말에서 긍정적인 뉘앙스가 풍기면 미행한다. 그다음은 아교풀처럼 한 번 붙으면 떨어지지 않는 별동대가 영업을 개시한다. 막무가내로 집에 쳐들어가 눌러앉아서는 거의 여자를 감금하다시피 해서 계약을 따낸다. 직접 확인하진 못했지만 그렇게 들었다.

"이제 한 달이 지났으니 다음 단계로 넘어가볼까?"

한 시간 전에 히요코가 한 말이다.

"다음 단계요?"

"언제까지나 지금처럼 지나가는 사람 붙잡고 떠들 생각은 아니겠지?"

"그거야 뭐……."

애매하게 얼버무렸다. "영원이란 건 길기도 하고……."

"오늘은 좀 다른 일이야. 다음 상대를 카페로 데려갈 때는 나도 함께 간다."

"그게 말처럼 쉬운 일이 아닌데."

지난 한 달간 경험한 터라 스즈키는 쓴웃음을 지었다.

그런데 다행인지 불행인지 그 후로 30분도 지나지 않아 스즈키의 말에 솔깃하게 반응을 보이는 사람이 나타났다. 바로 지금 뒷자리에 뻗어 있는 커플.

여자가 먼저 관심을 보이며 남자에게 "내가 살을 조금만 더 빼면 모델 같지 않을까?"라고 애처로울 정도로 경박하게 물었다. 누가 애인 아니랄까 봐, 남자도 선뜻 맞장구를 쳤다.

"그럼, 당연하지. 그것도 슈퍼 모델."

스즈키는 히요코에게 연락한 다음 두 사람을 카페로 데려갔다. 그리고 평소처럼 상품에 대해 설명했다. 경계심이 없는 건지, 생각이 짧고 경험이 부족해서 그런 건지 젊은 커플은 싱거울 정도로 스즈키의 말을 쉽게 믿었다. 말 같잖은 칭찬에 두 눈을 반짝이며 팸플릿에 나와 있는 거짓 데이터에 연신 고개를 끄덕였다.

그런 두 사람을 보면서 스즈키는 이렇게 남의 말을 무방비로 받아들여도 되나, 그들의 앞날이 걱정될 지경이었다. 2년 전 학교에서 아이들을 가르치던 때가 생각났다. 이어서 몇몇 제자의 모습이 떠오른다. 이유는 알 수 없지만 제일 먼저 보인 것은 품행이 불량한 학생이었다.

"나도 할 때는 한다고요."라고 말하는 소리가 귓가에 맴돈다. 마지막으로 담임을 맡았던 반 학생이다. 늘 수업 태도가 불량해 반 전체 분위기를 흐리던 아이. 그런데 어느 날 그 아이가 시내에서 소매치기를 잡아 상을 받았다. 할 때는 한다고 큰소리친 아이는 쑥스럽기도 하고 으쓱하기도 한 감정을 주체 못하고 스즈키에게 웃어 보였다. 그리고 어린아이 같은 표정으로 한마디 했다.

"선생님, 저 모른 척하지 않으실 거죠?"

그러고 보니 지금 눈앞에서 팸플릿을 넘기는, 얼굴에 여드름 자국이 채 가시지 않은 남자는 어딘가 모르게 그 학생과 닮았다. 처음 보는 사람임은 분명한데 이상하게 제자의 얼굴이 겹친다.

문득 정신을 차리고 보니 히요코가 커피를 한 잔 더 주문하려는지 자리를 떴다. 평소와 다른 행동에 흘긋 보니, 카운터에서 컵을 앞에 두고 이상한 짓을 하고 있다. 약을 타는구나. 바로 감이 왔다.

얼마 지나지 않아 젊은 커플은 눈이 풀리더니 앉은 채 졸기 시작했다. 여자가 먼저 "나보고는 노랑이래고, 얘보고는 까망이래요. 애칭이죠, 애칭. 그래서 나는 노란 코트를 입고 얘는 검은 옷을 입었는데." 그러더니 "어, 이상하다. 나 너무 졸려." 하고는 그대로 잠들어버렸다. 옆에 앉은 남자도 "근데 내 머리는 노란색이고 너는 검은색이잖아." 하고 시답잖은 대꾸를 하더니 "그런데 좀……." 그러다가 곯아떨어졌다.

"됐어, 차로 데려가자."

"이런 멍청한 청춘은 활용하기에 따라 상품이 될 수도 있지."

히요코가 따분한 표정으로 말했다. 내 제자들도 그렇습니까, 스즈키는 되묻고 싶어졌다.

"출발할까요?"

스즈키가 운전대를 잡고 물었다.

"평소 같으면 출발하겠지만……." 히요코의 목소리가 날카로워졌다. "오늘은 아니야."

싸한 느낌이 등줄기를 타고 내려갔다. "오늘은 아니라뇨? 무슨 말씀입니까."

"오늘은 너를 시험해야 하거든."

"시험이라니, 뭘요?"

스즈키의 목소리는 조금 떨렸다.

"네가 의심스럽다는 말이 있어."

"제가요?" 스즈키는 침을 꿀걱 삼켰다. "왜 절 의심한답니까?"

"왜냐, 이유야 여러 가지가 있지. 우리 회사가 원래 병적으로 의심이 많거든. 너 좀 웃기잖아. 너 우리 회사에 들어오기 전에는 뭘 했다고 했지?"

"교사요."

스즈키는 대답했다. 굳이 숨길 필요를 느끼지 못했다.

"중학교에서 수학을 가르쳤습니다."

"거봐. 넌 딱 보기에도 그런 느낌이라니까? 들어오자마자 직원들이 의심했다던데? 분위기가 달라도 너무 다르다, 그거지. 생각해봐. 중학생한테 수학을 가르치던 사람이 제 발로 이런 회사에 들어와서 애들 속이는 일을 하다니, 그게 있을 수 있는 일이야?"

"있을 수 있는 일이든 아니든 어쨌거나 저는 그랬잖습니까."

"그런 일은 있을 수 없어."

그렇다. 사실 있을 수 없는 일이다.

"요즘 사정을 아시는지 모르겠지만, 경기가 안 좋아서 일자리를 찾기가 쉽지 않습니다. 그래서 이 회사, 프로이라인의 계약 사원 모집 광고를 보고 지원한 거고요."

"거짓말."

"정말이라니까요."

거짓말이다. 한 사건의 실마리를 쫓다가 '프로이라인'이라는 회사에 대해 알게 되었다.

숨소리가 거칠어지는 것을 느낀다. 가슴이 위아래로 심하게 요동친다. 이건 잡담이 아니라 취조다.

창밖으로 눈길을 돌린다. 호텔 분수대 앞에 젊은 사람들이 무리 지어 있다. 경박하고 소란스러워 보인다. 11월 초인데 벌써 가로수와 빌딩의 대형 간판에 크리스마스 장식이 내걸렸다. 자동차의 클랙슨 소리와 사람들이 웃으며 내는 소리가 담배 연기와 더불어 허공을 부유하는 것 같다.

"우리 회사가 여느 평범한 회사와 다르다는 건 이미 알고 있을 테고, 그게 어느 정도인지는 알고 있나?"

"어느 정도냐고 물으시면 글쎄요, 대답하기가 좀 그런데."

스즈키는 곤란한 질문에 애써 표정을 추스르며 대답했다.

"이건 순전히 제 상상이지만요."

"괜찮으니까 말해봐."

"어쩌면 제가 팔고 있는 건 건강식품이 아니라 좀 다른 물건이 아닐까, 그런 생각은 했습니다. 중독성이 있는 약물이라든지, 그러니까 자주 쓰시는 말로 하면……."

"비합법적이라고?"

"아, 예."

한 달 사이 '영애'의 상품을 구입한 여자들을 몇 번 만날 기회가 있었다. 다들 눈이 충혈되고 몹시 불안해 보였다. 대부분 절박한 표정으로 빨리 상품을 보내달라고 매달렸다. 피부가 눈에 띄게 푸석해져서는 모두 하나같이 갈증을 호소했다. 그 모습은 다이어트를 하는 여자라기보다 약물 중독자에 가까웠다.

"정답!"

히요코는 얼굴색 하나 바꾸지 않고 말했다. '장난하나?' 하는 생각에 스즈키는 얼굴을 찌푸렸다.

"그런데 그런 식으로 길에서 하는 영업이 효율적입니까? 어쩌다 한 명 걸린다고 할까, 들인 품에 비해 소득이 너무 적은 것 같은데요."

"괜찮아. 단체로 속일 때도 있으니까."

"단체로요?"

"예를 들어 강당에서 미용 강좌 같은 걸 열고, 그곳으로 은밀히 여자들을 불러 모으는 거야. 거기서 할인 행사 하듯이 바람을 잡아 대량으로 상품을 팔아 치우는 거지."

"그런 수법에 속아 넘어가는 사람도 있습니까?"

"거기 모인 사람들은 대부분 바람잡이지. 쉰 명이 모였다면 마흔 명은 회사에서 풀어놓은 사람이야. 그 여자들이 앞다퉈 상품을 사려고 달려들거든."

"그걸 보고 사람들이 걸려든다는 겁니까?"

어수룩한 노인들을 등쳐먹는 악덕 업자 이야기는 들어본 적이 있다.

"혹시 극단이라고 알아?"

"극단이요? 극장에서 연극을 하는?"

"그거 말고. 이쪽 바닥에서 말하는 극단 말이야."

어떤 바닥인지 짐작이 갔다. 불법적이고 위험한 집단일 것이다. 알면 알수록 우습기 짝이 없지만, 그들은 본인과 동업자를 늘 희한한 호칭으로 부른다.

"극단이라는 그룹이 있어. 전부 몇 명이나 되는지는 모르지만 다양한 역할의 담당자들이 모여 있지. 그래서 의뢰를 받으면 어떤 역할이든 해내는 거야. 예전에 요코하마에 있는 볼링장에서 외교부 직원이 살해당한 사건, 들어봤어?"

"교과서에는 실리지 않은 것 같은데요."

"그때 그 볼링장에 있던 손님은 모두 극단 사람이었어. 말하자면 전원이 공범이라고 할 수 있지. 그거야 아는 사람만 아는 얘기지만."

"그런데요……?"

"우리도 거기 사람들을 종종 이벤트에 동원하곤 하지. 바람잡이를 불러 모은다, 그 말이야."

"업자들끼리 서로 협력한다는 말씀입니까?"

"음, 그쪽하고도 지금 좀 옥신각신 사이가 틀어지긴 했지만."

"사이가 틀어져요?"

"돈을 주네 마네 하는 문제 때문에."

"흐음."

스즈키는 별 관심 없이 고개만 끄덕였다.

"그리고 장기 문제도 있으니까."

"장기……요?"

히요코는 마치 장기의 대용품이라도 만지듯 "심장 같은 거 말이야."라며 에어컨 버튼을 누르고, "신장도 그렇고." 하며 온도 조절 레버를 돌렸다.

"아아, 그 장기요."

스즈키는 아무렇지 않은 척 대답했다. 알지 그럼, 배 속에 든 장기 말이잖아.

"우리나라에 장기 이식을 기다리는 사람이 얼마나 되는지 알아? 어마어마하다더군. 그 애기인 즉, 돈벌이가 된다, 그 소리지. 무지막지하게 번다 이거야."

"제가 너무 순진한 건지 모르겠지만, 우리나라에서 허가 없이 장기를 사고파는 건 불법으로 알고 있는데요."

"내가 알기로도 그래."

"회사에서 그런 일을 하면 안 될 것 같은데."

"별 문제 없대."

"어째서요?"

히요코는 무지한 학생에게 처세술을 가르치듯 침착한 목소리로 말했다.

"예를 들어 말이야, 예전에 어떤 은행이 망했잖아."

"어떤 은행이요, 네."

"그런데 나라에서 결국 몇 조 엔이나 되는 세금을 쏟아부어서 살려냈지."

"그런데요?"

"그거 말고도 또 있어. 그 왜, 고용보험이라는 거 있잖아. 회사원들이 드는 거. 그 가운데 수백억 엔이나 되는 돈이 쓸데없는 건물을 짓는 데 쓰인다는 거 알아?"

"뉴스에서 들은 것 같기도 하네요."

"수백억 엔을 들여서 적자나 내는 하등 쓸모없는 건물을 짓는다고. 웃기지 않아? 그러면서 고용보험의 재원이 부족하다는 둥 우는 소릴 하고 앉았으니 성질이 안 나느냐고."

"나긴 하죠."

"그런데 그렇게 쓸데없이 돈을 써버린 자들은 처벌을 받지 않아. 수백억 엔, 수조 엔이나 되는 세금을 길바닥에 쏟아버려도 그 책임을 묻지 않는다고. 그뿐인가? 퇴직금까지 받고 아주 유유자적 인생을 즐긴단 말이야. 웃기지? 왠지 알아?"

"국민이 순진해서?"

"높으신 양반들이 묵인해주기 때문이래."

그러면서 히요코는 검지를 세웠다.

"이 세상은 단순히 선과 악으로 나뉘지 않아. 룰을 정하는 건 높으신 양반들이지. 그 사람들의 보호를 받으면 불법도 더 이상 불법이 아니다, 그 말이야. 데라하라도 마찬가지야. 정치가와 서로 도움을 주거니 받거니 하면서 이인삼각으로 끊으려야 끊을 수 없는 관계를 맺고 있다고. 정치가가 '저 자식이 거치적거린다.' 하면 데라하라가 제거해주지. 대신 정치가는 데라하라의 죄를 없던 것으로 해주고."

"전 사장님을 뵌 적도 없는걸요."

히요코는 룸미러의 각도를 맞추고 속눈썹을 만지작거리다 스즈키를 곁눈질했다.

"네가 볼일이 있는 건 얼간이 아들 쪽이지?"

스즈키는 순간 화살이 심장을 꿰뚫은 것처럼 즉시 반응할 수 없었다. 잠시 시간을 두고 "제가, 사장님의 아들에게, 볼일이, 있다고요?"라고 겨우 띄엄띄엄 되물었다.

"이쯤에서 처음 하던 얘기로 돌아가야겠네."

히요코는 손가락을 빙글빙글 돌렸다.

"사람들이 널 의심하고 있어." 그녀는 잡담을 즐기는 듯했다.

"내가 전부터 물어보려다 까먹었는데, 너 유부남이니?"

히요코는 스즈키가 왼손 약지에 끼고 있는 반지를 빤히 가리키며 물었다.

"아뇨."라고 대답했다.

"지금은 아니지만 결혼했었습니다."

"그런데 아직도 반지를 끼고 있어?"

"살이 쪄서 안 빠집니다."

역시 거짓말이다. 오히려 반지는 헐렁했다. 결혼할 때보다 살이 빠져서 정신을 놓고 있으면 걷다 빠져나가도 모를 지경이다.

"반지, 잃어버리지 마."

살아생전 아내는 진지하게 말했다.

"그게 나랑 당신을 이어주는 증거 같은 거잖아. 반지 보면서 내 생각 해줘."

혹시라도 반지를 잃어버리면, 이미 저세상 사람이긴 하지만 아내는 불같이 화를 낼 것이다.

"내가 맞혀볼까?"

히요코가 두 눈을 반짝이며 물었다.

"퀴즈 맞히는 시간입니까?"

"네 아내, 그 얼간이 때문에 죽었지?"

아니, 어떻게 그걸! 그 말에 자칫 곧이곧대로 내뱉을 뻔했다. 하지만 이번에도 필사적으로 참았다. 눈을 똑바로 쳐다볼 수가 없다. 목구멍이 멋대로 쿨럭거린다. 눈썹에 경련이 이는 것 같다. 귓바퀴를 타고 열이 오른다. 감정의 동요가 온몸의 구멍에서 뿜어져 나올 것만 같다.

한편 머릿속에는 승합차와 전신주 사이에 끼어 짓눌린 아내의 모습이 스쳐 지나갔다. 얼른 고개를 흔든다. 복부에 힘을 주고 버틴다.

"뭐 때문에 사장님의 아들이 제 아내를 죽입니까?"

"죽일 이유가 없는데 죽이는 것, 그게 바로 그 바보 자식이 얼간이인 이유잖아."

히요코는 알면서 뭘 묻느냐는 표정이다.

"얼간이는 여기저기 사고를 치고 돌아다니지. 한밤중에 차를 훔쳐 타고 거리를 폭주하는 건 일상다반사고, 음주 운전 하다 사람을 치어 죽인 것 역시 한두 번이 아니야."

"세상에, 어떻게……."

스즈키는 최대한 감정을 자제하고 말했다.

"해도 너무하네."

"그렇지? 인간적으로 용납하기 힘든 일이지. 그런데 네 아내는 어쩌다 죽은 거야?"

"제가 언제 죽었다고 했습니까? 멋대로 단정하지 마십시오."

아내의 시체가 떠오른다. 지웠다 생각했는데 그 기억은 너무나 쉽게, 또 너무나 또렷하게 되살아났다. 코가 푹 꺼진 피투성이 얼굴, 뼈가 으스러진 어깨가 보인다. 바닥을 살피던 교통감정관이 일어나며 흘린 한마디가 생생하게 되살아난다.

"브레이크를 밟기는커녕, 부러 더 가속 페달을 밟은 거야, 이건."

"차에 치인 거 아니야?"

히요코는 사인도 정확히 짚어냈다.

"아무것도 모르면서 멋대로 판단하지 마십시오."

"내가 기억하기로 2년 전 그 얼간이가 친 여자 중에 스즈키라는 성을 가진 사람이 있었는데."

그것도 맞는 말이다.

"거짓말."

"정말이야. 그 얼간이는 곧잘 나한테 무용담을 떠벌리거든. 얼간이는 아무리 나쁜 짓을 해도 벌을 받지 않아. 왠지 알아?"

"글쎄요."

"백이 든든하거든."

히요코가 눈썹 끝을 살짝 올렸다.

"아버지 데라하라와 정치가가 늘 뒤에 버티고 있으니까."

"아까 그 세금과 고용보험 이야기."

"그래, 맞아. 아무튼 너는 네 아내를 죽인 얼간이가 처벌도 받지 않고 버젓이 활보하고 다닌다는 걸 알게 됐지. 그래서 그에 대해 조사한 거야. 그러다 그가 부친이 경영하는 회사에서 일한다는 것을 알게 됐지. 우리 회사 '영애'에서 말이야. 그래서 우리 회사에 계약 사원으로 들어온 거고."

히요코는 암기한 문장을 술술 읊듯이 말했다.

"그렇게 된 거 아니야?"

"제가 뭐 하러 그런 짓을……."

"복수하고 싶어서겠지."

히요코는 당연하다는 듯 말했다.

"넌 그 얼간이를 혼내줄 기회를 살피고 있는 거야. 그래서 울며 겨자 먹기로 지난 한 달간 우리 회사에서 일한 거고. 맞지?"

두 손 두 발 다 들었다. 정답이다.

"누명입니다."

"그래서."

히요코는 그 대목에서 빨간 입술의 한쪽 끝을 틀어 올렸다.

"우리 직원들이 너를 의심하고 있다, 그거야."

히요코의 등 뒤로 간판의 네온이 깜빡인다. 스즈키는 마른침을 꿀꺽 삼켰다.

"어제 내게 지시가 떨어졌어."

"지시요?"

"네가 그저 평범한 직원인지, 아니면 복수를 하러 온 자인지 확인해보라고. 우리 회사는 멍청한 직원은 필요해도 복수를 위해 잔머리 굴리는 사람은 필요 없거든."

스즈키는 잠자코 있을 수밖에 없었다.

"참고로 말해두는데, 너만 그런 게 아니야."

"네?"

"데라하라 사장이나 그 얼간이 아들에게 복수하려고 들어온 사람이 너 말고도 여럿 있다고. 그래서 우리 회사는 그런 일에 대처하는 데 익숙하지. 일단 한 달 정도 수습 기간을 둬서 상태를 지켜봐. 그런데도 여전히 수상하면 테스트를 하는 거야. 오늘처럼."

히요코는 어깨를 한 번 으쓱했다.

"누명입니다."

거듭 말했지만 스즈키는 깊은 절망감이 엄습하는 것을 피할 길이 없었다.

자신과 같은 의도로 들어온 사람이 또 있다는 사실에 오히려 눈앞이 캄캄해졌다. 수상한 '영애'에 입사해 뭔가 해로운 약물은 아닐까 의심하면서도 한 달간 여자들에게 상품을 팔아온 것은 모두 아내의 복수를 위해서였다. 속는 사람이 잘못이야. 자꾸 고개를 쳐드는 죄책감을 억누르며 공포와 양심을 버리고 복수할 날만을 꿈꾸었다.

그런데 그게 재탕 삼탕이라니, 김이 샐 뿐더러 허탈감과 무력감에 눈앞이 깜깜해진다.

"그래서 지금부터 너를 테스트할 거야. 네가 정말로 우리 회사에서 일할 생각이 있는지 어떤지."

"아마도 기대에 부응할 수 있을 거라고 보는데요."

스즈키는 갈수록 목소리가 잦아드는 것을 의식했다.

"자, 그럼."

히요코가 엄지손가락으로 뒷좌석을 가리켰다.

"뒤에 있는 것들을 죽여. 너랑은 상관없는 사람들이지만."

쭈뼛쭈뼛 고개를 돌려 뒷자리를 보았다.

"어, 어째서 제가 그런⋯⋯."

"당연히 의혹을 불식시키기 위해서지. 몰라서 물어?"

히요코는 별일 아니라는 듯 가벼운 어조로 말했다.

"그런 일로 증명할 수 있다고는 보지 않는데요."

스즈키는 두 눈에 힘을 주었다.

"증명이란 게 뭔데? 우리 회사는 아주 단순해서 가능성이네, 누명이네 그런 건 신경 안 써. 간단한 의식과 룰이 있을 뿐이지. 알아들어? 여기서 네가 뒷자리에 있는 저것들을 죽이면 그 땐 진짜 우리 조직의 일원이 되는 거야."

"진짜 조직의 일원이요?"

"계약 직원에서 계약이란 단어를 떼어버릴 수 있지 않을까?"

"도대체 내가 왜 이런 황당한 일을 겪어야 하는 겁니까?"

시동을 끈 차 안은 고요했다. 진동을 느꼈지만, 그건 기계가 아닌 자신의 두방망이질 치는 심장박동이었다. 숨을 쉴 때마다 가슴이 위아래로 들썩이고 그때마다 시트가 흔들렸다. 숨을 내뱉고 들이쉴 때마다 가죽 시트 냄새가 훅 끼쳤다.

멍하니 앞 유리를 바라보았다. 교차로의 녹색 신호가 깜빡이기 시작했다. 넋을 놓고 있어서 그런지 그 깜빡임이 유난히 더디게 느껴졌다. 아무리 기다려도 빨간색으로 바뀌지 않는다.

대체 언제까지 저렇게 깜빡이고만 있을 거지?

"넌 권총으로 뒤에 있는 두 사람을 쏘기만 하면 돼. 저것들만 죽이면 그것으로 끝이야."

"그, 그다음엔 어떻게 되는데요?"

"글쎄, 장기가 쓸 만하면 끄집어내서 팔 수도 있겠지. 여자는 박제로 할 수도 있고."

"박제?"

"두 팔과 두 다리를 잘라내고, 깔끔하게 몸통만."

어디까지가 농담인지 판단이 되지 않았다.

"그게 말이나 됩니까?"

스즈키가 말도 안 된다는 듯 물었지만, 저쪽에서는 동의할 기미가 보이지 않았다. 눈 한번 깜짝하지 않는 여자의 반응을 보니 현실이 될 수도 있다는 쪽으로 생각이 기울었다. 앉아 있는데도 현기증이 인다.

또다시 죽은 아내의 얼굴이 떠올라 얼른 지워버렸다.

"어쩌겠어? 할 거야? 권총은 여기 대령했습니다만?"

히요코는 장난스럽게 말하며 좌석 밑에서 갈색빛 도구를 꺼냈다. 그리고 총구를 스즈키의 가슴을 향해 겨누었다.

"행여 도망이라도 치려 했다간, 이게 가만있지 않을 거야."

헉, 몸이 움직이지 않는다. 총부리를 겨눈 것뿐인데 꼼짝도 할 수가 없었다. 웬일일까 생각하다 곧 그 이유를 깨달았다. 자신을 똑바로 겨누고 있는 총구의 위력에 기가 꺾인 것이다. 그 검은 구멍 속에서 누군가가 빤히 노려보는 것만 같다. 히요코의 검지가 방아쇠에 걸려 있다. 저 손가락에 살짝 힘을 주기만 하면 즉시 가슴에 탄환이 날아와 박힐 것이다. 그렇게 한 순간에 모든 게 끝이라 생각하니 스즈키는 온몸의 피가 빠져나가는 느낌이었다.

"너는 이 권총으로 뒷자리에 있는 사람들을 쏘기만 하면 돼."

"만약에 말인데요."

입술을 떼기조차 두려웠다.

"그 권총을 받아서 제가 당신을 겨누면 어쩔 겁니까? 아니, 이건 어디까지나 가정입니다만."

히요코는 조금도 놀라지 않았다. 오히려 무표정한 얼굴에 얼 핏 동정의 빛이 스치는 듯했다.

"지금 당장은 총을 건네지 않아. 이제 다른 직원이 와서 너에 게 총을 줄 거야. 그러면 너도 엉뚱한 짓은 할 수 없겠지."

"잠깐만요. 지금 누가 온다고요?"

히요코는 여전히 냉담한 목소리로 대답했다.

"이제 곧 얼간이가 올 거야."

스즈키는 온몸이 굳었다. 모든 기능이 일시 정지 한다. 히요 코는 권총을 왼손으로 옮겨 쥐고 오른손으로 앞 유리를 가리 켰다.

"아마 저쪽에서 교차로를 건너올 거야."

순간 스즈키의 머릿속에서 퓨즈가 나가고 세상은 암전됐다. 공동空洞. 머릿속이 텅 비어 아무 생각도 할 수가 없었다.

"데라하라가 여기에?"

"사장 아들 말이야. 넌 아직 가까이에서 본 적 없지? 좋은 기 회잖아. 네 아내를 죽인 그 얼간이가 너를 만나러 온다는데."

거기서 히요코는 데라하라 아들의 이름을 말했는데 스즈키 의 귀엔 접수되지 않았다. 그런 놈이 피가 흐르고 살이 붙은 인간이라는 것을 인정하고 싶지 않아서인지도 모른다.

"뭐 하러요?"

"뭐 하러? 당연히 너를 감시하러 오는 거지. 그 얼간이는 테스트를 할 때마다 늘 현장에서 지켜본대."

"악취미네요."

"그걸 이제 알았어?"

말문이 막혔다. 드넓은 바다를 앞두고 서 있는 것처럼, 사람들이 횡단보도 앞에 몰려 있다. 그렇게 무리 지어 있는 모습을 보니 또 그 교수의 말이 생각난다. 아무리 봐도 저건 곤충 떼다.

"아, 얼간이 발견!"

히요코가 명랑한 목소리로 외치더니 손가락을 쳐들었다. 스즈키는 움찔하며 목을 쭉 뺐다.

오른쪽 대각선 방향의 보도에 검은 코트를 입은 남자가 서 있다. 20대 중반이라고 들었는데 양복 위에 코트를 걸친 모습에서 음산한 관록이 묻어난다. 얼굴을 찡그린 채 담배 연기를 뿜고 있다.

히요코가 문손잡이를 잡았다.

"저 얼간이, 우리가 어디 있는지 모르는 거 아냐?"

하더니 권총을 든 채 문을 열고 나가 데라하라 아들을 향해 오른손을 쳐들었다.

스즈키도 조수석에서 내렸다. 데라하라의 아들은 수십 미터 앞에 서 있다. 아내가 생전 입버릇처럼 하던 말이 귓가에 되살아난다.

"하는 수밖에 없잖아."

툭하면 그녀는 그렇게 말하며 스즈키를 채근했다. 문이 있으면 열어야지. 열었으면 들어가야지. 안에 사람이 있으면 얘길 해보고, 음식이 나오면 먹어봐야지. 기회가 오면 하는 수밖에 없잖아. 아내는 늘 스스럼없이 그렇게 말하곤 했다. 인터넷을 할 때도 화면 구석구석을 모두 클릭해보기 때문에 걸핏하면 바이러스에 감염됐다.

데라하라 아들의 전신이 눈에 들어온다. 당당한 자세가 사뭇 위압적이다. 큰 키에 어깨가 떡 벌어지고 등은 꼿꼿하다. 훤칠한 미남이라고 할 만한 외모. 스즈키는 자기도 모르게 목을 쭉 빼고 바라보았다. 그러는 동안 놈과의 거리가 좁혀지고 데라하라의 얼굴이 또렷해진다.

정력적인 굵은 눈썹, 거만한 콧구멍이 보인다. 입매가, 담배를 꼬나문 입술이 눈에 들어온다. 담배꽁초를 튕긴다. 꽁초가 지면에 튄다. 꽁초를 밟는 오른발이 보인다. 이지러뜨릴 듯 단단히 지르밟는다. 그 꽁초 위로 죽은 아내의 모습이 오버랩되었다.

소재로 봐서 돈은 꽤 들였겠지만, 그다지 우아해 보이지 않는 검은 가죽 코트 속에 빨간 넥타이가 보인다. 아내가 흘린 핏빛. 스즈키는 오른손을 꼭 쥐었다. 손톱이 손바닥을 파고든다.

스즈키는 이제부터 일어날 일을 상상해본다. 신호가 파란색으로 바뀌고 데라하라 아들이 건너온다. 차가 있는 곳까지, 스즈키의 앞으로. 히요코에게 권총을 받고 곧장 그를 향해 총구를 겨누면 된다. 밀져야 본전이다. 하는 수밖에 없다. 기회가 오면 해야 한다. 하는 수밖에 없잖아. 당신 말대로.

"어!" 히요코의 목소리였다. 횡단보도의 신호등이 파란색에서 노란색으로 바뀌는 찰나였다.

데라하라 아들이 차도로 발을 내려놓는다. 보행자 신호는 아직 빨간색인데 무턱대고 건너려는 듯 한 발, 또 한 발을 내딛는다.

그 순간, 차에 치였다. 검은색 미니 왜건이 데라하라 아들을 들이받았다.

스즈키는 그 순간을 영원히 잡아놓으려는 듯 꼼짝 않고 주시했다. 주변의 소음이 사라진다. 청력이 소실된 만큼 시계視界는 더욱 또렷해진다.

범퍼 상단에 데라하라 아들의 오른쪽 허벅지가 충돌하는 것을 똑똑히 목격했다. 허벅지가 안쪽으로 꺾인 채 차의 진행 방향으로 붕 뜬다. 상체는 오른쪽으로 기운 채 보닛 가장자리로 떠올라 앞 유리에 충돌한다. 얼굴이 와이퍼에 긁히고 그 반동으로 튀어 오른 몸뚱이가 나가떨어진다. 왼편이 먼저 바닥에 떨어지며 팔이 꺾였다. 땅 위로 뭔가가 굴러간다. 양복에서 떨어진 단추. 뜯겨 나간 둥근 단추가 원을 그리며 회전한다. 몸은 몇 바퀴 구르다 아스팔트의 요철에 부딪혀 방향을 바꾼다. 목이 비정상적으로 꺾였다.

사람을 치고도 미니 왜건은 멈춰 서지 않았다. 오른쪽 타이어가 오른 다리를 짓밟는다. 그의 허벅지를 밟고 온몸을 타고 넘는다. 갈비뼈가 부러지고 간이 터지는 소리가 들리는 것 같아 등골이 얼어붙는다. 그러고도 몇 미터를 더 나아간 미니 왜건이 마침내 멈춰 선다.

뱅글뱅글 돌던 단추가 차츰 지름을 좁히다 쓰러지는 것이 스즈키의 눈에 잡힌다.

오케스트라의 연주가 끝나면 관객들은 일제히 숨을 삼키고 장내는 순간 고요해진다. 잠시 후 박수갈채가 터져 나온다. 사고 현장도 다르지 않았다. 쥐 죽은 듯 잠잠하다가, 몇 초 후 비명이 터져 나왔다.

스즈키의 귀가 청력을 되찾았다. 클랙슨과 사람들이 내지르는 비명 소리, 시끌벅적한 소음이 댐의 수문을 연 것처럼 한꺼번에 쏟아졌다.

가슴이 쿵덕거리는 와중에도 스즈키는 계속 전방을 주시했다. 그때, 언뜻 스치는 인영을 보았다. 사람들이 몰려들어 혼잡한 사고 현장에서 유유히 벗어나는 사람이 있었던 것이다.

"뭐야, 저거."

히요코가 입을 헤벌렸다.

"차에 치였잖아."

"그러네요."

스즈키는 심장이 격하게 뛰는 것을 느끼며 말했다.

"근데, 너 봤어?"

히요코가 당혹감을 내비치며 물었다.

"네?"

이 여자도 봤단 말인가.

"봤지? 어떤 놈 하나가 현장에서 내빼는 거."

흥분했다. 평소와 달리 허둥대며 채근한다.

"너도 봤지? 누군가 있었지? 누가 얼간이를 떠민 것 같은데."

스즈키는 뭐라고 대답해야 할지 판단이 서지 않았다. 입이 멋대로 움직인다.

"봐, 봤습니다."

히요코는 입을 다물었다. 스즈키의 얼굴을 한 번 보고 자기 발치로 시선을 내리더니 혀를 찼다. 그러곤 전방을 향한 채 결심한 듯 말했다.

"쫓아가."

"네?"

"그 남자, 봤잖아."

"네?"

스즈키는 당황했다.

"착각하지 마. 의심이 풀려서 이러는 건 아니니까. 얼간이를 떠민 범인을 보고도 놓칠 수는 없잖아."

마지못해 내린 고육지책이라는 소리다.

"도망쳤다간 알아서 해."

그러다 무슨 생각이 떠올랐는지 고개를 들고 덧붙였다.

"그래, 네가 이대로 도망치면 차 안에 있는 젊은 애들을 너 대신 쏠 테니 그런 줄 알아."

"그게 무슨 소립니까?"

"됐으니까 빨리 놈이나 쫓아가라고!"

스즈키는 예상치 못한 해프닝과 갑작스러운 상황 전개에 혼란스러웠지만, 정신을 차렸을 땐 이미 한 발을 내딛고 있었다.

"빨리 쫓으라니까! 뭘 꾸물거려!"

히요코가 발작적으로 소리쳤다.

"얼간이 떠민 놈을 쫓아가란 말이야!"

채찍질당한 말처럼 달려 나간다. 그러면서 뒤를 힐끗 돌아보았다. 히요코가 신은 검은 하이힐이 눈에 들어온다. 아무렴, 저걸 신고 쫓을 수는 없겠지. 히요코 당신, 실수한 거야.

고래는 의자에 앉은 남자 뒤에 서서 창밖을 보았다. 창을 가린 커튼을 슬쩍 젖히고 거리를 내려다본다. 따분한 전경이다. 호텔 25층이라고 해봐야 온 시가지가 눈에 들어오는 것도 아니고, 번화가의 야경이 딱히 아름다운 것도 아니었다. 교차로를 지나는 차들의 헤드라이트와 빌딩 네온이 빛을 발하는 게 고작이다. 인접한 건물 때문에 하늘은 조각조각 났다.

커튼을 도로 치고 돌아섰다. 싱글 룸치고 방은 널찍하다. 화장대와 침대는 그 자리에 놓인 지 꽤 오래되어 보이지만 청결하다. 시내 호텔 중에서도 고급스러운 축에 든다.

"바깥 좀 보겠나?"

남자 뒤에서 말을 건넨다. 50대 남자는 테이블을 앞두고 벽을 보고 앉아 있다. 책상에 처음 앉아본 초등학생처럼 바른 자세로.

"아니, 됐습니다."

고개만 뒤로 돌린 남자는 고래의 목소리에 움찔한다.

이 남자는 지금까지 만난 정치가 비서 중에서 호감이 가는 편이다. 가지런히 가르마를 타서 넘긴 머리 모양을 보면 얼마나 꼼꼼한 성격인지 짐작이 간다. 빳빳이 각을 잡은 외제 양복을 입었는데, 그것이 그다지 거슬리지 않는 것은 의외였다. 자기보다 한참 어릴 고래에게 꼬박꼬박 존대를 한다.

"이제 더는 밖을 볼 수 없다."

고래는 굳이 그럴 필요가 없다는 걸 알면서도 한마디 했다.

"네."

남자의 눈은 이미 생기를 잃었다.

이제 곧 세상을 등질 테니 이승의 모습을 보는 건 이게 마지막이라는 설명을 덧붙일까 하다가 그만둔다. 매번 느끼는 거지만, 이들은 자기가 처한 상황을 이해하지 못한다. 그러니 쓸데없이 품을 들일 필요는 없다. 하긴 마지막이랍시고 눈에 담을 만한 풍경도 아니다.

남자는 다시 테이블로 고개를 돌려 편지지와 편지 봉투를 내려다본다.

"이, 이런 일이."

남자가 고래에게 등을 돌린 채 입을 뗐다.

"자주 있습니까?"

말해놓고 자기가 한 말에 부르르 떤다.

"자주?"

"저처럼 이렇게."

그리고 남자는 단어를 고르는 눈치였다. 곧 죽게 생긴 마당에 용케도 영어가 떠올랐는지 "수어사이드"라고 내뱉고는 곧이어 말했다.

"이렇게 타인에 의해 자살을 하는 경우가 자주 있습니까?"

어깨를 떤다.

매번 똑같다. 그들은 처음에는 아무렇지 않은 척한다. 오히려 달관한 듯 편안한 표정을 짓는다. 말귀를 알아들은 얼굴로 침착하게 "내가 이러기만 하면 다 해결됩니까?"라고 묻는다. 그러다 얼마 지나면 희한하게 말이 많아진다. 떠들지 않으면 죽는다고 착각한다. 떠들어봐야 죽는 것에는 변함이 없는데도.

고래는 대꾸하지 않는다. 천장으로 눈길을 돌려 배기구에 맨 비닐 로프를 쳐다본다. 고래가 설치해놓은 것이다. 의뢰인이 꼭 목을 매야 한다고 요청한 건 아니지만, 특별한 방식을 고집하지 않는 한 목을 매다는 경우가 많다.

"죽음으로 모든 죄가 사라진다는 것도 이상하지 않습니까?"

남자는 의자를 비스듬히 돌려 고래를 쳐다보았다.

"비서인 제가 자살을 한다고 상황이 바뀝니까? 다들 알고 있지 않습니까. 진범은 따로 있다는 걸 다 아는데도 제가 자살을 하고, 그것으로 사건이 흐지부지된다는 게 이상하지 않습니까?"

대화가 길어지면 일을 원만히 끝내지 못할 수도 있다. 그간의 경험으로 고래는 그 사실을 알고 있다.

"그건 제가 한 일이 아니잖아요. 그야 당연하죠. 그런 엄청난 일을 저 혼자 꾸며 실행할 수는 없으니까."

남자는 '가지'라는 의원의 비서였다. 가지는 얼마 전 통신 회사에서 뇌물을 받았다가 매스컴에 발각되어 곤경에 처해 있다. 정치가로서 생명이 위태로운 절체절명의 상황이다. 중의원 선거를 앞둔 시기라 당에서 축출될 가능성도 크다.

"제가 자살을 하는 정도로 여론이 잠잠해지겠습니까?"

"가지는 대담하지 못해서 금세 안절부절못하고, 겁먹으면 남을 몰아세우는 타입 아닌가."

고래는 가지의 얼굴을 떠올렸다. 짜리몽땅하고 나름 동안이다. 털어도 안 나올 위엄을 억지로 연출하려 노상 눈썹을 치켜올리고 콧수염을 기르는 등 갖은 애를 쓰지만, 그 속이 빤히 들여다보인다.

"가지는 매번 당신에게 이런 일을 의뢰합니까?"

"처음이다."

거짓은 아니다. 아는 의원에게 소개를 받았다며 사흘 전 처음 연락을 해왔다.

"그자는 나도 마뜩잖지만, 일로 받아들인 거다."

"이번 문제는 좀 더 침착하게 대처했다면 이렇게 크게 불거지지도 않았을 겁니다."

남자의 말이 빨라지고 눈에는 핏발이 섰다.

"가지가 지레 겁을 먹고 여기저기 떠벌리고 다니는 바람에 일이 커져서 수습할 수 없게 된 겁니다."

"그런 자의 비서가 된 너의 선택을 탓해라."

남자의 호흡이 거칠어졌다. 침을 꿀꺽 삼키더니 "그건 정말 받아들일 수 없습니다!"라고 소리를 버럭 지른다. 평생 우등생으로 순풍을 타고 살아왔을 남자 입장에서는 처음으로 내지른 큰소리일지도 모른다. 제 소리에 자기가 움찔 놀란다.

"의원에 대한 책임 추궁은 잦아들 거다."

고래는 잘라 말했다.

"네?"

"누군가 책임을 지고 자살하는 방법은 나름 효과가 있다."

"아무도 납득하지 못하는데도 말입니까?"

남자는 뒤통수를 얻어맞은 듯한 표정이다.

"나는 이 일을 15년째 해오고 있다."

"사람들이 자살하도록 유도하는 일을?"

"효과가 없다면 내가 지금껏 먹고살 수 있었겠나?"

고래는 침대에 걸터앉는다. 키 190센티미터, 체중 90킬로그램의 덩치를 이기지 못해 침대 스프링이 끼익 비명을 지른다. 진회색 스리 버튼 정장 안주머니에서 문고본을 꺼낸다. 애처로운 눈빛을 보내는 남자를 무시하고 책을 읽기 시작한다.

"무, 무슨 책입니까?"

남자가 고래에게 물었다. 관심이나 호기심은 아닐 터. 혼자 방 안에 방치되는 게 두려운 것이다. 고래는 말없이 표지를 보여준다. 껍데기가 벗겨져 너덜너덜해진 문고본이다.

"그거 저도 어릴 때 읽었습니다."

남자가 눈을 빛냈다. 공통점을 발견하고 반갑다며 악수라도 청할 분위기다.

"고전이죠. 명작은 언제 읽어도 참 좋지 않습니까?"

"나는 소설이라고는 이것밖에 읽지 않았다."

남자가 기막혀 입을 헤벌린다.

"과장도, 시건방도, 비하도 아니다."

고래는 썩 내키지 않았으나 설명했다.

"다른 건 읽은 적이 없다."

"계속 반복해 읽으십니까?"

"다 뜯어져서 못 읽게 되면 새로 산다. 이게 다섯 권째다."

"그 정도면 이제 거의 외우시겠네요."

남자가 애써 웃음을 지어 보인다.

"그 책, 제목을 거꾸로 읽으면 '침과 꿀'(일본어로 침은 쓰바, 꿀은 미쓰. 거꾸로 읽으면 바쓰[벌]와 쓰미[죄]가 된다—옮긴이)이 되지요."

그 말만큼은 꼭 해두고 싶었는지 힘 빠진 목소리에 언뜻 사명감마저 비친다.

고래는 문고본 제목을 흘긋 본 다음 고개를 끄덕였다.

"그렇군."

문득 10여 년 전 일이 떠올랐다. 이 소설을 이해하는 자라면 친해질 수 있지 않을까 오해한 시절. 그 결과 실수를 범했고,

지금껏 후회가 남는다. 같은 소설을 읽는 사람은 세상에 무수히 많다. 그러나 그들 중 누구 하나 자신과 뜻을 같이하지는 않는다. 그것을 당시에는 이해하지 못했다.

남자의 관자놀이가 떨린다.

"정말로 저는 자살을 하는 겁니까? 제가 이러는 거, 너무 구질구질하다고 보십니까?"

"아니, 다들 똑같다."

"정치가의 비서가 자살을 한다고, 뭐가 어떻게 된다는 건지 모르겠습니다."

"누군가 자살을 하면 관심이 분산되니 효과가 있다는 말이다."

비서가 '모두 제 책임입니다.'라는 어린애도 믿지 않을 거짓말을 남기고 목을 매면, 일단 그것만으로도 정치가에게 쏟아지던 비난 수위가 낮아진다. 공해 물질을 몰래 방출해 여론의 질타를 받던 대기업 사장이 고층 빌딩에서 떨어져 죽었을 때도 그랬다. 비겁하게 죽어버리면 다냐, 문제는 그대로인데 결국 저 혼자 도망친 것 아니냐는 등 마땅한 비난도 있는 반면, 죽었는데 더 이상 뭘 어떻게 해, 이번 건은 이것으로 그만 덮고 가야 하는 거 아니냐는 분위기가 번진다.

"희생양이 나오면, 말은 안 되지만 더 이상 책임을 추궁하기가 어려워진다."

고래가 덧붙이자 남자는 신음하며 손에 얼굴을 묻고 고개를 숙였다. 이것 역시 매번 보게 되는 패턴이다. 고래는 책을 읽으며 남자가 울음을 그치길 기다린다. 때로는 호텔 방에서 난동을 부리는 자도 있기 때문에 이 정도 반응은 양반 축에 낀다. 오열을 그친 남자의 입에서 무슨 말이 나올지 고래는 알고 있었다.

잠시 후 남자의 입에서 예상한 말이 흘러나왔다.

"아무튼 제가 죽으면 제 가족은 무사한 거죠?"

이쯤 되면 준비 단계는 끝난 거나 진배없다. 트럭이 경사진 비탈길을 내달리듯 다음부터는 작업에 가속이 붙는다. 빨리 끝내라고 채근하듯 창밖의 붉은 네온이 울컥울컥 점멸한다.

"걱정할 것 없다."

책갈피에 서표를 끼우고 침대에서 일어난다. 남자의 곁에 가 선다. 테이블에 놓인 편지지를 손가락으로 톡톡 건드린다.

"하고 싶은 말을 써라."

남자는 이 시점에서 이미 십 대 소년의 얼굴이 되어 있다. 후원자의 안색을 살피는 눈빛.

자살하라. 그러면 가족의 안전은 보장한다. 결국 자살하지 않으면 가족이 위험에 처한다는 말이다.

"혹시, 거부한 사람은 없었습니까?"

남자가 물었다.

"있었다."

"어떻게 됐습니까?"

"원인 불명의 화재로 온 가족이 타 죽었다."

남자의 얼굴에 희미하게 남아 있던 희망의 빛이 증발한다.

"음주 운전 트럭에 치여 죽은 자도 있다. 어떤 이는 외동딸이 폭주족에게 집단 폭행을 당해 죽었지."

고래는 마치 불경을 외듯 사례를 열거했다. 그도 들은 이야기로 사실 확인까지는 해보지 않았다. 다만 듣는 사람은 진실로 받아들인다는 것, 그게 무엇보다 중요하다. 남자는 입을 다물었다. 입술이 떨린다.

"제가 약속대로 하면 우리 가족은 무사한 거죠?"

고개를 끄덕이지만, 근거는 없다. 이런 자들의 가족이 정말로 마땅한 지원을 받는지 어떤지는 확인한 적도 없고, 관심도 없었다. 그저 말한 대로 실행했으려니 할 뿐이다. 보통 정치가나 부자들은 비록 죽은 자라 할지라도 빚을 지고 싶어 하지 않으니까.

남자의 어깨가 축 처진다. 일말의 희망조차 남지 않은 듯 힘없는 어깨다.

펜을 쥐고 편지지를 넘긴다.

유서를 쓰게 하는 것도 임무의 하나다. 가족에게만 유서를 남기는 자도 있고, 정치가나 상사 앞으로 글을 남기는 자도 있다. 일단은 맘대로 쓰게 하고 나중에 내용을 확인한다. 문제가 될 만한 것은 버린다.

고래는 다시 침대에 앉아 책을 폈다. 한 줄 한 줄 문장을 읽어 내려가다 보면 곧 소설 속에 녹아든다. 고래에겐 그 세계가 현실보다 더 친숙하게 느껴진다.

남자는 30분 정도 유서를 썼다. 몇 차례 편지지를 찢기도 하고 구겨버리기도 했지만 몸부림치거나 테이블을 주먹으로 내리치는 일은 없었다. 마침내 편지를 다 쓴 남자가 의자에 앉은 채 고래를 돌아보았다. 숨소리도, 책장 넘기는 소리도 들리지 않아 혹시 방 안에서 사라진 건 아닐까 의심했는지도 모른다.

"저기, 손이 떨려서 유서를 쓰지 못한 사람은 없었습니까?"

"삼분의 일 정도는 그랬지."

고래는 소설 속에서 현실로 돌아온다.

"이만하면 전 괜찮은 편인가요?"

"그런 셈이지."

책장을 넘긴다. 이 와중에도 이들은 '등급'을 신경 쓴다. 실소를 금할 수 없다. 당장 세상을 하직하게 생겼는데 다른 사람보다 낫다는 것을 확인하고 싶어 한다.

고래는 책갈피에 서표를 끼우고 조용히 덮었다. 주머니에 책을 넣고 일어나 남자에게 순서를 설명한다.

"의자를 끌고 간다, 로프에 머리를 넣는다, 끝."

"예."

순순히 대답하는 남자는 이미 정신을 놓은 듯 보였다. 예전에 한 중진 의원이 "자네한테는 희한한 능력이 있군."이라고 말한 적이 있다. '특별한'이 아니라 '희한한'이라는 형용사를 썼다.

"물리적인 공포는 아닌데, 자네가 앞에 있으면 왠지 절망적인 기분이 들어. 그건 확실해. 이런 나도, 낯짝깨나 두껍다고 자부하는 나까지도 그런 기분이 드니 말이야. 내 안에 있는 죄악감과 무력감 같은 것이 부글부글 끓어오르면서 급성 우울증에 빠져드는, 꼭 그런 느낌이야. 내가 범한 사소한 죄가 점점 덩치를 불려서 결국 살아 있는 것 자체가 수치스러운 느낌이랄까."

고래는 당시 그가 입에 담은 '사소한 죄'라는 말에 코웃음이 났지만, 그 정치가는 한발 더 나아갔다.

"자네는 남에게 자살을 강요하는 능력이 있어."

고래는 곧바로 받아쳤다.

"그럼 닥치고 죽어."

사실 고래는 앞에 선 자들에게 감정이입 따위 하지 않는다. 하지만 마주 서 있는 동안 그들은 암흑을 맞닥뜨린 듯, 얼굴에서 생기가 사라지는 것은 알 수 있었다.

"의자에 올라가."

남자의 귓가에 속삭인다.

고장 난 시계추처럼 남자의 눈동자가 움직이고 온몸이 바들 바들 떨린다. 고래는 차분하게 지시한다. 구두를 벗어라. 의자 위에 서라. 로프에 머리를 넣어라. 그 말대로 하면 결국 죽게 된다는 것을 알면서도 그들은 하나하나 단계를 밟아간다.

이번에는 권총을 쓸 필요가 없을 것 같다. 때로는 아예 고래의 눈을 외면하며 그의 불가사의한 힘에 말려들지 않고 도망치려는 자도 있다. 그런 경우는 권총을 쓸 수밖에 없다. 총구를 들이대고 협박한다.

"죽지 않으면 쏘겠다."

결국 총살당하기 싫으면 자살하라는 소리지만 그래도 그 한마디는 나름 힘을 발휘한다. 총에 맞아 죽고 싶지 않아 로프에 머리를 들이민다. 실제로 숨이 끊어지기 전까지 인간은 자신이 죽게 될 거라는 사실을 받아들이지 못한다.

남자가 로프를 잡는다. 그러고 나서 물었다.

"지금까지 몇 사람에게 이런 일을 시켰습니까?"

고래는 낯빛 한번 바꾸지 않고 대답한다.

"모두 서른두 명."

"그걸 외우고 있습니까?"

"기록하고 있다. 너까지 서른셋. 같은 질문을 한 사람은 너까지 여덟."

"이런 일을 하다 보면 슬퍼지지 않습니까?"

남자의 얼굴은 느닷없이 닥친 죽음에 호응이라도 하듯 부쩍 주름이 늘고 윤기를 잃어 노인처럼 보였다.

　"죄의식으로 괴로워한 적은 없습니까?"

　고래는 씁쓸히 웃었다.

　"망령을 본다."

　"망령?"

　"내가 자살하게 한 자들이 요즘 들어 눈앞에 나타난다."

　"교대로 말입니까?"

　"서른두 명이 돌아가면서."

　"그거, 죄의식 때문 아닐까요?"

　남자는 광인을 동정하는 듯도, 어설픈 괴담에 냉소하는 듯도 보였다.

　"그렇다면 저도 언젠가 당신 앞에 나타나겠군요."

　"꼭 그래야 하는 건 아니다."

　"저는 학교 다닐 때 재즈를 자주 들었는데요."

　남자가 갑자기 화제를 돌렸다. 그의 인생에 있어 하차 직전의 탈선일 거라고 고래는 생각했다.

　"찰리 파커를 참 좋아했습니다."

　고래는 그 탈선에 동참할 생각이 없었다.

　"유명한 곡으로 〈나우 이즈 더 타임Now's the time〉이라는 게 있거든요. 지금이 그때. 제목이 참 근사하지 않습니까?"

듣고 보니 맘에 들어 고래도 소리 내어 따라 해봤다.

"지금이 그때."

남자는 그 말을 실행하라는 신호로 받아들인 듯 "그렇군요." 하고는 의자를 발로 찼다. 의자가 흔들렸다. 남자의 몸이 툭 떨어지며 로프에 매달린다. 천장에서 끼리릭 소리가 난다. 고래는 평소처럼 지켜본다.

남자의 목덜미에 노란색 비닐 로프가 파고든다. 아래턱부터 귀 뒤로 로프의 올가미가 조여든다. 콧구멍이 숨을 들이쉬려 벌름댄다. *끄으끄으*, 마지막 숨이 샌다.

다리가 앞뒤로 움직인다. 흔들리던 의자가 바닥에 쓰러진다. 마치 수영 연습을 하는 것처럼 발을 퍼덕거린다. 그 동작은 빨랐다가 금세 뜸해진다.

입에서 침이 흐른다. 거품이 신음 소리와 함께 입가로 흘러나온다.

두 손을 뻗어 피부와 비닐 로프의 틈을 필사적으로 찾는다. 소용없는 손톱이 목의 거죽만 할퀴어놓는다.

몸의 혈압이 상승하는 단계다. 얼굴색과 안구가 벌겋게 물든다. 목 언저리가 부풀어 오른다. 경련한다. 남자의 몸에서 힘이 빠져나간다. 안색은 빛을 잃어 한순간에 허옇게 탈색된다. 마침내 있는 힘이 다 빠지고 몸뚱이는 좌우로 휘휘 돈다.

고래는 공중에 떠 있는 비서를 보고 나서 방 안을 확인했다. 불필요한 쓰레기나 지문이 남아 있지는 않은지 조사한다. 사무적인 뒤처리다. 테이블 위에 유서가 있다. 예상대로 남자는 가족에게만 편지를 남겼다. 아내에게는 당부의 말을, 자식에게는 애정 어린 말을 적고 끄트머리에 '나는 내 가족을 멀리서나마 지켜볼 것이다.'라고 덧붙였다. 그다지 특이한 내용은 아니다. 글씨도 흔들림이 없다.

그즈음 현기증이 덮쳤다. 서 있는 자리가 갑자기 회전하기 시작한다. 강렬한 어지러움. 그대로 무너져 내리려는 몸을 겨우 추스르고 눈을 뜬다. 그러자 등 뒤에서 소리가 났다.

"여전히 온통 사람들뿐이군."

창가에서 한 남자가 커튼 틈으로 밖을 내다보고 있다. 고래는 고개를 설레설레 흔든다. 2년 전 목을 맨 참의원 의원이다. 그는 뇌물 수수 비리를 잠재우기 위해 자살해야 했다.

정치 스캔들에는 늘 돈이 얽힌다. 돈과 프라이드다. 어쩌다 한 번은 국정 문제와 관련해서, 아니면 불의를 참지 못해 단죄를 의뢰해와도 좋으련만. 지금까지 그런 일은 단 한 건도 없었다.

2년 전에 죽은 그 의원은 손가락으로 유리창을 톡톡 두들겼다. 바로 밑은 사거리 교차로다. 신호를 기다리며 서 있는 사람들이 꼭 개미 떼처럼 보였다.

바로 그때, 고래는 뜻하지 않은 광경을 목격했다. 교차로에 몰려 있는 인파 속에서 어떤 사람이 스프링처럼 차도로 튕겨 나갔다. 그리고 때마침 달려온 차에 치였다. 말 그대로 눈 깜짝할 순간이었다. 차도로 튀어 나가자마자, 치였다.

"죽었군."

옆에 선 의원의 망령이 존재감을 드러내며 중얼거렸다.

"일부러 뛰어든 건가?"

아니. 그건 아니다. 고래는 속으로 그렇게 대답했다. 정확히 본 건 아니다. 하지만 확신이 들었다.

교차로 근처에 무리 지어 서 있던 사람들은 갑작스러운 교통사고에 산개하는 군대처럼 흩어지기 시작했다. 쓰러진 자 주위로 몰려드는 사람, 얼굴을 돌리고 외면하는 사람, 휴대전화로 떠드는 사람, 소리를 듣고 교차로로 달려오는 사람들. 어떤 모습일지 보지 않아도 상상이 간다.

그중에서 유독 이질적인 분위기를 띠며 인파와는 다른 방향으로 나아가는 자를 고래는 또렷이 보았다. 개미 떼 속에 이종한 마리가 끼어 있었다.

푸시맨.

고래의 머릿속에 그 단어가 떠올랐다.

뒤이어 꽁꽁 숨겨둔 기억이 스멀스멀 고개를 쳐든다. 꼭 닫힌 뚜껑을 열어젖히고 좀비처럼 기억이 흘러나온다. 당시 자신의 모습, 과오, 회한이. 10년 전 기억이 한꺼번에 뇌리를 스쳐 간다.

고래는 그 지긋지긋한 상념을 다시 한번 머릿속 깊이 쑤셔 넣었다. 짓이기듯 꾸역꾸역 밀어 넣었다. 그러는 사이 의원의 망령은 사라졌다.

목을 매단, 더 이상 움직이지 않는 남자를 흘깃 보고는 방을 나섰다. 끼릭끼릭, 천장에 매달린 시체가 내는 소리도 문을 닫으니 한결 작아졌다.

문에 '외출 시 열쇠를 잊지 말고 챙겨 나가십시오.'라는 주의 사항이 붙어 있었다. 고래는 열쇠를 그대로 두고 나왔다.

"거 정말 더럽게 시끄럽네!"

매미는 갈색 머리칼을 긁적이며 앞에 서 있는 부인에게 소리를 질렀다. 귓구멍을 파는 시늉을 한다.

"귀 따가워 죽겠다고."

"그러니까 내 말은, 어째서 이렇게 됐느냐고요."

부인은 마흔이 넘었다. 꼼꼼히 화장을 해서 주름살을 가리고 젊은이들이 즐겨 입는 브랜드의 셔츠를 입었다.

매미는 지금 이바라키현 미토시의 한 이층집 거실에 서 있다. 부인의 눈은 시뻘겋다. 너무 흥분해서 혀가 제대로 돌지 않는다.

"도대체 이게 뭐냐고요."

부인은 황망한 표정으로 뒤를 가리켰다. 그녀가 손짓한 곳에는 피투성이 남자 둘이 쓰러져 있다.

"이게 뭐긴, 보면 몰라? 소파에 엎어져 있는 건 당신 남편이고, 텔레비전 옆에 자빠져 있는 건 당신 아들이잖아. 이 세상 사람은 아니지만. 근데 그건 그렇고, 진짜 무지막지하게 크네. 저 텔레비전 몇 인치래? 와이드 텔레비전? 하이비전? 진짜로 하이비전에서는 딴 데선 안 보이는 것도 다 보이나?"

매미는 진짜 그게 궁금했다.

"무슨 말을 하는 거예요! 지금 이 상황이 대체 어찌 된 거냐고 묻고 있잖아요."

장식장 위에 있는 시계를 본다. 이제 슬슬 이와니시에게 전화가 올 때가 됐다. 무사히 끝났는지 무심히 확인할 것이다. 언제나처럼 신의 계시라도 대변하는 양 이렇게 말할 것이다.

"잭 크리스핀도 말했지만 시간을 지키면 일신을 지킨다잖아."

"도대체 왜 내가 이런 일을 당해야 하는 거죠? 당신, 누구예요? 부동산에서 나왔다고 했잖아요."

"부동산에서 나왔다는 건 거짓말이야. 그건 미안해."

매미는 어깨를 으쓱하며 귓가를 스치는 갈색 머리를 만지작거렸다.

"그렇지만 나도 일단은 집에 들어와야 일을 하잖아. 초인종을 누르고 '저기, 일가족을 칼로 찌르러 왔는데요.' 그러면 문을 따주겠어? 아, 혹시 들여보내줄 생각 있나?"

"무슨 정신 나간 소릴 하는 거예요?"

"그지? 거봐. 그래서 부동산에서 나온 것처럼 둘러대고 안으로 들어온 거야. 당신들, 조만간 아파트를 살 생각이었지? 이만한 저택을 갖고 있으면서. 쳇, 대단하군. 암튼 아파트에 관심이 있다기에 부동산 업자를 사칭한 거야."

"누가 그래요?"

"이와니시."

"그게 누군데요? 대체 뭔 말인지……."

"내 상사야. 사실 뭐, 그 사람이랑 나 둘밖에 없지만. 이와니시가 일을 물어 오면 내가 처리하지. 잠깐, 근데 이거 좀 이상한데? 그렇게 생각하지 않아? 노동은 내가 다 하고 그 사람은 손 하나 까딱 안 한단 말씀이야. 확실히 뭔가 이상해."

거실 벽에 커다란 붙박이 선반이 짜여 있다. 그리고 그곳에는 핸드백 매장의 쇼윈도처럼 가방이 진열되어 있다.

"나는 당신들을 죽이러 온 것뿐이야. 비즈니스로다가."

"죽이러 오다니! 왜 우릴 죽여요!"

매미가 한 걸음 다가서자 부인은 심하게 동요했다. 비틀비틀 뒤로 물러서며 식탁 가장자리를 짚는다.

　"난 그냥 가라고 해서 온 거라 몰라. 정말이지 이와니시는 아무것도 가르쳐주지 않는다니까. 자나 깨나 만날 잭 크리스핀인가 뭔가 그 얘기만 해대고."

　"뭔 스핀?"

　"아줌마도 몰라? 보아하니 그런가 보네. 나도 모르거든. 근데 그 인간은 입만 뗐다 하면 그 사람 이야기를 갖다 붙이는 거야. 뭐시껭이라는 밴드에서 노래를 한 사람인 모양인데, 아줌마도 들어본 적 없나 봐? 아무튼 이와니시는 그 사람이 부르는 노랫말은 줄줄 꿰고 있어. 잭 크리스핀이 말하길 어쩌고저쩌고, 그 사람 빼고는 말이 안 된다니까. 잭 크리스핀이 말하길, 20대 남자는 모르는 게 많을수록 행복하다질 않나. 나 참, 웃기지도 않아서. 의뢰인이 누군지, 뭣 때문에 의뢰를 했는지 그런 건 입도 뻥끗 안 해요. 그런데 이번 일만큼은 나도 짚이는 게 있는데 말이야. 아줌마 아들, 가정교육 한번 끝내주게 잘 받고 자란 것 같더군."

　"우리 아들이 왜……."

　"며칠 전에 후지사와 공원인가 어디서 자는 노숙자한테 불을 지르지 않았나?"

　"부, 불?"

부인의 눈이 휘둥그레졌다. 눈초리가 파르르 경련하는 것을 매미는 놓치지 않았다. 이 아줌마도 역시 알고 있었군.

"며칠 전에 그런 사건 있었잖아. 후지사와 공원에서 노숙자가 타 죽은 사건. 자고 있는 영감탱이한테 휘발유를 뿌리고 라이터로 불을 붙였다던데. 그거, 아줌마 아들이 한 짓 아니냐고."

"아."

'아니야.'라고 외치려던 부인의 말이 중간에 끊겼다.

"이와니시가 아무것도 가르쳐주지 않아서 나도 나름대로 손 좀 썼지. 그랬더니 아줌마 아들에 대한 소문 몇 가지가 귀에 들어오더군. 미토에 사는 놈이 그따위 짓거리나 하려고 상경했다는 얘기도 있고. 노력이 가상해, 난 그런 거 좋아하거든. 아 그건 그렇고, 아무튼 만날 얼굴 보고 지내던 사람이 그렇게 죽자 다른 노숙자들이 들고일어난 거지. 그치들도 한다면 하거든. 그들도 바라는 게 있다, 그 말이야. 홈리스지, 호프리스는 아니잖아."

"그 사건에 대해서는 경찰에서 조사 중이에요."

"근데 말이야, 노숙자들은 경찰이 놈을 체포해주는 것보다 지들이 똑같이 되갚아주길 바라거든. 사실 아직까지는 미성년자가 죄를 지어봤자 이렇다 할 벌을 안 받잖아. 그래서 십시일반 돈을 모아 이와니시에게 일을 의뢰한 거지. 열 받게 하는 애새끼가 있는데 혼 좀 내주쇼. 그렇게 해서 내가 파견된 거야."

매미는 일사천리로 지껄이고, 그제야 크게 숨을 들이쉬고는 덧붙였다.

"아니, 그냥 내 생각이 그렇다는 얘기야."

"그런데 어째서 우리까지 거기 낀 거죠? 가령 우리 애가 나쁜 짓을 했다고 쳐도 왜 내 남편까지 죽인 거냐고요."

"의뢰 내용이 그랬거든."

매미는 또다시 머리를 긁적였다.

"일가족을 몰살하라. 그래서 3인분 값을 받았다지, 아마. 아, 맞다. 근데 잠깐 내 말 좀 들어봐. 나한테 들어오는 돈은 평소의 세 배가 아니더라고. 이상하지 않아? 글쎄, 이런 걸 뭐라고 하더라? 차, 차……."

"착취?"

부인은 그때 잠깐 제정신으로 돌아왔는지 단어를 찾아 대답했다.

"아, 맞다. 그래, 착취."

"이런 짓을 하고도 들키지 않을 것 같아요? 사람을 셋이나 죽이면 시끄러워질 거예요. 신문이랑 방송에서도 연일 시끄럽게 떠들고, 경찰에서도 기를 쓰고 수사하고. 당신, 금방 잡힐 거예요. 잡히면 사형이라고요, 사형."

"이봐, 아줌마. 요즘 이런 사건은 드물지 않아. 가정집에 들어가 고작 몇 만 엔 훔치면서 가족을 죄다 죽이는 사람도 많다던데, 뭐. 이런 사건 중에 여태 해결되지 않은 건이 얼마나 많은지 알아?"

"그런 짓은 중국 사람이나 하는 거 잖아요."

부인이 아는 체를 하자 매미는 피식 웃는다.

"중국 사람이 들으면 꼭지 돌아. 이 아줌마 편견이 너무 심하네. 일본 사람도 얼마든지 그런 짓을 한다고. 어느 나라건 돈이면 뭐든 하겠다는 인간은 쎘거든. 국적 불문이야. 아무튼 이런 사건은 한둘도 아니고 다 해결되는 것도 아니래. 더구나."

"더구나?"

"이 나라에선 많이 죽이는 쪽이 재판을 오래 끌거든. 웃기지?"

"그렇게 생각대로 일이 돌아가진 않을 텐데요."

"안됐지만, 잘 돌아간답디다."

매미는 어깨를 한 번 으쓱했다.

"맞다. 내가 좋아하는 대사 하나 가르쳐줄까?"

"뭐, 뭔데요."

부인은 지금 목숨이 경각에 달렸다는 위기감보다 매미의 무례함에 화가 난 것 같았다.

"찰리 파커에게 길 가다 만나는 백인 열 명을 죽여도 된다고 하면, 그는 당장 악기를 버리고 연주 같은 건 때려치울 것이다."

매미는 침까지 튀겨가며 말했다.

"고다르의 영화에 나온 말이야.'"

"뭐라고요?"

"에이 참, 그러니까 찰리 파커는 백인을 죽이고 싶은 충동을 색소폰을 불며 참은 거다, 그 소리라고. 그렇지만 세상엔 색소 폰을 갖고 있는 사람보다 그렇지 않은 사람이 더 많거든."

"무슨 말이 하고 싶은 거예요?"

"세상살이 녹록치 않다, 그 소리야. 학교에선 가르쳐주지 않지만."

"당신, 여자한테도 손을 대요?"

여자의 머릿속에서 무슨 생각이 돌고 있었는지 모르겠지만, 아무튼 부인은 그렇게 외쳤다. 입 밖으로 내뱉지만 않았지, 손을 대? 말아? 하고 따져 묻는 듯한 입 모양새였다.

"나는 프로야."

매미는 마뜩잖게 말했다. 침이 다시 부인에게 튄다.

"세상 어느 의사가 '남자는 치료 안 합니다.'라는 말을 하지? 세상 어느 창녀가 얼굴 못생겼다고 들어온 손님을 마다하냐고. 여자와 아이는 안 된다니, 그게 무슨 개뼈다귀 같은 소리야. 그 건 차별이야, 차별. 난 그런 살인자는 딱 질색이라고."

부인이 비명을 지르며 뒤로 한 발 물러서는 순간을 놓치지 않고, 매미가 손을 뻗었다.

부인의 복부, 배꼽의 오른쪽 상부에 칼끝이 닿는다. 손에 힘을 주자 피부를, 피하조직을 칼날이 뚫고 들어가는 게 느껴진다.

복횡근을 자르고 수많은 모세혈관과 신경을 끊는다. 계속해서 살을 가르고 들어간다. 간에 도달했다 싶은 순간 1초 정도 멈춘다.

부인의 입에서 거품과 침과 신음이 뒤섞여 나온다.

그쯤에서 칼을 빼낸다. 칼날이 빠져나온 혈관에서 피가 흘러나온다.

곧이어 칼을 부인의 가슴으로 향한다. 불룩한 왼쪽 유방에서 몇 센티미터 아래쪽을 힘껏 찌른다. 지방층을 뚫고 갈비뼈 사이를 지나 안으로 깊숙이 들어가서 심근을 찌른다.

부인은 눈을 뜨고 있다. 마치 가스를 토해내듯 벌어진 입에서 '슉' 하고 숨이 샌다.

다시 칼을 뽑는다. 부인의 얼굴에서 핏기가 가시더니 뒤로 나자빠진다.

매미는 경련하는 몸뚱이를 바라보다 피가 고인 지점을 피해 이동한다. 그리고 쭈그리고 앉아 죽은 벌레를 관찰하듯 내려다본다. 부인의 손목을 잡아 맥이 끊어진 것을 확인한 뒤 가방에서 여벌로 준비해 온 옷을 꺼내 갈아입는다. 대량 생산, 대량 판매되는 흔해빠진 셔츠와 청바지다.

휴대전화가 울린다. 전화를 받으니 아니나 다를까,

"끝냈냐?"

이와니시의 목소리가 들린다. 나이는 마흔 줄인 사람이 말투는 꼭 불량 학생처럼 상스럽다.

"지금 막."

매미가 대답한다.

"빨리 나와. 그리고 내일 돈 받으러 와."

"다 아는 걸 뭐 하러 또 말해!"

"잭 크리스핀도 말했지. 끝냈으면 곧장 튀라고."

"그 사람 말을 빌리지 않으면 말을 못하나?"

전화기를 집어던지고 싶다.

"별수 있냐? 내가 하고 싶은 말은 전부 잭 크리스핀의 가사에 쓰여 있는걸."

"그건 그렇고, 왜 나한테는 만날 이딴 일만 시키는데? 일가족을 몰살하는 게 얼마나 품이 드는 일인지 알기나 해? 젠장, 오늘도 아줌마가 이러쿵저러쿵 어찌나 말이 많던지 짜증 나서 죽는 줄 알았네."

"다른 녀석들이 싫어하니까 그렇지."

"싫어해?"

"죄 없는 여자나 애들을 죽이는 건 싫어해."

"뭐라고?"

매미는 납득할 수가 없어 고개가 비뚤어졌다.

"애들은 못 죽인다고? 걔들도 어차피 어른이 되잖아. 그럼 몇 살부터 죽여도 되는데? 아니, 개나 고양이 죽이는 게 꺼려진다면 내가 이해를 해. 나잇살을 먹었건 안 먹었건, 남자건 여자건 인간은 인간이라고."

"그렇지. 넌 그런 거 신경 안 쓰잖아. 그래서 일을 맡긴 거야. 우리 같은 영세업자는 그런 식으로 다른 사람들이 꺼리는 일을 맡아서 해야 하거든. 말하자면, 그래, 틈새시장."

쳇, 어디서 주워들은 말은 있어서.

"당신은 몸이 편해서 좋겠수다. 거기 앉아 손 하나 까딱 안 하니."

"가마우지 사냥이란 거 아냐? 그건 가마우지가 특출나서가 아니야. 사육하는 쪽이 대단한 거지."

"시끄러, 이 노동력 착취 악덕 업자!"

"어허, 어려운 말도 다 아네. 잘 들어. 나는 착취 같은 건 할 생각이 없는 사람이야."

"정말?"

"잭 크리스핀이 남긴 음악은 착취와 무관심에 대한 분노가 테마거든."

내 그럴 줄 알았지. 매미는 그대로 전화를 끊어버렸다. 자리를 뜨려고 발을 움직이는데 못 보던 잡지가 눈에 들어왔다. 들어보니 케이블 텔레비전 프로그램인 것 같았다. 부자가 되면 텔레비전 프로그램 수도 늘어나는구나. 혹시 이러다 중요한 뉴스는 죄다 유료화하는 거 아냐? 도대체 무슨 프로를 하는데 잡지까지 따로 사서 봐? 매미는 리모컨을 집어 들었다.

달리기 시작한 스즈키는 교차로를 대각선으로 가로질러 인도로 뛰어든다. 앞에 남자의 등판이 보인다. 보행자 대부분이 스즈키의 역방향으로 걷고 있다. 사고 소식을 들은 행인들이 대거 구경꾼으로 변해 몰려드는 길이다. 지금 무슨 일이 일어난 거지? 스즈키는 발길을 재촉하면서 자신에게 물었다.

데라하라의 아들이 차에 치였다. 그건 틀림없는 사실이다. 그래서 그는, 죽었을까? 미니 왜건에 부딪혀 길바닥에 나가떨어졌다. 목이 반대 방향으로 돌아갔다. 꼼짝도 하지 않았다. 그 지경이 됐는데도 설마 살 수 있을까?

그리고 스즈키는 데라하라 아들의 등을 떠민 그림자를 목격했다. 잘못 봤을 수도 있지만, 히요코도 같은 말을 했다. 정말로 누가 그를 떠민 건가? 아무튼 용의자로 추정되는 자를 쫓을 수밖에 없다.

오른편에는 유흥업소가 늘어서 있어 네온이 화려하다. 달리는 자동차들의 헤드라이트가 끊임없이 스즈키의 얼굴을 비춘다. 전방에는 고층 호텔이 우뚝 서 있다.

용의자는 10여 미터 앞서 달리고 있다.

저 남자가 데라하라 아들을 떠밀었다. 스즈키는 횡단보도를 사이에 두고 서서야 비로소 복수할 기회를 빼앗겼다는 데 생각이 미쳤다. 복수할 기회를 빼앗겨? 그게 말이나 돼? 지나가는 사람과 부딪치지 않으려 몸을 비스듬히 튼다. 자신의 목적이 너무도 허무하게, 눈앞에서 사라졌다. 아무튼 쫓아라, 자기 안의 목소리가 들린다. 여기서 도망치면 아무것도 모른 채 흐지부지된다. 지금까지 나는 아내의 복수만을 생각하고 살아왔다. 그 복수의 기회마저 잃는다면 이젠 정말 살아나갈 수가 없다. 더 이상 살아갈 목적도 이유도 없다. 그것만큼은 부정할 수 없는 사실 같았다.

앞에 보이는 남자의 뒷모습은 신기할 정도로 편안해 보였다. 앞으로 쭉쭉 나아가고 있지만, 절대 살인 현장에서 도망친 범인으로는 보이지 않는다. 행인과 이리저리 부딪치며 달리는 스즈키와는 대조적으로 물고기가 강줄기를 따라 유영하듯 나아간다. 검은색 반코트를 입었다. 몸놀림으로 보건대 마른 체형이다.

눈앞에서 그를 놓치지 않으려 스즈키는 사력을 다했다. 사람들의 머리 사이로 보였다 안 보였다 하는 남자의 등을 쫓는다.

누군가의 신발이 스즈키의 오른쪽 복사뼈를 걷어찼다. 뼈가 울리는 통증이 왔지만 멈춰 설 수는 없었다. 쏜살같이 달려 나가는 오토바이의 굉음이 스즈키의 등을 떠민다. 또 한 발을 내딛는다. 비틀대고 있는 건지 그를 쫓아가고 있는 건지 모르겠지만, 아무튼 나아가야 한다.

남자가 지하철역 계단을 내려선다.

스즈키는 뒤처지지 않으려 속도를 냈다. 후지사와콘고초의 지하철역은 세 개 노선이 교차하는 터라 구내도 상당히 복잡하다. 잠깐 뒤처지면 그 길로 놓친다. 그때 휴대전화가 울렸다. 지익지익 소릴 내는 형광등에 작은 날벌레들이 모여든 모습을 바라보며 전화를 받았다.

"너, 지금 어디야."

히요코의 날 선 목소리가 날아든다.

"지, 지금."

계단을 내려서던 터라 목소리가 튄다.

"뒤쫓고 있어요. 지하철역으로 들어왔습니다. 그쪽은⋯⋯."

그때 발을 헛디뎌 휘청거리다 계단을 훌쩍 건너뛰었다.

"그 사람은 어떻게 됐습니까?"

"병원으로 옮겼어."

"괜, 괜찮아요?"

목소리가 떨리는 것을 애써 자제한다.

"글쎄."

사람이 그 지경이 됐는데 괜찮을 리가 있나. 스즈키는 내심 그리 생각했지만 입 밖으로 내지는 않았다.

전화기를 귀에 대고 지하철역 통로를 걸어간다. 원통형 기둥이 일정한 간격으로 서 있다. 곳곳에 환승 표지판이 보인다. 왼편에는 문을 닫은 점포, 앞에는 자동판매기가 보이는데 그것 말고는 이렇다 할 풍경이 없다. 승강장으로 향한다. 남자와는 30미터 정도 떨어져 있지만 미행을 방해하는 것은 없다.

"그 범인, 절대 놓치면 안 돼."

"범인이라고 못 박을 순 없습니다."

"범인이라니까. 나도 봤어. 그때 얼간이와 같이 있었던 사람한테 이야기를 듣고 있는데 그 사람도 누군가가 뒤에서 떠민 것 같대."

히요코 뒤에서 구급차의 사이렌이 울리기 시작했다.

"아, 잘 안 들려요."

"푸시맨이라고!" 히요코가 이것저것 따질 것 없다는 식으로 소릴 질렀다.

"푸시맨?"

"그런 일을 전문으로 하는 프로가 있는 모양이야. 알려진 것도 없고, 나도 처음 듣는 말이지만 회사에 아는 사람이 있더라고."

"전문으로 뭘 한다고요?"

"밀친다고. 길바닥이나 역이나 그런 데서 사람을 밀쳐서 치여 죽게 만든대."

그렇다면 누군가에게 의뢰를 받아 저 남자가 데라하라의 아들을 살해했다는 소린가?

"아무튼 그 남자의 거처를 알아내. 지금으로선 정보가 하나도 없으니까."

히요코는 약간 화가 나 있다.

"왜 제가 그 일을 해야 합니까?"

"이 일로 공을 세우면 좋은 일이 있을 거야. 의심도 풀릴 테고."

남자가 개찰구로 들어가는 것을 보고 나중에 다시 통화하자며 전화를 끊은 다음 발매기로 달려갔다. 요금표를 훑어보고 가장 비싼 티켓을 끊는다. 기계에서 티켓을 낚아채서 개찰구를 통과한다.

양복쟁이와 진하게 화장한 여자들이 곁을 스쳐 간다. 승강장 안내 표지판을 쳐다본다. 긴 에스컬레이터를 타고 승강장으로 내려간다. 바로 앞에 노파 다섯 명이 줄지어 서서 태평하게 마작에 대해 주거니 받거니 이야기를 하고 있다.

상행선과 하행선 모두 이제 막 출발했는지 승강장에는 사람이 별로 없다.

남자의 모습이 시야에 든다. 왼편 하행선 첫 번째 칸 자리에

서 있다. 스즈키는 천천히 시간표를 향해 걸음을 옮겼다. 손목
시계와 시간표를 번갈아 본다. 손목 한 번, 시간표 한 번, 시간
을 확인하는 척하면서 남자를 관찰했다.

　나이는 30대 중반쯤? 동안이라고 할 수는 없지만 후줄근한
중년의 인상도 아니다.

　점차 승객이 늘기 시작한다. 습한 공기를 뚫고 이끼가 자라
듯 승강장 밑바닥에서 사람들이 꾸역꾸역 뚫고 나오는 느낌이
다. 소리 없이 줄이 생기고, 스즈키도 그 틈에 낀다.

　주간지를 읽는 남자, 헤드폰을 낀 학생, 잡담을 나누는 회
사원, 그런 사람들을 뒤로하고 남자는 맨 앞에 얌전히 서 있
다. 그가 풍기는 군중 속의 고요함에 스즈키는 주눅이 들 정
도였다.

　지하철이 도착한다. 문이 열리고 승객들이 앞으로 고꾸라지
듯 꼬리를 물고 안으로 들어간다. 스즈키도 따라 탄다. 하는 수
밖에 없잖아. 당신 말대로.

　엘리베이터는 1층에 도착하자 우아한 벨소리를 내며 입을
벌렸다. 밖으로 나가 로비를 가로지른다. 프런트 앞에 체크인

을 기다리는 손님이 일고여덟 명 있어 다소 말소리가 났다. 품격 있는 사람들이 발하는, 격이 있는 소음이다. 고래는 서두르는 기색 없이 출구로 향한다.

짐을 든 벨보이가 고개를 들었다. 잠깐 동안 고래를 쳐다보다가 금세 시선을 돌린다. 그 외에 걸리는 사람은 없었다. 정면의 자동문을 나서니 택시가 다가선다. 무시하고 완만한 커브길을 걸어 호텔 부지에서 벗어난다. 칼바람이 고래의 목덜미에 와 감긴다. 몸속부터 꼿꼿이 굳는다. 손이 곱아들어 손가락을 움직여본다.

교차로로 들어서니 건너편은 생각보다 훨씬 혼잡했다. 25층에서 목격한 그 교통사고 때문일 것이다.

푸시맨. 사고는 그의 소행인가?

인파가 길가에 정차한 구급차를 반원 형태로 에워쌌다. 이미 경찰차도 와 있다. 제복을 입은 경찰이 미니밴 옆에 젊은 여자와 마주 서 있다. 빨간 형광색 코트를 입은 여자는 누가 봐도 사람을 친 운전자가 확실한데 그런 것치고는 너무나 침착하다. 전혀 당황한 기색이 없다. 손에 담배를 쥐고서 뚱한 표정으로 경찰과 이야기를 주고받는다.

"저는 치지 않았는데요."

"사람을 쳤지 않습니까."

"저 남자가 불쑥 튀어나왔다고요."

"그러니까 친 거 맞잖아요."

"어휴 정말, 빨리 좀 처리해줘요. 일이 성가시게 된 건 내 쪽이라고요."

"그럴 수야 없죠. 사람이 죽었는데."

"나도 귀찮아 죽겠다니까요."

고래는 이런 대화가 오가는 중일 거라 상상했다.

사고로 약간 정체가 생겼다. 막무가내로 차선을 바꾸는 차들 때문에 신경질적인 클랙슨 소리가 몇 차례 울려 퍼진다. 많은 구경꾼들이 휴대전화를 귀에 대고 있다. 근처 빌딩에 내걸린 거대한 탄산음료 광고판이 규칙적으로 번쩍이며 군중을 비춘다. 흥분한 사람들의 얼굴이 번쩍할 때마다 확대된다.

고래는 양복 위에 검은 가죽 코트를 입고 있었다. 안주머니에서 휴대전화를 꺼내 외워둔 전화번호를 누른다.

"나다."

상대는 곧 전화를 받았다. 자기는 너무나 유명해서 굳이 이름을 댈 필요가 없다고 믿는 인간들이 의외로 많다.

"고래."

짧게 이름을 대자 상대는 "어어." 하고 알면서도 모르는 척하는지, 주변이 신경 쓰여서 그런지 길게 말을 끌었다.

"어찌 됐나?"

"끝났다. 아무 때나 가서 확인해라. 유서는 책상 위에. 가족들 앞으로 남겼다."

방 번호를 알려준다. 거기까지 듣고서 가지는 결혼 승낙이라도 받은 듯 숨을 길게 내쉬었다.

"이제야 살았네."

긴 숨 끝에 한마디 뱉는 의원에게서 10년 가까이 자신을 보필해온 비서의 죽음을 슬퍼하는 기색은 눈곱만큼도 찾아볼 수 없었다. 그러고는 "이 일이 밖으로 새어 나가는 일은 없겠지?"라고 약간 긴장된 목소리로 물었다.

"나는 내 할 일을 했을 뿐. 뒷일은 당신 몫이다."

"그가 남긴 건 가족 앞으로 쓴 유서뿐이겠지?"

"뭐?"

"뭔가 다른 걸 자네가 갖고 나왔다거나 그런 건 아니겠지?"

"다른 거라니?"

"언론 앞으로 쓴 편지라든가."

고래는 입을 다물었다. 이 정치가는 생각보다 더 소심한 것 같다. 한 가지 문제를 해결했다 싶으면 금세 또 다른 걱정거리를 만들어 안절부절못한다. 그런 인간이다. 어리석고 추하고 성가시다. 어리석고 추한 것은 참을 만해도 성가신 것은 거슬린다.

"자네가 이 건에 대해 흘리지 않는다는 걸 어떻게 보장하지?"

가지가 물었다.

"나는 15년째 이 일을 해왔다. 믿고 맡기는 수밖에. 나를 소개한 정치가한테 물어보든가."

"그렇다고 자네가 나를 배반하지 않을 거라고 단정할 순 없지 않나."

고래는 대꾸 없이 전화를 끊었다. 성가시다. 의심이 많고 소심한 자는 제 속 편하려고 끊임없이 수를 쓴다. 철저한 보신 대책도 세우지 않고, 임기응변도 없다. 그래서 꼬리를 무는 걱정거리를 하나하나 해결해가지 않으면 성이 안 차는 족속이다.

신호등이 파란색으로 바뀌어 걸음을 내딛자 다른 사람들도 일제히 걷기 시작했다. 교차로를 가득 메운 무리가 꼭 진지를 확보하려 달려드는 군대처럼 보였다. 길을 건너 우회전했다. 가까운 지하철역은 반대 방향이지만 보행자들의 흐름에 몸을 맡겼다.

"누구 본 사람 없어요?"

느닷없이 여자 목소리가 들려 고래는 그쪽을 쳐다보았다. 짧은 커트 머리의 여자가 옆에 서 있다. 가녀린 몸을 당당하게 버티고 서서 목격자 없느냐고 앙칼지게 소리친다. 살결이 도화지처럼 하얘서 가로등과 네온사인, 경찰차의 빨간 경광등이 비출 때마다 분홍색이 됐다가 붉은색이 됐다가 얼굴색이 바뀌었다.

"잠깐, 그쪽은 못 봤어요?"

어느새 여자가 고래 앞에 서 있었다. 평소 알고 지낸 사람처럼 부담 없는 말투로 들렸지만, 여자의 외꺼풀 눈은 흔들림 없었다. 흰 피부 위로 빨간 입술이 지렁이처럼 꿈틀댄다.

"뭘?"

"조금 전 사고 장면, 못 봤어요? 우리 회사 사람이 차에 치였는데, 뭔가 목격한 거 없느냐고요."

"뭘 목격하지?"

"뒤에서 누가 떠미는 거라든가."

고래는 순간 움찔했지만 곧 평정을 찾았다. 푸시맨. 또 그 단어가 머릿속을 가로지른다.

"아니."

고래는 낮게 깔린 목소리로 부인했다. 사실 호텔 25층에서 본 광경은 눈에 선했지만 말할 필요를 느끼지 못했다. 차도로 튀어나온 남자, 사람들 사이를 뚫고 반대편으로 빠져나가는 또 다른 남자. 푸시맨이다.

"못 봤다."

여자는 뺨을 실룩이며 인상을 구겼다. 하지만 눈은 뚫어져라 고래를 주시했다.

"잠깐만, 뭔가 생각나면 이리로 연락 줘요."

여자는 단념하지 않고 명함을 내밀었다.

작은 종이를 내려다본다. 주식회사 프로이라인. 상호를 보고 고래는 냉소를 흘렸다. 낯선 이름이 아니다.

"데라하라의 회사?"

"우리 사장을 알아요? 이봐요. 사고에 관해 뭔가 알고 있죠?"

"푸시맨."

고래가 그 말을 입 밖에 낸 것은 무심코 튀어나온 게 아니다. 여자를 시험하기 위해서였다.

여자가 미간을 좁히며 캐묻는다.

"잠깐만! 당신, 푸시맨에 대해 알아요?"

다급히 손을 뻗는 여자를 고래는 재빨리 뿌리친다.

지하철역 계단을 내려가자 지상의 소음이 서서히 멀어졌다. 차가운 바람이 차단된 만큼 따뜻하다. 개찰구를 지나 승강장으로 향한다. 오가는 승객들 틈에 섞인다. 잠시 후 노란색 지하철이 들어왔다. 빈자리는 없었지만 마침 긴 의자 끄트머리에 앉아 있던 사람이 일어나 그 자리에 앉는다. 옆에 서 있던, 술 냄새를 풍기는 여자가 매섭게 노려봤지만 고래의 체격을 보고는 슬그머니 시선을 돌린다.

양복 안주머니에서 책을 꺼내 서표를 꽂아둔 페이지를 펼친다. 수도 없이 읽은 그 문장을 고래는 다시 읽기 시작했다. 얼마 후 다음 정차할 역을 알리는 안내 방송이 나왔을 때 문득 고래는 정면에 있는 좌석이 흔들리는 것을 느꼈다. 또 시작인가.

혀를 찬다. 좌석만이 아니다. 눈앞의 정경 전체가 흔들린다. 윤곽이 흐릿해진다. 세상이 진동하는 것이 아니라 그 혼자만 현기증을 느끼는 것이다. 반년 전부터 이따금씩 나타나는 증상이다. 매번 똑같다. 눈앞이 흔들리다가 시야 전체가 암흑으로 변한다. 그러다 정신이 들면 '그것'이 나타난다.

그것. 죽은 자의 망령이 모습을 드러낸다. 진작부터 그 자리에 앉아 있었다는 듯 시치미를 떼고 경멸하는 표정으로 쳐다본다.

이번에도 똑같다. 현기증이 잦아들어 눈을 뜨자 정면 좌석에 여자가 앉아 있다.

그 여자를 제외한 다른 이들은 모두 사라진다. 조금 전까지 앉아서 신문을 읽던 남자도, 휴대전화를 바라보던 여고생도, 손잡이에 기대 졸던 회사원도 모두 자취를 감췄다. 정면에 앉아 있는 건 긴 파마머리에 이목구비가 또렷한 그 여자뿐이다. 고래를 향해 우아하게 손을 흔들며 웃는다. 진회색 바지 정장을 빼입었다.

넓은 차량 안에 이렇게 둘만 마주 앉아 있는 건 참으로 묘한 느낌이었다.

여자는 오륙 년 전에 자살한 뉴스캐스터다. 사명감이 차고도 넘치는 여자였다. 아나운서임에도 신경 쓰이는 사건이 있으면 상사의 만류에도 직접 나서서 취재를 했다. 정치가가 숨기고 싶어 하는 치부를 낱낱이 파고들었다. 걸릴 게 없는데도 뒤를 캐고 다니면 거슬릴 터인데, 구린 치부를 들쑤시니 정치가는 당연히 여자를 눈엣가시로 생각했다.

그러나 유감스럽게도 그녀는 폭행을 당한 정도로는 정신을 차리지 못했고, 한술 더 떠서 병적인 집착을 보였다. 그게 사인死因이다. 열 받으면 물불 안 가리는 정치가들을 건드려, 고래에게 의뢰가 들어온 것이다.

"그게 저널리즘이니까요."

호텔 방에서 여자는 그렇게 주장했다. 감정이 실려 목소리는 떨렸지만, 또박또박한 말투로 선언했다.

"정의가 마른 가지처럼 꺾이는 것은 싫습니다."

"정의?"

"저는 어릴 때 옛날이야기를 들으며 자랐습니다. 텔레비전에 나오는 전래동화 말이에요. 그래서 나쁜 할아버지는 벌을 받고 착한 할아버지는 행복해진다는, 그런 사상이 머릿속 깊이 박혀 있죠. 그래서, 싫습니다."

고래는 일단 이렇게 대답했다.

"현실을 직시해라. 권선징악 운운하는 너는 지금 울면서 유서를 쓰고 있다. 투실투실 살찐 정치가는 지금쯤 침대에서 계집을 끼고 앉아 쇼나 보고 있을걸. 정의든 불의든 그게 현실이다."

여자는 고래의 말에 동의하진 않았지만 그의 눈을 본 순간 우울한 감정에 빠져들었다. 제 발로 의자에 올라 올가미에 머리를 들이밀더니, 얼마 후 시계추처럼 공중에서 왔다 갔다 했다.

그랬던 여자가 지금 맞은편에 앉아 손을 흔들고 있다. 번갈아가며 나타나는 사자死者의 모습은 고래의 눈에는 보통 사람과 별 차이가 없어 보인다. 헷갈리고 성가시다.

꺼지라고 소리치고 싶다.

갑자기 복통이 일었다.

묵직한 둔통이다. 배를 움켜잡고 몸을 뒤튼다. 병적인, 어떤 구체적인 통증이라기보다 막연한, 어디라고 딱 꼬집어 말하기 어려운 통증이다. 몸에 구멍이 뚫린 것 같은 허함과 목을 조여오는 숨 막힘. 초조해할 일도 없는데, 뭔가에 쫓기는 느낌이다. 통증은 예고도 없이 시작되고, 한동안 이를 악물고 참다 보면 어느 틈에 사라진다. 그렇게 견뎌내야 하는 시간이 갈수록 길어진다. 발현하는 횟수도 빈번해지고 통증이 지속되는 시간도 길다. 원인은 모르겠다. 의사를 찾아갈 생각도 없지만, 설사 간다 해도 나을 성싶지 않다.

"죄의식 때문에 그런 거 아닐까요?"

소리가 들려 고래는 고개를 쳐든다. 바로 옆에 뉴스캐스터의 얼굴이 있다. 메이크업을 곱게 한 미인이 입술을 바투 대고 속삭인다.

"그렇죠?"

맞은편 자리는 비어 있다.

"당신, 그렇게 말짱한 얼굴로 다른 사람들을 자살하게 만들지만, 결국 죄의식을 느끼는 거 아닙니까?"

고래는 대꾸하지 않는다. 무슨 말이든 하면 이들의 페이스에 말려드는 꼴이라는 걸 안다. 여자는 환각에 지나지 않고, 실제 그 자리에는 다른 승객이 있다. 망령을 향해 한마디라도 대꾸했다간 정신병자 취급을 당할 것이다. 책 속의 한 문장이 불현듯 떠오른다.

'당황할 것 없어. 잠깐 몸 상태가 안 좋아서 그런 것뿐.'

러시아 청년은 살인을 앞두고 그런 식으로 자신을 속였다. 아마 나도 지금 컨디션이 안 좋아서 그런 것뿐이야.

여자가 내쉬는 숨이 고래의 뺨에 와 닿았다.

"아, 맞다. 아까 그 사고 봤어요? 그거 푸시맨이 한 짓 맞죠? 당신도 알고 있죠?"

고래는 쳇, 하고 콧바람이 새려는 걸 애써 참는다. 비위 상하는 얘기만 잘도 골라 끄집어낸다.

"저기요. 옛날 얘기를 해서 안됐지만, 당신 옛날에 푸시맨한테 졌죠?"

졌다는 표현에 코웃음이 샌다. 시답잖은 승부에 울고 웃는 애송이들의 유치한 표현으로 들렸기 때문이다.

"푸시맨 얘기 자꾸 끄집어내지 마라."

고래는 속으로 뇌까렸다.

"당신이 겁쟁이였기 때문에 푸시맨한테 밀린 거 아닌가요? 이제 그만 그 일 그만두는 게 좋지 않아요?"

그만 손 터는 게 좋지 않겠냐고, 여자는 어느 틈에 아까와는 반대편에 서서 속삭인다.

닥쳐! 더 이상 쓸데없이 입을 놀리면 죽여버릴 테다. 고래는 소리 없이 여자를 노려보았다.

그러자 여자는 "이미 죽었는데요, 뭐." 하고 발랄하게 대답했다. 그러고는 불쑥 얼굴을 들이대더니 "당신 때문에."라고 쐐기를 박는다.

바람이 머릿속을 훑고 지나가는 느낌에 어깨가 떨렸다. 곧 온몸을 타고 한기가 내려온다. 몇 초 동안 눈을 감았다 뜬다.

여자의 모습은 사라지고 지하철 안의 정경이 돌아왔다. 정면 좌석에는 곯아떨어진 양복쟁이 남자와 휴대전화에 정신이 팔린 여자, 따분한 표정의 노파, 잡지의 수영복 사진을 뚫어져라 보는 남자, 큰 소리로 키득거리는 커플, 그런 광경이 되살아났다.

매미

　매미는 신주쿠구 남단에 있는 낡은 9층짜리 아파트의 비상
계단을 오르고 있었다. 붉게 녹슨 난간을 짚고서 나선형 계단
을 올라간다.

　미토시에서 일을 끝내고 날이 샜다. 첫차를 타고 상경하는
길이다. 아침부터 내리기 시작한 비가 여태 추적거린다. 빗발
은 강하지 않지만 땅을 모두 적시고 건물 옆 숲을 깨울 정도의
힘은 있었다. 울퉁불퉁 불거진 근육을 연상시키는 먹구름이 하
늘을 뒤덮었지만, 저 멀리 갈라진 틈이 보인다.

　바지 뒷주머니에 손을 찔러 넣고 6층 복도를 걸어간다. 매미
의 머릿속에는 어젯밤에 본 영화의 잔상이 남아 있다. 임무를
완수한 후 그 집에서 큰 텔레비전으로 본 영화다. 가브리엘 카
소의 〈억압〉.

　감독 이름도 생소하고 영화도 따분했다. 바로 채널을 돌리려
다가 무슨 얘기인지 궁금해 보다 보니 끝까지 봤다. 이와니시
가 알면 길길이 뛸 테지만, 시체 옆에 앉아서 봤다.

　사고로 부모를 잃은 프랑스 청년의 짧은 생을 그린 영화다.
매일 아침 미로처럼 복잡한 길을 엄청난 양의 신문 다발을 짊
어지고 달리는 청년의 모습이 화면에 비쳤다.

　청년이 성장함에 따라 이동 수단이 달리기에서 자전거로, 다

시 오토바이로 바뀐다. 대사는 얼마 되지 않지만 그가 이 세상에서 제일 경멸하는 것이 신문 보급소 소장이라는 사실만큼은 확연히 드러난다. 청년을 소처럼 부려먹으며 자기는 질펀히 늘어져 지내는, 뒤룩뒤룩 살찐 남자다.

청년은 가난했지만 사랑도 하고, 또 필연적으로 실연도 경험하면서 하루하루를 살아간다. 소장의 태도는 날로 고약해진다. 사람을 무시하고 얼토당토않은 지시를 하고 때로는 손찌검까지 하면서도 급료는 제때 주지 않는다. 그나마 줄 때도 청년의 발치에 지폐를 내던진다. 청년은 그때마다 "그냥 나한테 주세요."라며 화를 냈다.

모멸감을 견디다 못해 소장을 죽이러 칼을 들고 일터로 간 청년에게 소장은 이런 말을 한다.

"너는 내 인형이야."

피가 끓어오른 청년의 몸은 어느새 줄에 묶여 있다. 그야말로 마리오네트 인형처럼 팔다리에도 머리에도 줄이 이어져 있다.

"인형을 조종하려면 줄이 필요하지."

소장은 조용히 말한다. 청년의 부모가 죽은 것도, 청년이 연애와 실연을 경험한 것도, 한술 더 떠 청년이 세상에 태어난 것도 모두 자기가 쓴 각본에 지나지 않는다고. "어이, 인형." 하고 조롱하듯 그를 부른다.

청년은 처음에는 웃다가 점차 얼굴색이 하얗게 질리면서 절

규탄다. 울부짖지만 입에서 나오는 것은 닭 울음소리로, 그것조차 소장의 술수라는 것을 깨닫는다. 청년은 칼을 휘둘러 자기 몸에 묶인 끈을 끊으려고 발버둥 치다가 결국 정신병원으로 호송된다. 영화의 끄트머리에 청년은 침대 위에 앉아 읊조린다.

"인형이라도 좋으니까 자유롭게 해주세요."

프랑스인가 이탈리아 영화제에서 무슨 상을 받은 영화라는데 전체적인 분위기가 어둡고 지루한 내용이었다. 흑백영화의 사이사이에 청년의 심리를 표현하기 위함인지 푸른색 영상이 섞여드는데, 그것은 꽤 인상적이었다. 다만 영화가 끝나고 나서 매미는 기분이 영 찝찝했다. 주인공이 왠지 남 같지 않았다.

"나랑 뭔 상관이라고."

부러 혼잣말을 해보지만 그게 바로 동요하고 있다는 증거였다.

마지막 장면, 소장이 정신병원을 바라보면서 캔 맥주를 들이켜곤 "난 이렇게 자유로운데 말이야." 하며 웃는다. 그 모습에 사마귀 같은 이와니시의 얼굴이 중첩됐다. 기분을 잡쳤다.

매미는 아파트 복도를 쭉 걸어간다. 근처에 숲이 있어서 아파트 안쪽은 볕이 잘 들지 않는다. 늘 습기가 차 있어 퀴퀴한 냄새가 난다. 귀퉁이에 죽은 말벌 세 마리가 나동그라져 있었다. 곰팡이 때문일 거라고 매미는 밑도 끝도 없이 상상한다. 노랗고 까만 무늬가 음산한 위압감을 풍긴다. 호랑이나 말벌처럼 노랑과 흑색의 조화는 보는 이에게 공포심을 유발하는 효과가 있다는 것을 문득 깨닫는다. 그러고 보니 말벌이라 불리는 살인청부업자가 있었다는 게 떠올랐다. 매미보다는 말벌이 강할 것 같았다.

603호 앞에 서서 초인종을 누른다. 대답은 없지만 매미는 곧장 손잡이를 돌려 안으로 들어간다. 문이 잠겨 있지 않다는 것, 이와니시가 나와서 맞아주지 않으리라는 것쯤 알고 있다.

방 두 개짜리 아파트로 실내는 지은 지 20년이나 된 집 같지 않다. 결벽증이 있는 이와니시가 바닥을 비롯해 카펫이며 벽, 욕실, 천장 할 것 없이 깨끗이 쓸고 닦기 때문이다. 잭 크리스핀이 "집 안의 아름다움은 거주자의 몸에서도 풍긴다."고 했단다. 지나가던 개가 웃을 소리다.

"여어."

이와니시가 매미를 보고 손을 쳐들었다.

여섯 평 남짓한 카펫이 깔린 실내. 근처 학교 교무실에서 훔쳐왔나 싶은 철제 책상이 창가에 놓여 있고 이와니시는 전화기와 컴퓨터, 지도가 놓인 책상 위로 다리를 뻗고 앉아 있다. 순간 영화 〈억압〉에 나온 신문 보급소 소장이 오버랩되어 매미는 움찔했다. 감정을 꾹 누른다. 이어서 쯧, 혀를 찬다. 흡, 꾹, 쯧이다.

매미는 책상 앞에 놓인 검은 소파에 앉았다.

"아주 잘 처리한 모양이네."

이와니시는 신문을 접어 매미에게 던졌다. 발치에 떨어진 신문을 흘끔 보면서도 매미는 줍지 않는다.

"벌써 실렸어?"

"읽어봐."

"됐수다. 귀찮게 뭘."

봐봤자 만날 똑같다. 일가족 참살, 한밤의 난자, 보나 마나 그 제목에 그 기사다. 처음엔 죽은 이가 어쩌고저쩌고, 안타깝네 뭐하네로 시작해 수사망의 허점이 어쩌고저쩌고로 끝난다.

물론 이 일을 시작한 초기에는 적어도 뉴스나 신문을 챙겨 볼 정도의 관심은 있었다. 운동선수가 경기에 관한 기사를 스크랩하듯 자기가 저지른 사건의 기사가 나길 기다린 적도 있다. 하지만 곧 질렸다. 이렇다 할 정보가 실리는 것도 아니다. 엉뚱한 범인상을 그럴듯하게 묘사해놓은 기사를 보는 것도 이젠 지겹다.

"아무튼."

매미는 이와니시를 돌아보았다.

"그 덜떨어진 컴퓨터로 후딱 계산해서 내 몫이나 넘기시지. 그리고 참, 웬만하면 수고했다 한마디 정도는 하고 삽시다. 뭔 말인지 아쇼?"

"어떻게 저 입에서 저런 잘난 말이 다 나오지?"

이와니시는 사마귀처럼 짧고 뾰족한 턱을 좌우로 흔들며 말했다. 소매 아래로 보이는 손목이 나무 막대처럼 앙상하다.

"말하자면 난 상사고 넌 부하야. 이렇게 말할 수도 있지. 난 사령관, 넌 일개 병사. 보통 그따위로 주둥이를 놀리면 당장 백수가 되든가, 참수형을 당해 모가지가 나뒹굴든가, 둘 중 하나지."

"그럼 당장 그렇게 해보시지. 하지도 못할 거면서 큰소리는. 당신은 내가 없으면 아무것도 못하잖아."

"매미, 너도 나 없으면 입에 풀칠하기 힘들걸."

"난 혼자서도 충분히 먹고살 수 있어."

"바보냐? 덮어놓고 사람을 죽인다고 돈이 나와, 밥이 나와. 여적 그것도 몰라?"

이와니시가 삿대질을 하며 침을 튀겼다.

"의뢰인에게 일이 들어오면 얼마짜린지 교섭을 하고, 또 조사도 해야 한다고. 중요한 건 준비 단계다, 그 말이야. 터널을 빠져나가기 직전에야말로 조심하라. 그런 말도 모르냐?"

"잭 크리스핀이 한 말이겠지."

"알긴 아네."

알기는 무슨……, 네 입에서 나오는 게 그 잭 뭐시기의 말 말고 또 있어? 매미는 한숨을 내쉰다.

"궁금해서 묻는 건데, 그 잭 뭐시긴가 하는 사람은 무슨 음악을 했는데? 펑크? 아님 프리재즈?"

흘러간 록 밴드는 나름 꽤 알고 있다고 자부하지만 잭 크리스핀이라는 이름은 들어본 적이 없다. 실재하는 인물이긴 한지, 그마저도 의심스럽다.

"그 유명한 '죽은 듯 살고 싶지는 않다'는 말을 처음 한 사람이 잭 크리스핀이야. 그 후로 수많은 아티스트들이 그 말을 써먹었지. 아 그리고, 록 뮤지션 중에 기타 피크를 처음 객석으로 던진 것도 잭 크리스핀이고."

"전기를 발명한 거랑 전화를 발명한 건 다르지?"

"비슷할 수도 있지."

"그럴 순 없어 절대!"

"좌우간 말이야, 조사는 꼭 필요한 과정이야. 의뢰받은 대로 대충 사람을 죽여봐. 동일범으로 찍혀서 일을 계속하기 어려워질걸. 그러니까 시기와 장소 같은 걸 신중히 고려해야 하는 거라고. 타깃의 신변 조사만 해도 그래. 그거 내가 다 하고 있잖아."

"타깃은 무슨, 얼어 죽을 똥폼 잡는 소리 좀 하지 마."

매미는 같잖다는 생각에 피식거렸다.

"그냥 희생자잖아. 막말로다가 죽을 놈."

창밖이 시끌벅적했다. 중의원 선거에 출마한 입후보자가 가두연설을 시작했다. 제대로 알아들을 수도 없는 소리로 꽥꽥댄다. 뭐라는 건지 통 모르겠지만 아무튼 한 표 찍어달라는 소리

겠거니 한다. 뒤에서 그 소리를 들은 이와니시가 표정을 풀고
물었다.

"너 여당에 투표할 거냐?"

"난 투표 같은 거 안 하니 신경 끄쇼."

"야, 옛날 사람들이 투표권을 얻기 위해 얼마나 고생했는지
알기나 하고 하는 소리야?"

이와니시는 들쭉날쭉 치열이 고르지 않은 입을 벌리고 침을
튀겼다.

"됐으니까 돈이나 줘."

이와니시는 대꾸하지 않고 컴퓨터 자판을 두들기기 시작
했다.

매미는 실내를 둘러보았다. 이 집에 들어선 건 석 달 만이다.
삭막한 흰 벽에는 아무런 장식도 없고, 그 흔한 책꽂이나 서랍
장 하나 없다.

"출장 기념품은 없냐?"

모니터에 시선을 박고 자판을 두들기며 이와니시가 물었다.

"기념품 같은 소리 하고 있네."

매미는 입을 실룩댔다.

"낫토든 뭐든 환영인데, 뭐 없어?"

"이거 보쇼."

매미는 짜증이 나서 일어났다.

"난 업무차 다녀온 사람이야. 그것도 한밤중에 남의 집에 들어가서 일가족을 몰살하는, 나름 대공사를 하고 오는 길이라고. 엘리베이터도 없는 고층 빌딩으로 이삿짐 나르는 일만큼이나 큰일이라니까. 거 알기나 하고 하는 소리야? 게다가 상점도 다들 셔터를 내린 시간이라고. 나는 밤에 묵을 데가 없어서 역 앞 만화방에서 시간 죽이다 왔는데, 그런 사람더러 뭐? 기념품?"

"만화방?"

이와니시는 재빨리 반응했다.

"너, 설마 민중 같은 거 보여주진 않았겠지?"

매미는 한숨을 내쉰다.

"진짜는 당연히 안 보여줬지. 이 짓 한두 번 하나. 암튼 미토는 그리 멀지도 않으니까 그렇게 낫토가 먹고 싶거든 직접 가서 사 오시든가."

그러고 나서 매미는 소파에 똑바로 앉아 눈을 감았다. 마음을 좀 가라앉히고 싶었다. 영화에서 본 프랑스 청년의 얼굴이 떠오른다. 초췌한 몰골로 '자유'라는 말을 수십 번이나 반복하던 신문 배달부. 나는 그와 다르다고 매미는 되뇌었다. 그러는 동안 피곤해서 그런지 얼핏 졸음이 왔다. 팔꿈치를 무릎에 대고 턱을 괴고서 눈을 껌뻑껌뻑한다.

잠들기 일보 직전이었다. 그때 무슨 소리를 듣고 고개를 쳐들었다. 왼쪽 바닥에 봉투가 떨어져 있다. 벌어진 봉투의 아가리로 지폐가 빠끔히 얼굴을 내밀었다.

"좀 정중히 건네면 안 되나?"

매미는 투덜대면서 자리에서 일어나 그것을 주웠다. 알맹이를 확인한다. 세어보지는 않았지만 지폐 다발이 세 묶음이었다.

"늘 생각하는 거지만, 그렇게 일가족을 싹 다 죽이고도 고작 300만 엔이라는 게 말이 된다고 보슈?"

"왜, 너무 많아서 미안하냐?"

"너, 죽을 줄 알아!"

매미가 입에 거품을 물자 이와니시는 껄껄 웃었다.

"살인자가 그렇게 말하니 농으로는 안 들리네."

"300이면 너무 적다고."

"자꾸 구시렁대면 딴 놈을 고용하는 수가 있어. 10만 엔 정도 던져주면 좋다고 달려들 놈들이 널렸어."

"그런 놈 실력을 어떻게 믿어? 그러니까 당신도 나한테 의뢰하는 거잖아."

"아, 거 더럽게 시끄럽네. 그 정도면 1년은 먹고살 거 아냐."

이와니시는 책상 위에 있던 귀이개로 귓구멍을 파기 시작했다.

"저기, 종류는 상관없는데 뭐 차라도 좀 내오시지?"

버럭 소리를 지를 줄 알았는데 의외로 이와니시는 컵을 들고

와 건넸다.

"홍차라도 괜찮으면 마셔라."

매미는 들릴 둥 말 둥 고맙다고 하고는 한 모금 축였다. 그런 다음 숨을 내쉬고는 흔들리는 홍차의 수면을 내려다본다.

"이렇게 엷게 우려내는 것도 재주네."

"재주는 뭐. 네다섯 번 우려내면 절로 그렇게 되는데."

책상으로 돌아간 이와니시가 태연하게 대꾸했다.

"이거 보쇼."

매미는 크게 숨을 들이쉬고 말했다.

"이런 홍차는 근처 슈퍼마켓에서 몇 푼 안 주고 살 수 있는 싸구런데, 그걸 네다섯 번씩 우린다고? 그게 무슨 홍차야. 홍차의 탈을 쓴 맹물이지. 그렇게 구두쇠처럼 굴지 좀 말라고. 남 부려먹어서 번 돈 잔뜩 꿍쳐놓고서."

"거 정말 더럽게 시끄럽네. 고목나무에 붙은 매미 같이 오늘 진짜 왜 이래?"

"웬만하면 나한테도 정보 좀 주시지?"

"정보라니?"

"예를 들어 어제 그 집. 그 집 사람들은 왜 나한테 그런 꼴을 당한 건데?"

끝까지 불평하던 여자의 얼굴이 생각났다.

"뭐, 나도 바보는 아니니 어느 정도 짐작은 가는데. 그거지?

노숙자 방화 사건. 노숙자를 태워 죽인 게 그 집 아들이라던데."

"노숙자? 방화? 뭔 소리야, 그건 또?"

이와니시가 마뜩잖은 목소리로 말했다.

"그게 그렇게 궁금해?"

"궁금해 죽겠는 정도는 아니지만. 그래도 만날 강가에서 빨래를 하거나 물고기를 잡는 사람은 그 강물이 어디서 흘러오는지 상상 정도는 해보기 마련 아닌가? 상류에서 대체 뭔 일이 일어나고 있나, 어디서 물이 솟아나나, 한 번쯤 거슬러 가보고 싶어질 거라고. 그래서 나도 의뢰인이 어떤 사람인지 정도는 알고 싶다, 뭐 그런 말이지."

"기껏 상류까지 가보니 수도꼭지더라, 그럴 수도 있잖아. 쓸데없는 호기심을 품었다 실망하느니 차라리 하류에서 아무것도 모르고 노는 게 낫지. 안 그래? '20대 남자는 모르는 게 많을수록 행복하다.'라는 말도 있잖아."

"아, 예, 예."

매미는 손을 휘저어 시답잖은 말을 뿌리친다.

"야, 너 말이야."

이와니시가 잠시 잠자코 있다가 입을 뗐다.

"전부터 궁금했는데, 매번 무슨 생각을 하면서 일하냐? 사람 죽일 때 말이야."

"뭔 소리래, 뜬금없이."

"죽일 때 변명거리를 생각한다거나, 죽여야 하는 이유를 생각한다거나, 염불을 왼다거나 그러냐?"

"그럴 리가 있어?"

"아무 생각 없이 사람을 죽일 수 있냐?"

이제 와서 새삼 뭔 소리? 하루 이틀 같이 일한 것도 아닌데 웬 자다가 봉창 두드리는 소린가 싶었지만, 그럼에도 매미는 대답을 궁리했다.

"난 머리가 나빠서 어려운 일을 맞닥뜨리면 일단 도망치는 데 선수야. 수학 공식이라든가 영어 문법이라든가 그런 건 칠판에 써가며 설명해봐야 도통 뭔 소린지 알아먹을 수가 없다고. 그러니까 그럴 때는 생각이고 뭐고 집어치우지. 마찬가지야. 사람을 죽이는 게 좋다든가 나쁘다든가 그런 건 따지지 않는다, 그 말이야. 일이니까 한다. 그냥 그거지. 예를 들어…….
아, 그래."

"뭐가 그래?"

"그러니까 예를 들어 차를 운전할 때 교차로 신호가 노랑에서 빨강으로 바뀌려는 찰나, 뭐 어떻게든 되겠지 하는 맘에 액셀을 밟아 그대로 달리는 경우가 있잖아."

"그러다 줄줄이 차들이 따라오면 큰일이다 싶지."

"글쎄, 그러다 앞이 막혀서 교차로 한가운데 서게 되는 경우가 있잖아. 다른 차들을 완전히 가로막고 설 때. 그럴 때 그냥 좀 미안하다는 생각이 들겠지, 보통?"

"그렇지. 그런 생각이 좀 들긴 하지."

"그거랑 비슷하다고 보면 돼."

"뭐?"

"진로를 막아서 미안하다. 그렇지만 그게 그렇게 큰 죄는 아니지 않냐. 좀 봐줘라. 그런 기분으로 죽인다고. 게다가 막상 죽여야 할 상대를 만나보면 다들 열 받게 하는 것들이더라고. 말은 많지, 머린 둔하지, 행동은 지들 마음대로에……. 죄의식 같은 거 느낄 필요 없어."

"넌 아주 특기자야, 특기자."

이와니시가 주정뱅이처럼 소리 높여 웃었다.

스즈키는 흐트러진 상의의 깃을 바로잡는다.

"당신은 늘 깃이 구겨져 있더라."

하며 양복을 펴주던 아내의 얼굴이 떠오른다. 숨을 깊이 들이쉬고 시계를 본다. 오전 11시, 데라하라의 아들이 차에 치인 것을 목격한 지 거의 반나절이 지났다. 묵직한 구름이 하늘을 뒤덮고 끊임없이 부슬비를 흩뿌린다. 그래서 그런지 토요일인데도 거리에는 사람이 많지 않다. 도쿄 남부에 위치한 주택가. '네토자와 파크타운'이라고 쓴 간판이 여기저기 서 있다.

도로 옆 쓰레기 집하장에 쓰레기봉투가 쌓여 있다. 비닐에 빗물이 떨어져 후드득후드득 소리를 낸다. 비 냄새인지 비닐봉지에서 샌 음식물 쓰레기 냄새인지 눅눅한 비린내가 코를 찌른다. 숨을 길게 내쉰다. 하는 수밖에 없잖아. 당신 말대로.

히요코에게 새벽 1시 넘어 전화가 왔다.

"지금 어디야?"

"지금 막 집에 도착했습니다."

"거짓말하면 큰일 난다." 히요코가 대꾸했다. "지금 우리가 그 아파트 앞에 있으니까. 그래서, 지금 어딘데?"

실은 시내 비즈니스호텔에 있었다. 낡고 저렴한, 서비스와 청결 상태가 좋지 않은 5층짜리 호텔에 방을 잡았다.

"도대체 어떻게 된 거야? 어디 있냐고. 어쨌거나 놈의 주거지는 알아냈겠지? 지금 이쪽은 완전 난리도 아니야."

"난리요?"

"화가 머리끝까지 난 사장이 직원들 불러놓고 범인을 잡아오라며 소리소리 지르고 있어. 하긴 아들이 죽었으니 꼭지가 돌 만도 하지. 듣고 있어? 혹시 너 미행하다 놓친 거 아니야?"

스즈키는 뭐라 대답해야 좋을지 고민하다가 "사는 곳은 확인했습니다."라고 했다.

"후지사와콘고초에서 지하철로 신주쿠까지 갔습니다. 거기서 지하철을 갈아타고 종점까지 가서……."

"무슨 선의 종점을 말하는 거야?"

히요코가 활로 과녁을 맞히듯 질문을 던졌다.

"무슨 역이냐고!"

스즈키는 반사적으로 대답할 뻔했지만 생각을 돌렸다.

"아직."

"아직?"

"아직은 말할 수 없습니다."

"뭐라고?"

히요코의 목소리가 단박에 거칠어졌다.

"뭐야. 너 지금 나랑 장난해?"

"아직 그 사람이 범인인지 아닌지도 모르잖습니까."

"사는 곳을 말해. 그럼 범인인지 뭔지 곧 밝혀질 테니까."

"어떻게요?"

"우리 직원들이 그 집에 가서 자백을 받아낼 거야."

스즈키는 반사적으로 대답했다.

"그건 싫습니다."

어떤 대책이나 계산이 있어서 그런 게 아니라 자기도 모르게 튀어나왔다.

"보나 마나 무력으로 원하는 대답을 강요할 거 아닙니까."

"그거야, 그자가 솔직히 자백하면 몰라도 아무럼 어느 정도는 힘을 쓰게 되지 않겠어?"

어느 정도! 그렇게 미적지근하게 넘어가지는 않을 것이다.

"그런 건, 저는 싫습니다."

"너 지금 네 입장을 알고나 하는 소리야? 당장 푸시맨의 집 주소를 대지 않으면 너까지 곤란해져."

"푸시맨이라고 단정할 순 없잖습니까. 그건 사고일 수도 있습니다."

가능성은 낮지만 어쩌면 자살일 수도…….

"같이 있던 사람이 절대 그건 아니라고 했어. 누군가 밀친 거야. 그건 프로 솜씨야. 푸시맨의 수법이라고. 야, 너 이대로 도망칠 수 있을 거라 생각해?"

"프로가 그런 식으로 남들 눈에 띄지는 않겠죠."

"그거야 뭐 실수한 거 아니겠어?"

"지금이라면." 스즈키는 마음을 다잡고 말했다. "지금이라면 나도 도망칠 수 있습니다. 여기는 당신이 운전하는 차 안도 아니고, 총부리가 겨누고 있는 것도 아니니까요. 그리고 내가 어디 있는지 아무도 모르잖습니까."

"저기 말이야, 네가 가르쳐주지 않아도 어차피 우리 회사는 그놈을 찾아낼 거야. 우리 쪽 정보망도 쓸 만하거든. 푸시맨 따위 찾아내는 거, 일도 아니야."

"그럼 그렇게 찾아내면 되겠네요."

"후딱 끝내는 게 편하잖아?"

히요코는 마치 원나잇 스탠드 얘기라도 하듯 말했다.

"전 싫습니다."

"좋아."

히요코는 한층 또렷한 발음으로 다시 한번 소리를 높였다.

"좋아. 알았어."

그 경쾌함에 스즈키는 더럭 불안해졌다.

"네가 이런 식으로 나오면 그들을 쏘는 수밖에."

"그들?"

"오늘 차에 태운 것들 말이야. 애송이 같은 얼굴을 하고 곯아 떨어졌었잖아. 젊고 미래가 있는 커플."

스즈키의 뇌리에 제자의 얼굴이 되살아났다. "저도 한다면 한다고요."라며 머리를 긁적이던 얼굴이 눈에 선하다. 뒷자리에 잠들어 있던 젊은 남자는 그 아이와 무척 닮았다. 스즈키는 신음이 새어 나오려는 걸 꾹 참고, 목소리를 가다듬으며 겨우 말했다.

"그게, 그게 저랑 무슨……."

"네가 협조하지 않으면 죽여버리겠다고."

빨리 안 오면 우리가 먼저 먹는다, 하는 말투다.

"그 사람들은 나하고 아무 상관도 없잖습니까."

"그래서 나 몰라라 하시겠다?"

교활한 수법이다. 스즈키에게 모든 책임을 전가하려는, 세상의 모든 불행을 스즈키의 탓으로 돌리려는 수작이었다.

"나 몰라라 하는 게 아닙니다."

곧바로 되받아치긴 했지만 그와 동시에 귓가에 "선생님, 저 모른 척하지 않으실 거죠?" 하는 소리가 울렸다. 졸업식 날 교무실까지 찾아와 그 학생이 고개를 숙이며 한 말이다.

"그럼 어서 주소를 말해."

"좀 기다려줄 수 없습니까. 그 남자의 집까지 미행을 하긴 했지만 물증을 잡기 전엔 발설하고 싶지 않습니다."

퍼뜩 머리를 스친 방법은 시간 벌기였다. 예스도 노도 아니다. 어떻게든 시간을 끌어야 한다고 생각했다.

"물증이라니?"

"그 남자가 정말로 밀었다는 물증이요."

"그러게 내가 말했잖아. 그런 건 우리 직원들이 알아서 조사할 거라고."

"제가 조사하고 싶습니다."

"어떻게 할 건데?"

"내일 그 집을 찾아가보겠습니다."

"아까 찾아갔으면 좋았잖아. 벨을 누르고 '당신이 푸시맨 맞지?' 다짜고짜 물은 다음 반응을 보면 바로 알았을 거 아니야."

"너무 시간이 늦어서 그만둔 겁니다. 게다가 아이도 있는 것 같아서."

남자가 들어간 집이 떠올랐다. 베란다에 화분과 조그만 자전거, 축구공이 있었다.

"그게 무슨 말이야?"

"푸시맨이 화분에 물을 주고, 아이들이나 타는 작은 자전거를 타고, 공놀이를 할 것 같습니까?"

"뭐? 푸시맨한테 아이? 지금 무슨 말 하는 거야?"

그리고 지금, 스즈키는 그 집 앞에 서 있었다. 누군가 미행하는 기색은 없었다. 스즈키는 무사히 네토자와 파크타운에 당도했다.

2층 단독주택으로 벽은 엷은 갈색이다. 지붕은 큰 합판을 얹어놓은 것처럼 평평하다. 모든 창문에 커튼이 드리워져 실내는 보이지 않는다. 마당을 둘러싼 담장은 빗물에 젖었고 정원수가 밖으로 늘어져 있다. 문설주에는 담쟁이덩굴이 얽혀 있다. 우편함은 문설주에 붙어 있고, 그 주변이 녹과 먼지로 거뭇거뭇하다. 후드득후드득, 지붕에 빗방울 떨어지는 소리가 시끄럽게 울린다.

문 너머로 작은 정원을 가로지르는 징검다리가 보이고 그 끄트머리에 현관이 보였다. 우산을 뒤로 젖히고 자세히 살펴봤지만 문패는 어디에도 없었다.

우편함 밑에 있는 초인종을 지그시 바라본다. 손가락을 뻗어 보지만 막상 누를 용기는 나지 않았다. 고개를 들어 위를 올려 다보니 2층 베란다에 아동용 청바지가 널려 있다. 비가 오는데 걷지 않아도 되나 싶었지만 베란다 위의 지붕이 넓어 젖을 염려는 없는 것 같다.

이 집에는 어린애가 산다.

그건 분명한 것 같다. 이 집으로 들어간 남자는 푸시맨이다. 푸시맨에게 아이가 있다. 가정이 있다. 이게 말이나 되는 소린가.

어젯밤 후지사와콘고초 교차로에서 본 장면이 눈앞에 되살아난다. 영상은 천천히 재생됐다. 데라하라 아들의 등 뒤로 달아난 마른 체형의 남자가 떠오른다.

어느새 비는 거의 그쳤다. 팔을 쭉 뻗어 손바닥이 젖지 않는 것을 확인하고 우산을 접었다. 다시 한번 집을 바라본다.

"누구세요?"

느닷없이 소리가 들려 간이 뚝 떨어질 뻔했다. 바로 앞에 어린애가 서 있다. 우산 접는 데 정신이 팔려 발소리조차 듣지 못했다. 파란 우산을 든 아이는 머리를 바짝 쳐올려 해병대가 꿈인 초등학생이라면 딱 좋을 용모다. 코가 오뚝한 게 귀엽다.

"여기 우리 집인데요."

"아."

"겐타로." 아이가 이름을 말했다.

스즈키는 아이를 뚫어져라 쳐다보았다. 초등학교 3, 4학년쯤 될까?

"우리 아빠 찾아요?"

스즈키는 순간 당황해서 선뜻 말이 나오지 않았지만,

"어, 그래…… 아버지 계시니?"

하고 겨우 쥐어짰다. 그리고 결심했다. 주눅 들어 시간을 끌 여유는 없다. 하는 수밖에 없잖아. 당신 말대로.

"우리 아빠는요, 남의 이름을 듣고도 자기소개를 하지 않는 사람은 믿지 않아요."

"아, 미안하구나. 나는 스즈키라고 해."

"누가 지었어요?"

"응?"

"스즈키라는 이름 말이에요. 누가 지은 거예요? 겐타로는 우리 엄마가 지어준 건데."

"이름이 아니라 성이란다."

스즈키는 아이의 엉뚱한 질문이 당황스러워 어색하게 웃어 보였다. 그러자 아이는 곧 "어, 그런 웃음, 우리 아빠 싫어하는데."라며 손가락질을 했다.

스즈키는 아이의 되바라진 대꾸가 살짝 기분에 거슬렸다. 그리고 한편으론 혼란스러웠다. 살인자의 집 앞에서 어린애와 한

가하게 노닥거리고 있다니, 대체 뭐 하고 있는 노릇인지······.

그사이 아이는 문을 열고 들어가 현관으로 걸어갔다.

"내가 아빠 불러드릴게요."

발끝을 내려다보고 스즈키는 눈을 살짝 감는다. 뭔가 잘못된 게 아닐까? 마음이 흔들리며 차츰 회의가 인다. 그냥 이 자리를 떠야 하는 건 아닐까? 도망쳐야 하는 게 아닐까?

그때 무슨 소리를 듣고 고개를 들었다.

심장이 쿵쿵 뛴다. 남자가 문을 열고 나와 앞에 서 있다. 틀림없이 어젯밤 후지사와콘고초 교차로에서 본 그 남자다. 온몸의 털이 곤두서는 느낌이다. 왜소한 체격에 검은 터틀넥 스웨터와 갈색 코듀로이 바지를 입었다. 뺨이 움푹 팬 것도 그렇고 예민한 인상이었다. 스즈키는 눈도 한번 깜박이지 못한 채 마른침만 꿀꺽 삼켰다. 머리는 신경 쓰지 않은 듯 자라 있고, 동그랗고 큰 눈이 인상적이다.

"스, 스즈키라고 합니다."

남자는 표정 하나 바꾸지 않고 가만히 서 있었다. 그런 사람 모르니 돌아가라며 손을 내저을 법도 한데, 어떻게 집을 알아냈느냐고 멱살을 잡을 수도 있을 텐데 조용히 보고만 있다. 진중한 무게감이 느껴지지만 그렇다고 위협적인 것은 아니었다.

"아사가오입니다."라고 그는 이름을 밝혔다. 한자를 물으니 근槿 자를 허공에 쓴다.

"그 한자는 '나팔꽃'이라는 뜻 아닌가요?"

스즈키의 물음에 남자는 어깨만 한 번 으쓱해 보였다.

"무슨 일로 날 찾은 거요?"

아사가오가 마침내 물었다.

스즈키는 열린 문틈으로 정원에 깔린 돌을 보았다. 저도 모르게 시선을 돌린 것은 이 어색한 상황에서 돌파구를 찾기 위한 본능이었을 것이다.

"아, 저기……."

입은 뗐지만 뒷말이 떠오르지 않는다. 당신이 푸시맨이냐고 단도직입적으로 물어볼 생각이었는데, 막상 얼굴을 맞대고 보니 말이 나오지 않았다.

"푸시맨입니까?"

"아아, 네. 근데 무슨 일이십니까?"

"어제 데라하라를, 그러니까 데라하라의 아들을 떠미셨지요?"

"네, 그랬죠."

"역시 그랬군요. 그럴 줄 알았습니다. 그럼 안녕히."

이런 대화가 오갈 성싶지는 않다. 앞에 서 있는 아사가오의 시선은 스즈키를 꿰뚫을 것만 같았다. 발이 얼어붙는다. 얼굴도 굳어 입도 뻥끗할 수 없다.

"특별한 용건이 없으면 이만 가보시죠. 아들애가 불러서 나오긴 했지만."

아사가오의 말투는 그 내용만큼 차갑진 않았다. 여유가 있어서 그런지 이쪽의 속을 빤히 들여다보고 어찌 나올지 지켜보는 눈치다.

스즈키는 더 이상 물러설 자리가 없다는 절박함에 불쑥 이렇게 말했다.

"아, 저기, 아이에게 가정교사를 붙여줄 생각은 없으십니까?"

뭔 소리야, 이건 또.

고래

날이 밝은 것을 인식하기도 전에 고래는 빗소리에 눈을 떴다. 자리에 누운 채 위에 얹어둔 비닐 시트를 타고 떨어지는 빗방울을 바라본다.

신주쿠 동쪽에 위치한 공원. 큰길에 면한 쪽은 분수와 잔디밭이라 손질이 잘되어 있지만, 고래가 머무는 곳은 그쪽이 아니다. 광장 뒷길 계단을 내려선 자리로, 아름다운 공원 뒤에 숨은 아름답지 않은 장소다. 치솟는 분수에 부서지는 햇빛, 아버지와 아들이 주고받는 캐치볼의 경쾌함과는 거리가 먼, 축축하고 어두운 함지.

예전에는 공원 관리소가 있었다는데, 그 건물이 헐린 뒤로 방치된 사방 30미터 정도 되는 공터다. 분수와 광장보다 지대가 낮아 볕이 들지 않는다.

그곳에 비닐 시트와 종이 상자, 텐트가 빽빽이 들어차 있다. 처음 그곳에 자리를 잡은 노숙자는 꽃구경 명목으로 들어왔다고 들었다. 공원 관리인이 나가라는데도 버젓이 시트를 깔고는 "꽃구경하려고 그런다." 하며 우기고, 꽃이 진 뒤에도 아예 눌러앉은 것이다.

그 후로 기회를 놓칠세라 다른 노숙자들도 속속 찾아들어, 어느 틈에 군락을 이루게 되었다.

고래가 그곳에 합류한 것은 여름이 끝나갈 무렵이다. 그러니까 두 달 가까이 여기서 밤을 보낸 셈이다.

"우리는 사는 게 아니라 그냥 숨이 붙어 있는 것뿐이오."

옆 텐트에서 지내는 중년 남자가 예전에 울분을 토해내듯 한 말이다. 구청 담당자가 동정하는 얼굴로 찾아와 "여기 사시면 곤란합니다."라고 말했을 때 '사는 게 아니라 그냥 숨이 붙어 있는 것뿐'이란 말은 나름 설득력이 있어 옆에서 자고 있던 고래도 그 말에 눈이 떠졌을 정도다.

고래는 텐트를 쓰지 않는다. 근처에서 구한 골판지를 바닥에 깔고 위에 비닐 시트를 천장 삼아 걸쳐놓고는 잔다. 벽이 없어 바람에 그대로 노출되지만 아직까진 참을 만하다.

천천히 상체를 일으킨다.

몇몇 남자는 이미 활동을 개시했다. 텐트를 손보고 스트레칭을 한다. 좀 더 빗발이 굵어지면 쏟아지는 빗물에 머리를 감는 사람도 있지만, 아직은 아니다.

계단 옆에서 불을 피우는 남자 둘이 보인다. 골판지 상자로 작은 덮개를 만들어 비를 피하며 냄비를 데우고 있다. 옆에 놓아둔 휴대전화를 본다. 오전 11시가 넘었다.

하늘엔 입체감 있는 먹구름이 떠 있다. 바람이 세서 액체가 소용돌이치듯 이동하는 것을 눈으로 확인할 수 있다. 오후에는 이 비도 갤 것 같다.

"저기, 이보쇼."

옆에서 소리가 났다. 반사적으로 자리에서 일어나 상대 쪽으로 손을 뻗었다. 누군지 확인도 하기 전에 멱살을 잡고 들어 올렸다.

"미."

남자가 얼굴이 퍼레져서 한마디 흘린다. 멱살을 잡힌 탓에 소리가 제대로 나오지 않는 것이다. 혀가 입 밖으로 쭉 나왔다.

"미안. 미, 미안해요."

근처에 기거하는, 나잇살깨나 들어 뵈는 남자다. 노상 창백한 얼굴에 한여름에도 두꺼운 상의를 걸치고 어정거린다. 멱살을 놔주니 얼굴을 찡그리고 목을 문지르며 기침을 토한다. 묵은 때 탓인지, 머리의 기름 때문인지 독한 냄새가 고래의 코를 찌른다.

"저기, 잠깐만."

백발에 먼지가 잔뜩 낀 남자가 뒤쪽을 가리켰다.

"다나카 씨가, 다나카 씨가 좀 불러오라는데."

남자가 가리킨 쪽을 돌아본다. 냄비를 앞에 두고 불안한 낯빛으로 서 있는 남자 둘이 보인다. 둘 중 하나가 다나카겠거니 한다.

이곳에 머문 후로 고래는 누구하고도 말을 나눈 적이 없다. 눈짓으로도 알은척을 하지 않았다. 체격이 우람하고 무뚝뚝한 데다 텐트도 없이 혼자 지내는 고래에 대해 궁금하긴 했겠지만, 멀리서 흘끔거리기만 했지 먼저 말을 건 자도 없었다. 괜한 연대 의식 따위 갖지 말기를 바라며 고래는 남자를 따라갔다.

가까이 가자 젓가락으로 냄비 속을 쑤석대던 키 작은 남자가 "어, 왔네. 왔어."라고 말했다. 앞니가 빠져 입안이 훵하다. 예순은 족히 넘어 보였다.

그 옆에는 안경을 낀 마른 남자가 서 있었다. 이곳 사람들은 대부분 말랐지만, 개중 특히 말랐다. 뺨이 움푹 파였다. 이쪽은 마흔 줄로 보인다. 눈 주위가 거무튀튀하게 그늘져 더 삭아 보였다. 머리에 쓴 모자에는 확대경 그림이 그려져 있는데 애들이나 쓸 만한 디자인이 영 어울리지 않았다. 살이 삐져나온 비닐우산을 쓰고 있다.

"용건이 뭐지?"

고래가 나직이 말했다.

"아니, 다나카 씨가 댁하고 얘기를 좀 하고 싶은 모양이오."

이 빠진 남자가 시선을 내리며 말했다. 그러니까 옆에 있는 확대경 모자를 쓴 말라비틀어진 남자가 다나카라는 소리다. 다리가 불편한지 오른손에 지팡이를 짚고 있다. 그 남자는 앞머리를 긁어 올린 다음 고래를 손가락으로 가리키며 "당신, 밤에 신음하던데."라고 말했다. 고래는 전날 밤 일을 생각해봤지만, 아무것도 떠오르지 않았다.

"당신, 무슨 고민 있지요? 요즘 그래 보이던데."

다나카가 말을 이었다. 다른 두 사람은 걱정스러운 얼굴로 지켜보고 있다. 마치 자기 동료가 거래처 중역의 비위를 건드리지나 않을까 초조해하는 것처럼 고래의 눈치를 힐끔거렸다.

"내가? 고민이 있다고?"

"당신 주변에 늘, 보입니다. 이상한 게."

다나카는 단어를 뚝뚝 끊으며 말하고는 또다시 머리를 북북 긁었다.

"이상한 거라니?"

고래는 미간을 찌푸렸다.

"다나카 씨는, 저기, 다나카 씨는 그러니까 귀신이라든가 유령 같은 걸 봐요. 그 왜 있잖소, 망령 같은 거."

백발 남자가 눈치를 보며 끼어든다. 그때마다 비릿한 입 냄새가 훅 끼친다.

"망령 같은 게 늘 당신 주변을 맴돈다고요. 지금도 근사한 양복을 빼입은 남자의 망령이 있습니다."

다나카는 이어서 그 망령의 생김새, 말하자면 망령의 윤곽이라 할 만한 것을 설명했다. 들으면서 고래는 확신한다. 다나카가 지금 본 망령은 어젯밤 호텔에서 자살한 정치가의 비서다.

"뭐라더라? 화재가 어쩌고 하면서('화재'를 일어로 '가지火事'라고 발음한다─옮긴이) 신음하던데."

"그건 사람의 성이다. 가지라고."

"당신, 무슨 문제 있지요? 그러니 자면서 가위에 눌리지. 내 말이 맞지 않소?"

다나카는 입에서 거품이 인 침을 튀었다.

"그만두고 싶어서 그러는 거 아뇨?"

"다나카 씨, 좀 더, 그러니까 좀 부드럽게 말하는 게 좋지 않겠어요?"

이 빠진 남자가 중재자를 자처하며 끼어들었다. 모르긴 해도 젊은 시절 사회에서 그런 역할을 하지 않았나 싶다.

"지금 무슨 말을 하는 거지?"

고래는 바닥에 깔리는 음성으로 다나카에게 물었다.

"당신 주위에 맴도는 그 이상한 것은 당신이 하는 일 때문일 거요. 그렇지 않소?"

"그러니까 그 일을 그만두면 된다는 말이오."

이쪽 귀에만 그리 들리는 건지, 뚝뚝 끊어지던 다나카의 말투가 달변이 됐다. 그러고 보니 뿌옇던 눈도 안경 너머에서 맑게 빛나고, 피부는 생기를 띠기 시작했다. 입술 양끝에 괴어 있던 거품도 사라져 당당해 보인다. 지팡이를 고래에게 겨눌 만한 힘마저 느껴진다.

이게 대체 어찌 된 일이지? 잠이 덜 깬 건가? 착각인가? 고래는 긴가민가했다. 다나카는 노숙자라기보다 유능한 교사나 의사처럼 보였다.

"다나카 씨는 상담사였거든요, 상담사. 아주 없는 소린 안 한다니까요. 안 해요." 이 빠진 남자가 거들었다.

"당신은 지금 하는 일을 그만두는 게 좋소. 그럼 반드시 해방될 거요."

그 순간 다나카의 말이 아름답고 감사하게까지 들렸다.

"그만두면 된다고?"

자신의 목소리에서 마치 구원의 손길을 찾는 소년의 절실함이 묻어나 고래는 움찔했다.

"그렇소."

"어떻게?"

"쉽게 생각하시오. 당신 주변에 있는 물건과 사람들을 하나씩 정리해가면 되오. 불필요한 잡음을 제거하면 필요한 것만 남잖소. 당신 생활에서 복잡한 것을 차례차례 제거해나가면 된다, 그 말이오. 쉽게 말해서 청산하는 거지요."

"청산?"

"처음부터 깡그리. 청산하는 거요."

고래는 뭐라고 답해야 좋을지 고민한다.

"그렇게 하면 고통이 사라지나?"

"일에 대한 미련은 없잖소. 그럼 고통도 사라질 거요."

고래는 지나온 과거를 돌아보았다. 그런 와중에도 다나카는 잠자코 그를 지켜보고 있었다.

"미련이 없다면."

정신분석의의 카리스마를 띠고 다나카가 입을 뗐다.

"아니, 미련이 있다."

"있소?"

"10년 전 일이다. 그때 딱 한 번 일을 그르친 적이 있다."

고래의 머릿속에 10년 전 신주쿠역 근처에 있는 한 호텔이 떠올랐다. 어젯밤부터 문득문득 떠오르는 지긋지긋한 기억.

호텔의 싱글 룸, 그곳에 한 여성 의원이 있다. '서민의 편'입네 행세해온 그 여자는 싸구려 정장에 단화를 신고 창백한 얼굴로 서 있다.

"왜 내가 자살을 해야 합니까?"

피해자라면 누구나 한 번씩은 입에 담는 대사를 읊으며 여자
는 떨었다.

"그 실패가 아직도 맘에 걸리는 거요?"

다나카가 물었다.

여성 의원은 유서를 다 쓴 후 고래를 올려다보며 감정을 억
누르고 말했다.

"대로변에 나가 사람들에게 큰절을 하고 땅에 입을 맞추세
요. 당신은 이 땅에 대해서도 죄를 지은 사람이니까요. 그리고
사람들 앞에서 큰 소리로 '나는 살인자입니다.'라고 말하세요."

순간 고래는 식겁하여 어찌할 바를 몰랐다. 여자가 한 말에
감동이나 충격을 받아 그런 것이 아니다. 그 말이 고래가 유일
하게 소설로 인정하는 책의 한 구절이었기 때문이다.

"나는 당시 그 여자가 나와 뜻이 맞는 사람이라고 착각했다.
단지 같은 책을 읽었다는 이유만으로. 그래서 임무를 완수하지
못하고 놓아주었다."

여성 의원은 목숨이 붙어 있다는 것에 당황해 어쩔 줄 몰라
하면서도 호텔을 빠져나갔다.

"그래서 어떻게 됐습니까?"

다나카의 목소리.

"다른 놈이 처리했다."

이틀 후 그 여자는 히비야 교차로에서 검은색 승합차에 치여 죽었다. 고래에게 일을 의뢰한 정치가가 푸시맨에게도 의뢰해 둔 것이다. 나중에야 그 사실을 전해 들었다.

"후회하는군."

"어리석은 착각으로 일을 그르쳤으니까."

"회한이 모든 일의 화근이오, 재앙의 근원이지요. 그런 의미에서 이대로 손을 뗀다 해도 당신의 번민은 해소되지 않을지도 모르겠군요."

"그럴 수도 있지."

고래는 턱을 바짝 당기고 고개를 숙여야 눈높이가 맞는 다나카를 노려보았다.

"어떻게 하면 좋지?"

"대결하는 수밖에."

듣기에 따라 유치하게 들릴 수도 있는 '대결'이라는 단어를 곱씹으며 고래는 정수리에서 바람 한 줄기가 스윽 빠져나가는 느낌을 받았다.

"대결, 이란 말이지……?"

"어이, 여기 이거 같이 좀 들어요."

이 빠진 남자의 목소리를 듣고 제정신으로 돌아왔다.

재빨리 눈을 깜빡여본다. 앞에는 조금 전과 다름없이 세 명의 노숙자가 있었다. 정면에 서 있는 다나카는 처음 봤을 때와 마찬가지로 거무튀튀하고 병색이 짙은 빈상이다. 정신분석의의 카리스마는 발톱의 때만큼도 남아 있지 않다. 꾀죄죄하고 힘없는 노숙자일 뿐이다. 지금까지 나눈 대화는 그럼 뭐였지? 환각이었나? 불확실하고 비현실적인 감각이 사슬처럼 고래를 옭아맨다.

이 빠진 남자가 냄비 속에서 끓고 있는 것을 젓가락으로 집어 올렸다.

"이거, 이것 좀 잡숴봐."

고래는 냄비 가까이 얼굴을 들이대고 보았다. 그게 생선이란 것은 금세 알 수 있었다. 그러나 공원 연못에서 잡은 잉어라는 것을 알기까지는 몇 초가 더 걸렸다.

"저기, 당신, 그거 맞지요?"

이 빠진 남자가 눈치를 보며 말을 걸었다.

"오늘 아침 여기 이 신문에 났던데."

냄비 아래 불을 가리킨다. 신문은 이미 불쏘시개가 되어 활활 타고 있다.

"어젯밤 미토에 사는 일가족이 살해당했다던데."

"그런데?"

"그거, 당신이 그런 거 아니오?"

고래는 무슨 소린지 알아들을 수가 없었다.

"그 집 아들이 한 노숙자를 불태워 죽였다잖아요. 여기 이 바닥 사람들은 다 아는 얘기거든. 그 애송이가 죽었답디다. 그래서 우린 당신이 한 짓이 아닐까 넘겨짚었는데. 아니오?"

"잘못 짚었다."

"당신, 우리랑 같은 편이지요? 응? 안 그래요?"

이 빠진 남자가 야구팀 포수가 심판에게 잘 봐달라고 청하듯 매달린다.

"난 내게 들어온 일만 한다. 의뢰도, 약속도 없이 움직이진 않아."

그러고는 잠자코 등을 돌렸다. 뒤에 남은 자들이 기어들어가는 소리로 인사를 한다. 고래는 자신의 주거지, 골판지 상자 아래로 들어가면서 그때까지도 주변에 맴돌고 있을 망령을 쫓으려 오른손을 휘휘 저었다. 그때 휴대전화가 진동했다.

'대결'이라는 단어가 귓가에 맴돈다. 대결, 그리고 일을 그만둔다. 나쁘지 않다. 대결하자. 그리고 청산하자.

어깨 너머로 노숙자들을 돌아봤다. 세 명은 온데간데없다. 그들 역시 환각이었나? 멍해지려는 순간 김을 풀풀 내뿜는 냄비가 보인다.

아니, 남자들은 있었다. 물이라도 길러 간 것일 수도 있다.

전화를 받으니, 부자연스러울 정도로 쾌활한 가지의 목소리가 들려왔다.

이와니시의 아파트에서 나온 매미는 강변 산책로를 지나 역까지 걸어갔다. 역 앞 자전거 주차장에서 적당한 놈을 한 대 훔쳤다. 빗발은 한결 잦아들었다. 자전거 페달을 밟는다. 막 문을 연 슈퍼마켓에 들러 장을 본 뒤 그의 보금자리로 돌아왔다.

작고 낡은 집으로, 과자 상자를 가로로 세워놓은 것 같은 흔해빠진 아파트다.

매미의 집은 1층 맨 끄트머리다. 문 앞 가스 배관 뒤로 손을 뻗는다. 열쇠를 꺼내 열고 들어간다. 칸막이를 사이에 두고 나뉜 세 평 정도 되는 공간. 서쪽 방에는 싱글 침대가 놓여 있고 시디가 빽빽이 꽂힌 선반이 붙어 있다. 선반 중앙에 있는 정사각형 탁상시계가 오전 11시를 가리키고 있다.

주방으로 가서 사 가지고 온 바지락을 그릇에 담는다. 해감하려 그릇에 물에 붓고 저녁 준비가 될 때까지 그대로 둔다.

그릇을 가만히 내려다보니 부글부글 기포가 올라온다. 입을 벌리고 숨을 쉰다. 매미는 그것을 뚫어져라 응시한다. 살아 있구나. 참 좋다.

바지락을 해감하는 시간, 그것을 바라보는 시간이 매미에게는 가장 행복한 시간이다. 다른 사람들은 어떨지 몰라도 바지락의 호흡을 바라볼 때만큼 마음이 평온해지는 순간도 없다.

인간도, 매미는 이따금씩 생각한다. 인간도 이런 식으로 숨을 쉬는지 안 쉬는지 기포나 연기로 알아볼 수 있으면 좀 더 살아 있다는 게 실감나지 않을까? 지나가는 사람들이 입 밖으로 부글부글 기포를 내뿜고 있으면 마구 쥐어 패기도 힘들 것이다. 바지락이야 곧 배 속으로 사라지겠지만.

그렇게 매미는 한동안 바지락의 여유롭고도 고요한 생명의 신호를 감상했다. 그에게는 이것을 죽여서 먹는다는 것이 중요했다. 죽여서 먹고산다는 당연한 사실을 사람들이 인정하고 받아들였으면 좋겠다.

아무튼 운치 없는 전화벨 소리에 매미는 퍼뜩 정신을 차리고 거실로 갔다.

옷걸이에 걸어둔 스웨이드 재킷 주머니에서 전화기를 꺼냈다. 그를 찾는 사람은 한 명밖에 없다.

"퇴근한 사람을 다시 불러들였으면 최소한 미안한 얼굴이라도 해야 하는 거 아냐?"

매미는 벽 앞에 놓인 의자에 앉으며 철제 책상에 팔꿈치를 괴고 앉은 이와니시를 노려보았다. 하루에 두 번씩이나 이와니시의 집을 찾기는 처음이다.

"당신이 친애하는 제이슨께서 그런 말은 안 했어?"

"크리스핀이야."

이와니시가 마뜩잖은 목소리로 바로잡는다.

"어차피 대단한 일을 하다 온 것도 아니잖아. 집에서 텔레비전이나 보고 있었겠지. 빤하구먼, 뭘."

"바지락이야."

"뭐? 바지락에도 채널이 있나?"

매미는 어처구니없는 멘트에 한숨을 내쉬었다.

"이제 막 일을 끝낸 사람한테 쉴 시간도 주지 않고 곧장 또 불러내는 게 어디 있어."

"시끄러워. 의뢰가 들어왔으니 하는 수밖에. 잭 크리스핀은 이렇게 말했지. 봐주는 건 처음 한 번뿐이라고. 그 말은 한 번은 그럴 수도 있다는 소리잖아."

"글쎄올시다."

"그리고 이번엔 다른 때랑은 좀 달라. 정치가가 연락을 해왔거든."

책상 앞에 앉은 이와니시는 컵을 들고 좋아 죽겠는 걸 억지로 참는 듯 의뭉스러운 표정을 지었다.

"정치가가 연락을 했다고 실실대는 꼴이라니. 제발 좀 그러지 마쇼. 애당초 기대한 것도 없었지만, 더 이상 정 떨어지게 하지 좀 말라고."

"그런 게 아니야."

"아니긴 뭐가 아니야. 근데 정치가라니, 누군데?"

"가지라고 알아? 중의원 의원인데. 카메라 앞에선 곧잘 큰소리치잖아."

"가지? 처음 들어보는데."

"너 말이야, 옛날 사람들이 투표권을 얻기 위해 얼마나 고생했는지 알기나 하냐?"

"또 그 소리. 분명히 말해두는데, 난 지금 내 입에 풀칠하기도 바빠서 정치가 나부랭이한텐 일말의 관심도 없다고."

"그렇게 무관심하게 있다간 너도 모르는 새 격랑에 휩쓸리게 된다니까. 이런 소리 들어봤냐? 정치가들을 감시하라. 그러지 않으면 내일 당장 노래까지 빼앗긴다."

"들어보나 마나, 그것도 존슨이 한 말이겠지?"

"잭 크리스핀이 말하길, 정말로 국가를 이끌 인간은 정치가의 모습으로 나타나지 않는대. 그렇게 노래했다고. 진짜 천재 아니냐? 파시즘은 파시즘의 탈을 쓰고 나타나지 않는다. 그렇게 말했다니까. 이 얼마나 예리한 지적이냐."

"정치가는 죄다 오십보백보, 거기서 거기 아닌가?"

"이런 바보 자식."

이와니시가 또 장광설을 늘어놓을 태세로 말했다.

"한 그릇에 담긴 것들은 같이 썩는다는 말도 모르냐? 같은 사람이 계속 정권을 쥐고 있으면 썩기 마련이야. 어차피 그놈이 그놈이라면 더더욱 정기적으로 바꿔줘야지. 안 그럼 고인 물처럼 이끼가 끼고 썩어 들어가지 않겠냐고. 이렇게나 긴 세월 같은 당이 집권하는 나라도 드물 거다."

그런 말 하는 네가 지금 그 여당 정치인의 비위를 맞추려고 하니, 어처구니가 없어 말이 안 나온다. 그런 생각에 매미는 체머리를 흔든다.

"그래서 그 가지라는 사람이 뭘 의뢰했는데?"

"뭘 의뢰하긴. 책방에는 책을 사러 가는 것처럼, 살인자 집에는 살인을 의뢰하러 가는 게 당연한 거 아니냐?"

"난 암튼 정치하는 작자들은 다 재수 없어."

매미는 귀를 후비며 말했다.

"그치들은 자기 생각만 하잖아. 자기와 자기 선거구 유권자들. 제대로 하려면 자기를 지지하는 자들보다는 나라 전체의 안녕을 생각해야 하는 게 정치가 아닌가?"

"아니지."

이와니시가 입술을 삐죽거린다.

"정치가는 그렇게 대단한 자들이 아니야."

"그럼 어떤 자들인데?"

"돈과 권력을 최고로 치고, 예를 들어 '오늘 오후 도쿄역 타워 호텔에서 남자와 만난다. 키 180센티미터가 넘는 거한이다. 그 자를 처리해주었으면 한다.' 하고 내게 일을 의뢰하는 사람."

"근데 이름이 가지라고?"

"그래. 암튼 그런 게 바로 정치가야."

"그래서 이번 대상은 거구의 남자고?"

매미는 약간 김이 샌다.

"그건 내 전문 분야가 아닌데."

"전문 분야라니?"

"당신 말대로 일가족 몰살이라든가, 남들이 꺼리는 일이 내 전문 분야 아닌가? 이건 뭐 가족도 아니고, 여자도 아니고, 더군다나 애도 아니잖아. 다 큰 남자라며."

"배부른 소리 하지 마. 비즈니스야, 비즈니스. 게다가 수입도 짭짤해. 정치가가 의뢰한 일이니까."

"왜 그 남자를 죽여야 되는데?"

"야, 너 말이야. 포르노 잡지 사러 온 손님한테 '왜 이 잡지를 사십니까?' 이따위 질문 하는 거 봤냐?"

"물어본다고 뭐 화낼 일인가?"

"당연히 화내지. 사실 나도 이번 의뢰를 받아들일 생각은 없었어. 네가 막 일을 끝냈다는 것도 알고 있으니까. 또 이렇게 구시렁댈 것도 예상했고 말이야. 그래서 거절하려고 했는데."

냄새가 나는데, 뭐. 매미는 반만 추려 듣는다.

"어제부터 이 업계가 좀 뒤숭숭해서 말이야."

이와니시의 뒤쪽 베란다 창문을 보니 하늘을 덮고 있던 먹구름이 흩어지면서 말간 해가 얼굴을 비쳤다.

"업계라니?"

"우리 같은 일을 하는 바로 이 업계 말이야."

"지금 그거, 제정신으로 하는 말이야?"

매미는 피식대며 말을 이었다.

"살인자한테 업계는 무슨 얼어 죽을 업계야."

"시끄러워. 내가 그랬지? 정보를 얻고 친목을 도모하는 건 여러모로 도움이 된다고. 새로운 업자가 나타나면 그에 대한 정보도 빨리 얻을 수 있고. 어쨌든 비즈니스상 라이벌이니까. 필요한 소문은 곧바로 얻을 수 있지. 너만 해도 그 포르노 숍에서 정보를 얻잖아."

이와니시가 말한 숍은 도쿄역 근처 후미진 뒷골목에 있는 '복숭아'라는 포르노 잡지 판매점이다. 편의상 그러는 건지 가게명을 주인 이름에서 따 붙였는지, 사람들은 그곳 여주인도 '복숭아'라고 부른다.

"왜 날 걸고넘어지는데? 난 그저 그 가게가 좋을 뿐이야."

"포르노 잡지가?"

"거기 가면 홀딱 벗은 여자 사진이 벽면을 가득 메우고 있잖아. 얼마나 장관인데. 난 그게 그렇게 좋을 수가 없더라."

"밝히기는."

"그건 아니고. 오만 짓을 다 해서 꾸민 여자보다 일정한 포즈를 취하고 옷을 벗은 여자들이 더 훌륭하다고 보는 거지. 아무것도 숨기는 게 없으니 안심할 수 있고. 깔끔한 게, 난 그쪽이 오히려 더 순결한 느낌이 들어."

"이 새끼 이거 바보 아니야?"

"시끄러워. 그래도 나랑 생각이 같은 사람들이 제법 많을걸. 그래서 그 집에 이런저런 소문이 모이는 거고."

"거봐, 그 복숭아라는 데도 말하자면 일종의 업계라니까. 그 바닥의 이런저런 소문이라든가 가십이 모이는 장소라고."

"듣고 보니 생각나네. 혹시 말벌이라는 놈 있지 않았었나?"

매미는 아파트 복도에 죽어 있던 말벌을 떠올리며 물었다. 복숭아에게 들은 이야기가 있다.

"독살 전문 킬러? 최근엔 별 얘기 없던데. 어쨌거나 벌은 한 번 쏘면 지가 죽어버리잖아. 한 번으로 끝인데 겁낼 거 없지, 뭐."

"그건 꿀벌 얘기고, 말벌은 내키면 몇 방이든 쏠 수 있다던데."

"그 밖에 고래라는 놈도 있지."

"고래? 그건 바다에 있는 거 아냐?"

"자살 유도 전문 킬러야. 권력자들의 의뢰를 받아, 대상이 제 손으로 목숨을 끊게 만든대."

"그게 뭐야, 시시하게. 기왕 하는 거 상대랑 면 대 면으로 서서 찌르든가 총을 쏘든가 해야지. 자살이야 가만 놔둬도 해마다 수만 명이 하는 건데. 자살은 비즈니스가 아니라 현상이야, 현상."

"거 더럽게 시끄럽네."

"당연하지. 난 매미니까."

"야, 너도 데라하라 사장에 대해 들어봤지?"

"영애?"

데라하라라는 자가 만든 회사다. 수상한 약을 시중에 대량으로 풀고 인신매매나 장기매매 비슷한 짓을 한다고 들었다. 직접 관여한 적은 없지만, 끔찍한 소문은 여러 번 들었다. 특히나 인상을 구기지 않고는 못 배길 소문은 납치해 가둔 여자들을 임신시키고, 그들이 낳은 아이를 장기 이식용으로 해외에 수출한다는 소문이었다. 그게 사실인지 어떤지는 모르겠지만, 설사 뜬소문이라고 해도 썩 고약한 얘기가 아닐 수 없다.

"실은 말이지, 어젯밤 데라하라 씨의 아들이 죽었대."

이와니시가 어울리지 않게 점잔을 빼며 말하고는 콧구멍을 벌름거렸다.

"그거 참 축하할 일이네."

매미는 속엣말을 그대로 흘렸다. 실제로 만난 적은 없지만 데라하라의 아들에 대한 소문은 그간 심심찮게 들었다. 아버지의 비호 아래 여기저기서 사고를 치고 다닌다고 했다.

"누가 죽었대?"

"차에 치였대. 미니밴에."

"그거야말로 천벌을 받은 거네. 그 사람, 음주 운전으로 사람 치어 죽인 게 한두 번이 아니라는데. 같은 패거리를 시켜서 학교 가는 아이들한테 차로 돌진한 적도 있다고 들었어."

"근데 데라하라 씨의 아들이 죽은 건 단순 사고가 아니라는 소문이 있어."

"차에 치였다며?"

"누가 떠밀었을지도 모른대."

"떠밀어? 그건 또 뭔 소리래?"

"그런 일을 전문으로 하는 자가 있어."

이와니시는 설명하기 귀찮았던지 전에 없이 흐지부지 말끝을 흐렸다.

"그런 일을 전문으로? 누가 그치에게 의뢰를 한 건데?"

"글쎄, 데라하라 씨는 여기저기 적이 많으니까."

이와니시는 두 손을 들어 보였다.

"아무튼 데라하라 씨는 지금 완전히 꼭지가 돌았어. 범인 잡

겠다고 부하를 총동원해 구석구석 헤집고 다니느라 혈안이 돼
있대."

"하지만 뭐, 여기까지 손을 벌리기야 하겠어?

"흐음."

이와니시는 영세업자로서 구겨진 자존심과 오기를 감추지
못하고 덧붙였다.

"대신 다른 일이 들어왔지."

"아하! 그 정치가한테?"

"이 바닥은 지금 데라하라 씨 일로 정신이 없거든. 그러니 달
리 의뢰할 데가 없었을 거야. 우리한텐 기회지. 다들 운동회를
벌이고 있을 때 우린 신규 고객을 따낸 거라고."

"별로 당기지 않는데. 연달아 같은 일을 하는 건 위험하다고
바로 몇 시간 전에 당신 입으로 말했잖아."

"아니, 너는 할 거야."

딱 잘라 말하는 것도 거슬렸다. 눈치 채지 못하게 침을 꿀꺽
삼킨다. 매미에겐 '너는 내 인형이거든.'이라는 말로 들렸다.
영화의 장면이 머릿속에 재생된다. 마치 자기가 지금 정신병원
에 묶여 있는 듯한 기분이었다.

짜증 난다. 매미는 얼른 바지락의 호흡을 떠올리며 기분을
가라앉혔다.

대체 어쩌려고 가정교사 운운한 거지? 스즈키는 스스로도 이해하기 힘들었다. 하지만 어찌 보면 그렇게 나쁘지 않은 상황이 될 수도 있다. 가정교사가 되면 정기적으로, 잘만 하면 일주일에 몇 번씩 이 집을 드나들 구실이 생긴다. 그렇게만 되면 집주인이 정말 푸시맨인지 아닌지 증거를 잡을 수도 있을 것이다.

아사가오가 순간 놀란 표정을 지었다. 그러고는 입을 뗐다.

"그렇지."

그 말의 의미를 알 수 없어 어쭙잖게 미소를 짓고 있는데 그가 다시 말했다.

"집으로 들어가겠소?"

"예? 괜찮겠습니까?"

"집 안에 드는 건 불편하시오?"

"아니, 아뇨. 그럴 리가요."

스즈키는 정신이 없었다. 어떻게 현관 문턱을 넘었는지, 문이 어느 쪽으로 열렸는지도 기억나지 않는다. 긴장감과 당혹감이 온몸을 지배했다. 황급히 발을 내려다본다. 다행이다. 신발은 제대로 벗고 들어왔다.

그를 따라 거실로 들어가 베이지색 소파에 앉았다. 다리를 꼬고 앉았다가 곧 푼다. 양쪽 손가락을 번갈아가며 만지작만지작 문지른다. 그러다 주방으로 눈을 돌렸다. 식탁이 있고 안쪽으로 싱크대가 보인다.

"그런 거요?"

목소리가 들려 황급히 얼굴을 들었다. 아사가오가 어느 틈에 앞에 와 앉아 있었다.

"예? 뭐라고 하셨습니까?"

"영업 사원이냐고 물었소."

"아아, 예, 뭐."

대답을 얼버무린 뒤 다시 말한다.

"영업도 하지만 가르치기도 합니다."

그래야 이야기의 앞뒤가 맞을 것 같았다.

"힘들겠군."

"하, 하지만 익숙해집니다."

진짜 영업 사원이라면 그렇다는 얘기다.

"그래서 겐타로의 가정교사를 하겠다는 거요?"

"예."

스즈키는 마음을 단단히 먹고 아사가오를 똑바로 응시했다.

머리는 빗 대신 손으로 대충 빗어 넘긴 것 같다. 그렇다고 불결한 느낌이 드는 것은 아니고, 나이 들어 보이지도 않는다. 눈매가 날카롭고 눈썹도 윤곽이 또렷하다. 뺨과 목덜미 주위에 군살 하나 없다. 미간에 주름이 잡히고 팔자 주름도 있지만, 노화나 피로에 의한 게 아니라 상처나 버릇 때문에 생긴 게 아닌가 싶다.

"이 동네에서 초등학생부터 중학생 자녀가 있는 댁을 방문하고 있습니다."

스즈키는 끝 모를 거짓말을 풀어내기 시작했다. 앞에 앉은 학부모가 어떤 맘일지도 모르면서 김칫국부터 마시는 것도 유분수지…….

"영업 사원인데, 명함 한 장 없소?"

아사가오가 날카롭게 물었다.

"아아."

순간 눈앞이 까매졌다. 장기에 빗대면 상대가 놓은 첫 수에 '졌습니다.' 하고 고개를 숙이는 꼴이다.

"실은 바로 전 집에서 명함이 떨어졌습니다. 죄송합니다."

심장이 격한 울음을 토해낸다.

그러고 나서 자기 입장을 설명했다. 물론 처음부터 끝까지 거짓말이지만.

가정교사 파견센터의 이름, 위치, 등록되어 있는 가정교사의 수와 과거 실적, 지도 방법에 대한 평판, 가정교사인 본인의 학력과 경력까지 모두 지어냈다. 팸플릿이나 광고 전단지 한 장 없이 방문한 이유를 날조하고, 양복이 아닌 캐주얼 복장으로 온 이유도 꾸며냈다. 그러는 동안 가정교사 파견센터는 전국 규모의 체인이 되고, 스즈키는 지난달부터 '네토자와 파크타운' 담당이 되었다.

그것은 일종의 모험이었다. 다만 '영애'의 계약직으로 없는 말을 꾸며대며 가짜 다이어트 식품을 판 한 달간의 경험이 조금은 도움이 됐다.

설명을 마친 후 길게 숨을 들이마시고 코로 내쉬었다. 이만 하면 나쁘지 않다. 즉석에서 둘러댄 대본 없는 설명치고는 꽤 쓸 만하다고 스즈키는 생각했다.

"그래서 겐타로 군의 가정교사를 제가 맡았으면 합니다만."

"그렇군."

아사가오의 목소리는 경계심을 품고 있다기보다, 그저 편안했다.

"그래, 과외비는 얼마 정도요?"

"아."

스즈키는 얼떨결에 그런 소리를 냈다. 깜빡했다.

"이, 이거 이야기 순서가 바뀌었네요."

그러면서 야단스레 머리를 긁적인다. 요즘 가정교사 과외비가 얼마나 하지?

"그 문제에 대해선 서로 말씀을 나눠보지요."라고 말하며 눈썹을 치켜올린다.

"가능한 한 고객의 바람에 맞춰드리고자 합니다."

"고객의 바람대로?"

아사가오가 씩 웃는다. 수풀을 흔들고 지나가는 한 줄기 바람 같은 은근한 섹시함을 풍긴다. 그때 스즈키의 바지 주머니에서 벨소리가 울렸다. 단순한 음이 반복된다.

"전화가 왔군."

아사가오가 짧게 말했다.

"아, 예. 아마 회사일 겁니다."

그리고 스즈키는 자리에서 일어났다.

"잠깐 실례해도 될까요?"

히요코일 것이다. '영애'에서 지급받은 전화기니까.

"그러시오."

아사가오가 손을 휘휘 내저었다.

스즈키는 자리에서 일어나 전화기를 꺼낸 다음 곧 통화 버튼을 눌렀다. 아사가오에게는 등을 돌리고 서서 벽을 바라본다.

"어때?"

다짜고짜 히요코가 물었다.

"지금 설명하고 있는 중입니다."

스즈키는 등 뒤의 아사가오를 의식하며 영업 사원 흉내를 냈다.

"설명이라니, 그게 무슨 소리야? 그 남자 집에 찾아간 거야?"

"예. 설명 중입니다."

"왜 그렇게 앵앵거리는 거야?"

지금 이러고 있을 상황이 아니란 초조함에 소파 쪽을 곁눈질했다. 그런데 아사가오의 모습이 보이지 않았다.

동시에 "겐타로를 불러오지." 하는 소리가 등 뒤에서 들려왔다. 머리카락이 쭈뼛 선다. 고개를 돌리니 바로 뒤에 아사가오의 얼굴이 있었다. 가까이 다가오는 기척조차 느끼지 못했는데 차분한 표정으로 2층을 가리킨다. 언제부터 뒤에 서 있었던 것일까? 까맣게 몰랐다.

스즈키는 어정쩡하게 고개를 끄덕였다. 표정 관리가 제대로 되지 않았다. 아사가오가 돌아서 가는 것을 확인한 다음 전화기에 대고 말했다.

"지금 그와 얘기하고 있어요. 좀 봐주십쇼."

버럭 소리치고 싶은 것을 꾹 참고 소리 죽여 말했다.

"그렇게 세월아 네월아 할 때가 아니란 말이야!"

히요코는 도무지 눈에 뵈는 게 없는 사람 같다.

"어디 있는지 말해."

"그들은 무사하겠죠?"

"그들?"

"차 뒷자리에 있던 사람들 말입니다."

두뇌나 행실이나 시원찮아 보이는 남녀였다.

"물론 무사하지."

히요코의 목소리에서 왠지 수상한 냄새가 풍겼다.

"우리한텐 그들을 죽여서 득 될 게 없으니까. 그렇지만 빨리 있는 곳을 말하지 않으면 무사하지 못할 줄 알아."

"그래서 제가……."

스즈키는 목소리에 힘을 주고 말을 빨리했다. 아직 범인인지 아닌지 확인하지 못했고, 집 안으로 들어오기까진 성공했지만 역시 가족이 함께 살고 있으며, 아들의 가정교사를 자처했다는 사실을 거실 입구를 살피면서 서둘러 말했다.

그러는 동안에도 아사가오가 소리 없이 뒤에 나타나 자신을 떠미는 것은 아닐까 두려웠다. 한번 그런 생각이 들자, 여기가 지하철이 지날 턱이 없는 주택가든 집 안이든 상관없이 지하철이 전속력으로 자신을 향해 돌진해올 것 같은 기분마저 들었다.

울부짖으며 앞발을 쳐들고 일어선 말처럼, 지하철 앞머리가 공중에 떠서 날아온다. 운전석에는 아무도 없다. 가늘고 긴 사각의 지하철이 나를 깔아뭉개려 덤빈다. 레일도 없이, 공중을 날아서.

"너 지금 제정신이야?"

"예?"

"가정교사라니, 그게 뭔 말이야?"

"아니, 그러니까 접근하기 위해서 한 말이에요."

스즈키는 더듬거리면서 말했다.

"좋은 구실인 것 같은데."

"도대체 어디까지가 제정신으로 하는 말인지 모르겠지만, 그렇게 해서 푸시맨인지 아닌지 밝혀낼 수 있을 것 같아?"

"그렇게 말하는 당신은 푸시맨에게 귀여운 자식이 있다는 것을 믿을 수 있습니까?"

"믿을 수 있지. 아무리 나쁜 사람이라도 처자식이야 있을 수 있으니까. 멀리서 찾을 게 뭐 있어. 데라하라도 아들이 있었잖아."

그 이름을 듣자마자 관자놀이가 꿈틀댄다.

"아무튼 제가 범인인지 아닌지 확인하겠습니다. 오래 끌진 않을 겁니다. 그러니 좀 기다려주세요."

"나야 상관없지만 사장이 완전히 돌아버렸으니 서둘러. 그리고 경고하는데, 너도 방심하고 있다간 소리 없이 가는 수가 있어."

"예."

"가령 그가 범인이라면 신분도 확실치 않은 사람을 집에 들이지는 않겠지. 안 그래? 하물며 자기 아들의 가정교사로 고용하다니, 그런 일이 가당키나 해? 만약 그렇게 한다면 그자는 상식 밖의 살인자거나, 모든 것을 꿰뚫어 보고서 너를 갖고 놀다가 죽일 작정이거나, 둘 중 하나야. 근데 냉정히 생각해보면 전자가 아니라 후자일 가능성이 크다. 그렇겠지?"

바로 대답하지 못했다. 생각을 짜 맞추려 해도 머릿속이 뒤죽박죽이라 쉽지 않다.

"이봐, 듣고 있어?"

듣고 있지 않았다. 다가서는 발소리와 말소리가 잡혔기 때문이다. 서둘러 문 쪽으로 등을 돌리고 기어들어 가는 목소리로 나중에 다시 걸겠다며 전화를 끊었다.

"통화는 끝났소?"

아사가오가 거실로 들어섰다. 스즈키는 애써 굳은 표정을 풀며 고개를 끄덕였다.

"잘됐군. 집사람이 외출했다 돌아왔소."

아사가오가 현관 쪽을 가리켰다.

"집사람과 둘째요."

이대로 계속 가정교사 역할을 하는 게 옳은지 판단이 서지 않았다. 그러나 지금 발을 빼기는 이미 늦은 것 같다.

택시 안에서 현기증이 일어 고래는 인상을 찌푸렸다.

뒷좌석에 등을 대고 앉아 창밖을 내다보고 있는데 머리가 징

징 울렸다. 처음에는 택시가 비포장도로를 달리나 했는데, 곧
이어 찾아온 위가 옥죄는 느낌에 그게 아니라는 것을 알았다.
관자놀이의 압박감과 안구 통증에 고래는 눈을 감았다.

"대낮에 택시를 이용하다니, 편하게 사시네요."

운전석에서 소리가 들려 얼굴을 들었다. 룸미러를 통해 기사
와 눈이 마주쳤다.

정확히 말하면, 기사가 아니다. 택시를 탔을 때 핸들을 쥐고
있던 사람은 도호쿠東北 억양에 안경을 쓴, 머릿결이 퍽퍽한 중
년 남자였다. 그런데 지금 그를 바라보고 있는 것은 머리가 긴
기품 있는 40대 여자다.

"오랜만이네요."

고래는 대꾸하지 않고 다시 창밖으로 눈길을 돌렸다.

아담한 녹색 카메라 가게가 뒤로 흘러간다. 간판 옆에 둥근
시계를 달아놓았다. 정확한 건 아니지만 바늘의 위치로 보건대
아직 오전이라는 것을 알 수 있었다.

도쿄역 쪽으로 가는 국도로 접어들자마자 길이 막히기 시작
했다.

비는 그쳤는데 가로수에 맺혀 있던 건지 유리창으로 빗방울
이 튀었다. 앞차의 브레이크등이 빨갛게 점등한다. 먼 하늘에
소용돌이를 그리며 넓게 뻗어 있는 구름이 보였다.

"이제 슬슬 갤 것 같네요."

여자가 여유 있는 음성으로 말한다.

"한 가지 물어봐도 될까요? 저는 왜 죽어야 했죠? 일개 사립 대학 행정과에 근무하던 사람일 뿐인데요."

이 여자는 3년 전 아파트 옥상에서 뛰어내렸다. 의뢰인은 점 잖아 보이는 관료였던 것으로 기억한다. 어느 부처에 근무했는 지는 잊었다.

"왜 날 죽인 겁니까?"

"네 스스로 죽은 거다."

여자는 부드러운 미소를 지었다.

"참 편리하군요. 내가 뛰어내린 건 맞지만, 그건 강요에 의한 거예요. 억지로 그런 거라고요."

"너를 성가시게 생각한 사람이 있었다."

고래는 의뢰인에게 대충 이야기를 들었다. 대학에 근무하던 이 여자는 그와 내연 관계였다. 밀회를 갖던 어느 날, 아내보다 이 여자와 밤을 보낸 횟수가 많다는 걸 깨닫고 더럭 겁이 났다.

"최근 1년만 그런 게 아니라, 결혼한 이래 지금까지 집사람과 잠자리를 한 횟수보다 그 여자와 잔 게 더 많더라고요."

이래 갖고는 아내와 이 외간 여자의 위치가 뒤바뀌는 것은 아닐까 하는 두려움에 휩싸였다.

"그렇다고 죽일 것까지는 없잖아요."

"네가 정신이 나가서 남자에게 집착했기 때문이다."

여전히 길은 막혔다. 조바심이 나는지 앞차가 클랙슨을 울렸다. 한 마리가 짖으면 온 동네 개들이 덩달아 짖는 것처럼, 다른 차들도 질세라 빵빵거렸다. 앞에 있는 승합차의 브레이크등이 꺼지고 천천히 움직이기 시작했다. 고래가 탄 택시도 굴러가기 시작했지만 운전대를 잡은 것은 여전히 여자였다.

"그건 그렇고, 당신 정말로 호텔에 가는 길이에요?"

여자는 가뜩이나 긴 속눈썹을 늘이며 룸미러를 흘끔거렸다.

"당신한테 전화한 그 정치가, 가지라고 했던가요? 느낌이 안 좋던데."

한 시간쯤 전에 가지에게 전화가 왔다.

"어제 일 때문에 그러나?"

고래는 호텔에서 목을 맨 비서를 떠올리며 물었다. 그러자 가지는 어색할 정도로 호쾌하게 대답했다.

"아니, 그건 됐어. 잘 마무리됐지."

그러고는 "다른 일을 맡기고 싶어서."라며 말을 꺼냈다.

"그거 좀 우습네요."

운전석에서 여자가 손으로 입을 가리며 웃는다.

"어제는 그렇게 안달복달하더니 갑자기 다 해결된 척하고 말이에요."

"척?"

"그게 척이 아니면 뭐겠어요? 그 정치가, 속으로는 엄청 떨고 있었어요."

여자의 모습이 너무 선명해 고래는 긴가민가했다. 이상하다. 망령들은 좀 더 윤곽이 흐릿하지 않았나? 이번에는 왜 이리 또렷한 거지?

"의심밖에 남지 않은 그 늙은이는 내 일처리가 마음에 들어 새로운 일을 의뢰해온 것뿐이다."

"당신도 좀 이상하다는 생각은 들죠? 설마 또 죽여달란 의뢰를 하려는 거라 생각하는 건 아니겠죠? 어제 가지가 한 말 생각 안 나요? 당신이 그 일을 입 밖에 낼까 봐 걱정했잖아요. 그런 사람이 바로 다음 날 비슷한 일을 또 의뢰할까요? 십중팔구 그건 아니죠."

"정치하는 사람치고 이상하지 않은 자는 없으니까."

가지는 1시 넘어 도쿄역 근처 타워호텔 로비로 와달라고 했다. 이유를 묻자 다음 일에 대해 이야기하고 싶다고 했다. 고래는 가지의 말을 받아들이며 대신 꼭 직접 나오라는 조건을 달았다. 이유야 어찌 됐든 직접 나오지 않으면 자신을 속인 것으로 간주하겠다고 했다.

"속았다고 판단하면 그땐 어쩔 건데?"

"당신을 만나러 가야겠지."

주소 알아내는 것쯤 문제도 아니다. 그쯤 되니 철면피 가지도 나를 만나러 와서 뭘 어쩔 거냐는 소리는 하지 못했다.

"알았다. 내가 나가지."

가지는 말했지만 말미의 목소리는 잦아들었다.

"이번엔 누군가?"

"내 비서."

"비서는 어제 목을 맸을 텐데?"

"다른 비서다."

"그렇게 비서를 많이 뒀으니 그들의 표만 모아도 당선되겠군."

가지는 그 말을 무시했다.

"아무튼 그자도 어제처럼 처리해주었으면 하는데."

그리고 그 비서의 이름을 비롯해 나이와 주소, 가족 관계에 대해 읊었다.

"거짓말일 게 뻔해요. 이틀 연속 비서가 자살하면 남들한테 당연히 의심을 받을 텐데, 그런 위험을 무릅쓸 리 없잖아요. 아무리 머리가 나쁘고 겁이 많은 정치가라도 그렇게까지는 하지 않아요. 뭔가 음모가 있을 것 같지 않아요?"

고래도 그런 느낌이 들었다.

"당신을 곤경에 빠뜨리려는 거예요."

고래도 그런 느낌이 들었다.

"당신을 우습게 본 거예요."

고래도 그런 느낌이 들었다. 그리고 깨달았다. 하긴 내 안에서 만들어낸 환각이 하는 말이니 당연히 생각이 같을 수밖에.

마침내 길이 뚫려 바퀴가 구르기 시작했다. 택시가 앞차를 추월하기 위해 옆 차선으로 끼어들 때 고래는 두통을 느꼈다. 관자놀이에 손을 대고 눈을 감는다. 진득하게 통증을 참는다.

"손님, 괜찮으십니까?"

묻는 소리에 눈을 떴다. 운전석에는 남자가 앉아 있다. 룸미러에 비친 그의 눈은 잔뜩 긴장되어 있다.

"내가, 뭐라고 했소?"

"아니. 그게 저……."

기사는 대답하길 망설이는 눈치다.

"뭐라고 했지?"

남자는 한참 망설이다 반쯤 포기한 표정으로 말했다.

"죽이겠다든가, 네 스스로 죽은 거라든가, 그런 말씀을."

"달리 또 뭐라 하던가?"

"그 외에는."

기사는 말을 해야 하나 말아야 하나 고민하는 얼굴이었다. 소리는 내지 못하고 금붕어처럼 입만 뻐끔거리다 마침내 말했다.

"또 죽여달라고 하네 마네 뭐 그런……."

이와니시가 지시한 시간은 오후 1시였다. 이와니시의 아파
트 근처에서 지하철을 탔다. 도쿄역에는 정차하지 않지만 근처
까지 가서 갈아타면 된다. 타워호텔의 위치는 알고 있으니 일
찌감치 도착할 수 있을 거라고 판단했다.

"시간을 지키면 일신을 지킨다."

이와니시가 입에 달고 사는 말이 생각나 기분을 잡친다. 자
신의 몸짓이나 생각, 코 만지는 습관부터 식상한 말장난까지
전부 이와니시의 복사판이 아닌가. 심지어 팔다리에 끈이 달려
있는 건 아닐까 확인해보고 싶기까지 하다.

지하철에서 내려 도쿄역으로 걸어간다. 여기저기 들러 힐끔
거린 후에 큰 사거리를 건너 망한 초밥집을 끼고 돌았다. 시멘
트 외벽 건물이 들어선 좁은 골목이다. 하나, 여기가 곧장 가면
도쿄역으로 연결되는 지름길이다. 길이라기보다 빌딩과 빌딩
의 틈새.

발치에는 빈 깡통과 잡지, 유흥업소 전단지가 널려 있다. 쓰
레기통과 못쓰게 된 에어컨을 피해 걸어간다. 무슨 소리가 들
린 건 골목으로 20미터쯤 들어갔을 때였다.

"여긴 막다른 길이다."

목소리는 낮았지만 거친 말투였다.

남자 셋이 있다. 양복을 입은 남자 둘이 서서 웅크리고 앉은 남자를 내려다보고 있다. 매미에게 말한 사람은 양복쟁이 중 한 명이다. 어깨가 떡 벌어진 그는 운동선수처럼 머리를 바짝 밀었다.

"돌아가."

매미를 향해 손을 휘휘 저었다. 개를 쫓을 때나 하는 손짓으로.

누굴 개 쫓듯 하고 있어, 생긴 건 지가 더 시바견 닮았으면 서. 매미는 속으로 뇌까리면서 계속 앞으로 걸어갔다.

평온한 상황이 아니라는 것은 빤히 보였다. 양복쟁이 둘은 손에 주먹만 한 돌을 들고 있다. 서른댓 살 정도 됐을까? 양복 을 입고 있지만 두 사람 모두 얼굴 여기저기 상처 자국이 남아 있는 게 범상치 않아 보인다. 웅크린 남자의 두 손은 등 뒤로 묶여 있고 입에는 테이프가 붙어 있다.

"야, 애송이! 빨리 꺼져!"

다른 남자가 외쳤다. 매미는 거슬렸지만 참고 물었다.

"지금 여기서 뭣들 하는 거요?"

"알 거 없으니 꺼지라고!"

그렇게 말한 남자는 장발에 코는 낮고 얼굴이 동그랗다. 손 에 가죽 장갑 비슷한 것을 끼고 있다. 양복 허리춤에는 벨트 대 신 사슬이 감겨 있다. 로마 시대 격투기 선수도 아니고 꼴이 저 게 뭐야. 그러고 보니 꼭 도사견 닮았네. 이쪽은 도사, 저쪽은 시바? 매미는 그제야 납득한 듯 고개를 끄덕였다.

"개 두 마리가 사람 하나를 괴롭히는 건가?"

매미는 턱으로 웅크린 남자를 가리켰다. 남자는 눈가가 벌겋게 부어 있다. 봉두난발에 그나마도 뒤통수 한쪽이 휑한 걸 보니 잡아 뜯긴 것 같다.

"개라니!"

시바가 인상을 쓰며 으르렁거렸다. 어허, 저거 봐. 점점 더 시바견이랑 똑같네. 이 정도면 거의 감탄 수준이다.

"그러다 너도 다친다."

도사가 주둥이를 우물거린다. 껌을 씹고 있는 것 같다.

"이거, 혹시 그거 아뇨? 집단 폭행."

매미는 어깨를 한 번 으쓱하고 물었다. 시바와 도사는 화도 내지 않고, 매미에게 덤벼들지도 않았다.

"애송이 상대할 시간 없으니 여길 꼭 지나가야겠거든 얼른 꺼져. 대신 입은 봉해라."

그러고는 매미에게서 고개를 돌리고 다시 남자에게 집중했다. 매미는 그때 감을 잡았다. 이건 어쩌다 시비가 붙은 게 아니라 비즈니스다. 두 남자의 담담한 얼굴과 성가셔하는 몸짓을 보고 알았다. 그들은 지금 임무를 수행하고 있는 것이다.

"자, 이제 그만 털어놓고 싶은 맘이 드시나?"

시바가 쭈그리고 앉아 남자의 뺨을 툭툭 건드렸다. 테이프로 입이 막힌 남자는 눈물이 그렁그렁한 눈으로 고개를 가로저었다.

"너, 푸시맨에 대해 알고 있지?"

도사가 다리를 떨다가 남자의 머리를 걷어차는 시늉을 했다. 그의 구둣발이 남자의 귓가에서 멈췄다.

푸시맨? 들어본 적도 없는 단어가 매미의 귀를 잡아끌었다.

"푸시맨이 뭐지?"

말하고 나서야 신경이 쓰인 이유를 알았다. '푸시'라는 단어다. 그것이 매미의 뇌리를 할퀴고 지나갔다. 한 시간 전에 이와니시에게 들은 말이 생각났다. 데라하라의 아들을 누군가가 떠밀었을지도 모른다고 했다.

"이봐, 푸시맨라는 게 뭐요?"

"뭐야, 여태 있었어? 빨리 꺼지라니까!"

도사가 인상을 썼다.

"애송이도 목숨은 하나뿐이라는 걸 알아야지."

"그건 댁도 마찬가지지. 푸시맨이 뭔지 말하지 않는 놈도 같은 운명일 거라고."

매미는 생각보다 비장한 자신의 목소리에 놀랐다. 시바와 도사가 서로 얼굴을 마주 본다. 맛이 간 애송이를 상대할 때가 아니라는 사인을 주고받았는지 매미를 무시하고 다시 남자에게 돌아섰다.

"빨리 불지 않으면 데라하라 씨 일행이 올 거야. 우리 선에서 끝내는 게 그나마 낫다고."

낯익은 이름에 매미는 소리를 지를 뻔했다. 오, 이거 제대로 걸렸어!

시바가 다시 쭈그리고 앉았다. 손을 뻗어 남자의 입에 붙여 놓은 테이프 끝을 잡고 단번에 쭉 뜯어낸다. 남자가 비명을 지르며 입을 벌렸다. 입안에서 피가 콸콸 쏟아진다. 그리고 곧 후드득후드득 무슨 조각 같은 것을 토해낸다. 처음에는 작은 돌멩이인가 했는데 가만 보니 깨진 맥주병 조각이었다. 피범벅이 된 유리 조각들. 입안에 깨진 병 조각을 처넣었나 보다.

남자는 소리인지 호흡인지 분간이 안 가는 소리를 냈다.

"몰라요."

침과 피를 동시에 튀기며 겨우 소리를 짜낸다.

"푸시맨인지 뭔지 난 모른다고요."

"얼굴이 저 지경이 됐는데도 이러는 걸 보면 진짜로 모르는 걸지도 몰라."

도사가 시바에게 말했다.

"어때?"

"근데 겨우 손가락이랑 발가락 분지르고, 귓불 짓이기고, 입 안 긁어놓은 거밖에 더 있어?"

손가락으로 꼽아가며 시바가 말했다.

"얼굴만 보면 곧 죽어 넘어가게 생겼지만."

"정말입니다. 믿어주세요."

남자는 고개를 주억거리며 읍소한다.

"정말로 난 몰라요."

"이봐, 푸시맨이 뭐냐니까."

"아직도 저 새끼 안 가고 있었어?"

시바와 도사가 동시에 입을 열고 매미 쪽으로 슬금슬금 다가 섰다.

"이거, 진짜 되게 귀찮게 구네."

"푸시맨이 뭐냐니까."

"상관하지 말라잖아."

"혹시 그거 아니야? 데라하라의 아들이 차에 치인 거랑 관계 있는 거 아니냐고."

매미의 말을 들은 순간 시바와 도사의 표정이 확 변했다. 미 간의 주름과 관자놀이가 경련한다.

"이 자식, 뭘 아는 체하는 거야."

어느새 꺼냈는지 도사가 오른손에 잭나이프를 쥐고 있다.

뭐야, 나랑 칼로 한판 뜨자고? 그래? 어디 한번 볼까? 매미 는 살짝 흥분했다.

도사가 한 발 두 발 다가섰다. 훅, 숨을 들이쉬는 게 보였다. 호흡을 가다듬는다. 그러더니 칼을 들이밀었다. 남자의 움직임은 느리지도 빠르지도 않았다. 수작이 너무 빤하잖아. 피식, 웃음이 샜다.

한 걸음 뒤로 물러서면서 왼쪽으로 몸을 틀어 칼끝을 피한다. 도사는 제 무게를 이기지 못하고 고꾸라진다. 그러나 곧 자세를 바로잡으려 뒷발에 무게를 싣는다. 매미는 그 타이밍을 놓치지 않고 앞으로 나아가면서 오른손을 도사의 복부에 날렸다. 펴고 있던 손을 단단히 쥐고 허리의 힘을 실어 내리꽂았다.

그다음 매미는 왼손에 쥐고 있던 칼을 바투 쥐고 도사의 얼굴을 겨누었다. 번뜩거리는 칼끝이 허공에 호를 그린다. 오른쪽 뺨에 가 꽂힌다. 칼끝이 이에 닿았는지 도중에 멈췄다. 일단 잡아 뺀다. 도사가 눈을 부릅뜬 채 들고 있던 칼을 떨어뜨렸다. 뭐가 이래. 한 입 거리도 안 되잖아. 매미는 김이 샜다.

도사는 욕설을 흘리며 눈을 흡뜬 채 손으로 뺨을 더듬었다. 그리고 피가 묻은 손을 내려다본다. 지금 뺨이나 만지고 있을 때가 아니라니까. 매미는 왼쪽으로 몇 걸음 옮기면서 칼을 오른손으로 바꿔 쥐었다. 상대는 제자리에 서 있다. 곧장 도사의 발치로 몸을 낮췄다. 오른손을 치켜들어 도사의 발등에 칼을 꽂았다. 구두와 피부를 뚫고 뼈를 가르는 것이 손에 느껴진다. 살이 거의 없는 발등을 찌를 때는 늘 찌릿찌릿 감이 빨리 온다.

도사는 말로 표현할 수 없는 비명을 질렀다. 시바는 겁을 집어먹고 쩔쩔매고 있다. 대체 무슨 일이 벌어진 건지, 정신을 못

차리는 것 같았다.

칼을 빼낸 매미는 이것저것 생각하기도 귀찮고 해서 그냥 셋 다 찔러 죽일 작정이었다. 시바, 도사, 그리고 웅크린 남자까지 다. 그러다 문득 떠올랐다. 지금 몇 시지?

소매를 걷어 시계를 보았다. 한 시까지 10분도 채 남지 않았다. 서둘러 땅을 박차고 돌아선다. 발을 움켜쥐고 꺽꺽대는 도사도, 얼이 빠진 시바도, 죽을상을 하고 있는 남자도 안중에 없다. 지금 중요한 건 그게 아니다.

업무 시간에 늦게 생겼다. 큰일이다. 이와니시가 또 꽥꽥거릴 생각을 하니 발길이 급해졌다. 그러다 우뚝 멈춰 섰다. 잠깐만. 늦거나 말거나, 그게 뭐 대수야?

여자는 스즈키를 보고 밝게 인사했다. 너무 앳돼 보여 주부라기보다는 상큼한 학생 같았다. 아사가오가 집사람이라고 소개하지 않았으면 짐작도 못했을 것이다.

그가 스즈키를 소개하고 집 안에 들인 경위를 말하자 여자는 깜짝 놀랐다. '스미레'라고 이름을 밝힌 후 "이이가 손님을 집에 들이다니, 웬일인가 놀랐어요."라고 높은 톤으로 말했다.

아무리 봐도 여대생 쪽에 가깝다. 검은 뿔테 안경을 써서 그런지 지적인 인상이다. 짧은 머리는 갈색으로 염색했다.

스미레의 발 언저리에 서 있는 어린 사내아이가 눈에 들어왔다. 여자의 뒤에 숨다시피 기대서 있다.

"저 녀석이 둘째요." 아사가오가 말한다.

"고지로."

수줍음이 많은지, 어린 새가 둥지 밖을 살피듯 기웃댄다. 오른팔에 앨범 비슷한 것을 안고 있다.

"안녕?"

스즈키가 어색하게 인사를 하자 아이는 냉큼 얼굴을 숨겼다.

"가정교사는."

스미레가 그때까지도 계속 생각하는 얼굴로 입을 뗐다.

"아직 겐타로도 초등학생이고 해서 좀 이른 것 같은데요."

"아, 그렇긴 한데요."

스즈키가 대꾸했다. 그러자 소파에 앉아 있던 아사가오가 한마디 던진다.

"영업 사원이 시작도 하기 전에 그렇게 뒤로 빼서 되겠소?"

얼른 아사가오를 돌아본다. 어설픈 영업 사원에게 힘을 실어준다기보다 가정교사인 척하는 그를 꿰뚫어 보는 듯한 목소리다.

"그러니까 제 말은……."

서둘러 할 말을 찾는다.

"공부하는 습관은 되도록 일찍 들이는 게 좋거든요."

학교에서 아이들을 가르칠 때도 그런 말은 입 밖에 낸 기억이 없다.

겐타로가 고지로 옆으로 슬금슬금 걸어가 묻는다.

"야, 어떻게 됐어?"

"그냥 감기래. 너도 들었지, 고지로?"

스미레가 코알라처럼 달라붙는 꼬마에게 말을 건다. 고지로는 낯선 스즈키가 있어서 그런지, 아니면 워낙에 성격이 그런지, 작은 목소리로 "감기."라고 말하며 고개를 끄덕였다.

"의사 선생님, 무서웠지?"

겐타로가 나름 형 행세를 한다.

그러자 고지로는 입가에 손을 갖다 대고 "응, 무서웠어."라고 속삭이며 한마디 덧붙였다.

"그래도 엄마가 스티커 사줬어."

왜 계속 비밀 얘기 하듯 소곤거리는지 스즈키는 이유를 알 수 없었지만, 이 집 둘째의 버릇인 것 같았다.

겐타로는 "우와." 하더니 고지로가 들고 있던 앨범을 빼앗다시피 잡아당겼다. 그러고는 옆에서 고지로가 울상을 짓거나 말거나 페이지를 넘기며 "꽤 많이 모았는데." 하고 어른스럽게 말했다.

스즈키도 쳐다본다. 고지로가 가지고 있던 것은 앨범이 아니라 곤충 스티커를 모아놓은 노트다. 원색으로 화려한 놈부터 꺼림칙한 날개가 달린 놈까지 다양한 곤충이 붙어 있었다. 과자 봉투 속에 들어 있는 경품이라는 것은 알겠는데, 요즘도 이런 걸 갖고 노는지 조금 의아했다.

"오늘은 뿔매미가 나왔어."

고지로는 여전히 작은 소리로 자랑했다. 형이 펼친 페이지의 상단을 가리킨다.

"이게 그거야? 우와! 죽인다!"

겐타로는 소리를 내지르며 흥분을 감추지 못했다. 스즈키도 쳐다보고는 놀랐다. 뾰족한 가시처럼 생긴 녹색 곤충인데 생김새가 꽤나 특이하다. 작고 귀엽기도 하지만 무슨 곤충이 이렇게 생겼나 싶어 "우와." 소리가 절로 나온다.

인간은 곤충에 가깝다고 말한 교수의 얼굴이 떠오른다. 아니, 그렇지 않습니다. 이걸 보십시오. 이게 어디 인간과 비슷합니까. 전혀 가깝지 않다고요.

어쨌거나 고지로가 소중하게 안고 있던 것은 곤충 스티커를 붙이는 전용 앨범인 듯했다.

"저기요, 뭘 할 수 있어요?"

겐타로가 스즈키를 올려다보며 물었다.

"응?"

"가정교사는, 뭘 할 수 있는데요?"

"글쎄, 뭘 할 수 있을까."

듣기에 따라 상당히 본질적인 질문이었다. 스즈키는 어색하게 웃어 보였다. 너는 이 세상에서 대체 뭘 할 수 있는 인간인지 말해보라고 추궁하는 것 같았다.

"미리 말해두는데요."

겐타로가 또박또박 말했다.

"난 공부하는 거 싫거든요."

스미레가 웃음을 터뜨렸다. 아사가오의 표정은 변함이 없다.

"참, 여보."

스미레가 아사가오를 향해 말했다.

"그러고 보니, 나 모레부터 일 때문에 교토에 가잖아."

"아, 그랬나?"

아사가오가 고개를 갸웃했다.

"아이들을 좀 봐달라고 하면 당신도 한결 수월할 텐데?"

"하지만 그건." 아사가오가 자리에서 일어나며 입을 뗐다. "가정교사가 아니라 베이비시터 일 아닌가?"

조용조용한 그의 목소리가 스즈키의 가슴을 묵직하게 압박했다. 하지만 이대로 물러날 수도 없는 노릇, 스즈키는 얼른 나섰다.

"아뇨, 그런 일이라도 상관없습니다. 공부도 물론 가르치지만 아이들은 교실 밖에서도 배울 것이 많으니까요."

그러면서 입에서 나오는 대로 지절댔다.

"가정교사도 확대 해석 하면 베이비시터나 비슷한 겁니다."

그건 아니지……. 속에선 이런 목소리가 들렸다.

"어, 그럼 아저씨가 우리랑 놀아줄 거예요?"

겐타로가 소리쳤다.

"왜, 좋으냐?"

아사가오가 겐타로를 본다. 아들을 바라보는 흐뭇한 시선이라기보다 동물을 관찰하는 듯 냉랭함이 느껴진다.

"아빠가 놀아주지 않으니까 그렇지. 아저씨는 놀아줄 거죠?"

그러고는 익숙한 주문을 외듯,

"사람이 좋아 보여." 하고 덧붙였다.

어린애한테 사람 좋아 보인다는 말을 들었다고 호통 칠 상황은 아니었던 스즈키는 대충 고개를 끄덕이며 맞장구를 쳤다.

"물론이지. 나는 겐타로가 질릴 때까지 놀아줄 수 있을걸."

"축구도 할 거예요?"

"축구도 하겠지."

팔짱을 끼고 연신 고개를 끄덕인다.

"고등학생일 때는 축구로 대학 갈 생각을 하기도 했단다."

"흐음."

겐타로는 세계 평화 슬로건이라도 발표하듯 진지한 표정으로 아사가오에게 말했다.

"아빠, 이 아저씨를 고용하는 게 좋을 것 같아."

스즈키는 아홉 살짜리 꼬마의 입에서 나온 고용이라는 단어에 짐짓 당황하면서도 이 녀석이 크게 한몫해주는구나 생각했다.

"어떠세요?"

스즈키는 확실히 못을 박기 위해 몇 마디 덧붙였다.

"아까 말씀하신 것처럼 어머님께서 출장을 가신다니, 그 며칠간이라도 시험 삼아 고용해보시지 않겠습니까?"

흥정한다. 팔짱을 끼고 생각하는 아사가오에게 스미레가 말을 건다. "어쩔까?"

스즈키는 침을 꿀꺽 삼키며 대답을 기다렸다.

"자, 그럼."

입을 뗀 것은 겐타로였다.

"아저씨, 우린 나가요. 축구하러. 그동안 아빠랑 엄마랑 얘기하면 되잖아. 그때까지 이 아저씨를 고용할지 결정하세요." 그러고는 스즈키의 팔을 잡아끌었다.

"자, 자, 빨리 가요. 빨리요."

현관 쪽으로 성큼성큼 간다.

"고지로, 너도 같이 가자."

그러자 꼬마는 입에 손을 대고 또 소곤댔다.

"난 안 가. 감기."

"그럼 됐어. 아저씨, 빨리 가요."

겐타로의 채근에 스즈키가 코트를 집어 들자, 그는 "축구할 건데 그런 거 필요 없잖아요. 그냥 거기 두고 가요." 했다.

하는 수 없이 스즈키는 휴대전화만 챙겨 들고 따라나섰다. 현관에서 신발을 신으며 생각했다. 푸시맨의 정체를 캐러 와서 이게 뭐 하는 짓이지? 도대체 누가 쓴 코미디 각본이냐고? 이게 다 무슨 일이야? 하는 수밖에 없잖아. 당신 말대로. 정말 그런 거야?

현관을 나서자 비는 이미 그쳤고, 군데군데 벌어진 구름 사이로 해가 빛을 드리운다. 웅덩이에 고인 물과 벽돌담 표면에 맺힌 빗방울이 금세 증발할 듯 보인다.

"가요."

겐타로는 마당에서 축구공을 집어 들더니 스즈키의 소매를 끌며 오른손을 앞으로 쭉 뻗었다.

"저기 가면 공터가 있어요. 거기서 축구해요."

똑같은 외관의 집이 쭉 늘어선 주택가. 지나치다 싶게 몰개성적인 그곳을 벗어나 잠깐 걸어가니 강변에 다다랐다. 그다지 멀지는 않았다. 축구 하는 공간은 물 빠짐이 좋은지 바닥이 보송보송했다. 자잘한 돌이 깔려 있어 진흙도 튀지 않는다. 골대도 설치되어 있다. 달리 놀러 나온 사람은 보이지 않았다.

20미터 정도 거리를 두고 마주 서서 한동안 공을 주고받았다. 처음에는 천천히 겐타로의 발치로 굴렸다. 밀어주듯 살살. 그러다 점차 발에 힘을 실어 허공으로 차올리고, 서로 좌우로 코스를 바꿔가며 공을 찼다.

겐타로는 공을 썩 잘 다루었다. 인사이드로 차는 것도, 발등으로 차는 것도 힘이 있고 정확했다. 땅을 딛고 선 발끝이 늘 공 차는 방향을 향한다. 하루 이틀 해본 실력이 아니다. 땅을 딛고, 중심을 이동시키고, 몸을 틀고, 이를 악물고 킥을 한다.

겐타로가 공을 받아 있는 힘껏 찼다. 스즈키의 오른쪽으로 공이 벗어났는데, 상대가 가까스로 방어할 만한 거리를 계산한 뒤 찬 것 같다. 스즈키는 오른발을 뻗어 공을 세운다.

그렇게 나온다면 이쪽도 생각이 있지. 스즈키도 맘먹고 겐타로의 오른쪽을 노려 공을 흘렸다. 겐타로의 몸놀림은 예상보다 빨랐다. 쏜살같이 달려가 공을 세우지도 않고 직접 되받아 찬다. 어허, 저 녀석 봐라. 스즈키는 공을 쫓아가 자기도 공을 세우지 않고 바로 킥을 날렸다.

이리저리 공을 쫓아 달리다 보니 상대가 초등학생이라는 것마저 잊었다. 어디를 어떻게 차도 정확히 받아내는 겐타로에게 스즈키는 점점 오기가 생겼다.

머릿속이 텅 비는 느낌이다. 쓸데없는 생각을 할 여유가 없다. 어디로 어떻게 공을 차면 아이가 감탄할까. 그런 생각에 사로잡혀 있는 자신이 가련하다.

겐타로에게 공을 패스할 때마다 자신을 지배하던 히요코의 목소리가 점점 멀어지는 것 같다. 차에 치인 데라하라 아들의 끔찍한 모습도 흐릿해진다. 가슴을 찍어 누르던 납덩이도 사라진다. "빨리 보고하지 않으면 뒷자리의 그 얼간이들이 너 대신 목숨을 잃게 돼."라는 협박도 사라진다. 뒷자리의 그 얼간이들? 그게 누군데? 돌아온 공을 왼발로 잡는다.

"불안해하거나 화를 내는 것은 동물적이지만."

죽은 아내가 한 말이 떠오른다.

"문제의 원인을 알아내고 해결책을 찾아내기 위해 고심하는 건 오로지 인간만이 할 수 있는 행동인 것 같아."

"그래서 인간은 위대하다는 말을 하고 싶은 거야? 아니면 그래서 인간은 안 된다는 말을 하고 싶은 거야?"

스즈키가 물었다.

"동물한테 왜 너는 죽지 않고 살아남았느냐고 물어봐. 분명히 이렇게 대답할걸. 어쩌다 보니 그렇게 됐다고."

이런저런 궁리를 하고 필사적으로 머리를 쥐어짜는 건 인간의 몹쓸 면이라고 그녀는 말하고 싶었는지도 모른다. 확실히, 공을 차고 있으니 문제 해결에 가까워진 기분이었다. 사실은 전혀 그렇지 않음에도.

발등에 공의 표면이 닿는다. 아주 착 붙는 듯한 느낌이다. 발을 뻗어 걷어차니 공이 그 궤도에 맞춰 날아간다. 발은 분명히 공에서 떨어졌지만, 날아가는 공이 자기 몸의 일부처럼 여겨진다. 완만한 포물선은 내 몸에서 발사된 화살 같다. 그것이 상대의 발치에 정확히, 마치 자석에 끌리듯 멈춰 선다.

푸시맨도 히요코도 더 이상 머릿속에 없었다. 공차기에 정신이 팔려 아무 생각도 나지 않았다. 기분 좋다. 마치 딴 세상에 온 것 같다.

"타임아웃, 타임아웃!"

겐타로가 소리칠 때까지 주변의 소리도 전혀 귀에 들어오지 않았다. 그래서 손가락에 끼고 있던 반지가 빠져 달아난 것도 눈치 채지 못했다.

반지가 없어졌다. 헉! 큰일 났다. 스즈키는 얼굴이 퍼래져서는 허둥지둥 발치를 둘러보았다.

"설마 잃어버린 건 아니겠지?"

죽은 아내의 목소리가 들리는 것 같다. 스즈키는 속으로 그럴 리가 있느냐고 즉답했다. 내가 그걸 잃어버릴 리 없잖아.

아내는 늘 자신이 잊힐까 두려워했다. 평소에는 어떤 일이든 여유 있게 대처했다. 전기세가 오르든, 말린 이불이 비에 흠뻑 젖든, 스즈키가 교사로서 자신감을 잃든 "괜찮아. 별일도 아닌데, 뭐." 하며 웃어넘겼다. 그런데 가끔씩 이런 소리를 흘렸다.

"언젠가 다들 나를 잊어버리겠지? 내가 이 세상에 있었다는 증거가 어디에도 없잖아."

뜬금없이 떠오른 것처럼 가볍게 말했지만, 그것이 아내의 마음 깊은 곳에서 우러난 불안이었다는 걸 안다. 그리고 이젠, 둘 사이에 아이가 없었던 것도 아내를 불안하게 한 원인이었을지 모른다고 생각한다.

"아이가 있으면 그 아이가 나를 기억해주겠지. 그 아이는 그 아이의 자식이 기억해주고. 그러면 영원히 잊히지 않고 기억될 수 있을 텐데."

그런 말을 몇 번인가 들은 기억이 난다.

"걱정 마. 누가 당신을 그렇게 쉽게 잊어버린다고 그래."

그러면 아내는 "롤링스톤스에 브라이언 존스가 있었다는 건 아무도 기억하지 못하잖아."라며 뜬금없는 얘기를 꺼냈다.

"브라이언 존스에 대해서는 기억하겠지."

스즈키가 곧바로 대꾸했다.

"정말? 증거도 없는데?"

"레코드라든가, 시디가 남아 있잖아."

그걸로 모자라면 고다르가 찍은 영상에도 나온다고 덧붙이고 싶었다. 거기 나온 브라이언 존스는 무척 쓸쓸해 보였지만.

"그런가?"

아내의 목소리는 회의적이었다.

"브라이언 존스가 롤링스톤스의 멤버였다는 사실은 아무도 기억하지 못해. 증거가 남아 있지 않대."

"어허, 그걸 잊어버린 사람은 당신밖에 없을걸?" 가엾은 브라이언.

"아, 이러면 되겠네."

스즈키가 제안을 한 것은 아내가 죽기 두 달 전이었다. 어떻게든 아내를 위로해주려고 짜낸 아이디어였다. 누군가 써먹었을 수도 있지만, 단순하면서도 설득력이 있는 아이디어라고 생각했다. 왼손 약지를 보이며 말했다.

"이 반지. 이 반지를 볼 때마다 내가 당신을 생각할게. 어때, 괜찮지? 그럼 웬만해선 잊기 어려울 거야."

"잊기 어려운 건 또 뭐야? 그냥 절대 잊지 않겠다고 하면 되지."

아내는 쿡쿡 웃으며 대꾸했다.

"이 세상에 절대라고 단언할 수 있는 일이 어디 있어?"

"노력이 부족해서 그래."

아내는 스즈키를 손가락으로 가리키며 덧붙였다.

"잊지 않도록 더 노력하시오!"

"이래 봬도 꽤 노력하고 있다고."

"뭐라고? 노력이야 내가 더 많이 하지. 청소도, 식사 준비도 내가 다 하잖아. 아마 회사에서 근무하는 시간도 내가 더 길걸."

"아까 그건 그런 노력을 말하는 게 아니었을걸."

그것 말고도 더 있다며 아내는 손가락을 꼽으면서 하나하나

읊었다. 야구팀 응원도 더 열심히 하고, 섹스를 할 때도 더 노력하고, 맛있는 빵집을 찾아내는 것도 대부분 자기라며 말을 이었다. 노력으로 먹고산다고 해야 할지, 훈장이라도 줘야 할 것 같은 노력의 파상공격이었다. 스즈키는 그 말발에 기가 질려 더 이상 대꾸하지 못했지만, 속으로는 이렇게 끊임없이 재재대는 당신을 무슨 수로 잊겠느냐고 생각했다. 지나고 보니 아내가 괜한 자책감에 부러 더 그런 거라는 생각도 든다.

그런 반지를 잃어버리다니! 스즈키는 땅에 얼굴을 바싹 들이대고 반지를 찾았다. 공을 찬 순간에 잃어버렸나 싶어 일대를 샅샅이 훑으며 나아갔다.

다행히 1미터 정도 떨어진 지점에서 반지를 찾았다. 주워서 흙을 털고 손가락에 끼운다. 당신, 정말 날 기억하고 있긴 하네? 그러면서 눈을 샐쭉 흘기는 아내의 얼굴이 떠오른다. 안 잊어버린다니까. 그 덕에 내가 지금 이 고생을 하고 있잖아.

겐타로가 공을 툭툭 굴리며 다가와 함께 벤치에 앉았다.

"잘하네요, 아저씨."

겐타로가 숨을 할딱거리며 스즈키를 올려다보았다.

"너야말로 잘하는데? 학교에서도 하니?"

그러자 겐타로는 눈을 발치로 내리깔고 갑자기 뚱해졌다.

"왜, 안 해?"

스즈키가 재차 묻자 아래위로 고갯짓을 한다.

"대충 그래요."

"이렇게 잘하는데?"

그냥 듣기 좋으라고 하는 소리가 아니었다. 이 정도 실력이면 학교 축구부 선수로 활약해도 손색이 없겠다 싶어서 한 소리다. 이대로 썩히긴 아까운 실력이라고 하려는 찰나 한 가지 생각이 스쳤다. 혹시 아빠가 푸시맨인 것과 관계가 있는 건 아닐까? 푸시맨은 남의 눈에 띄어서는 안 된다. 그 말은 즉 꼬리가 밟히지 않도록 자주 주거지를 옮겨야 한다는 의미다.

"이사, 자주 다니니?"라고 슬쩍 떠보았다.

겐타로는 가만히 스즈키의 눈을 보았다. 뭔가 말할 듯 오물거리다가 입술을 산처럼 쭉 내밀고는 다물어버린다.

"아무튼 아저씨 축구 진짜 잘하네요."

"그냥 사람만 좋게 생긴 게 아니지?"

"네."

겐타로는 앞에 있는 사람을 주인으로 인정한 개처럼, 혹은 길고양이를 집에 들이기로 결정한 사람처럼 눈을 반짝였다.

"저기요, 그럼 그것도 알아요? PK가 뭔지. 영어라 난 잘 모르겠거든요."

"아."

스즈키는 그 말을 듣고 저도 모르게 소리를 냈다. 다시 죽은 아내가 떠올랐기 때문이다.

어느 날 아내가 물었다.

"PK가 뭐의 약자인지 알아?"

아내는 언젠가 우리 아이가 물어볼지도 모른다면서, 때 이른 걱정을 했다.

"그거 영어 이니셜이잖아."

스즈키는 겐타로에게 말했다. 죽은 아내에게 거짓말을 했을 때처럼.

"곰돌이 푸 알지? 그 푸 군의 머리글자를 따서 PK라고 하는 거야."

유치하긴 해도 어린애에게 어울리는 설명이라고 생각했다.

"그게 무슨 말이야?"

아내는 못 믿겠다는 표정이었지만 "어린애한테 페널티의 의미를 가르쳐주긴 좀 그렇잖아."라고 말하자 그제야 납득했다.

"뭐라고요?"

겐타로가 듣기에도 엉뚱한 대답이었는지, 금세 "아저씨 바보 아니에요?"라고 묻는다. 억양 없는 외국어를 말하는 듯한 목소리다.

"세계 최초로 PK를 한 게 푸라 그래. 그런데 그때 골키퍼가 호랑이였거든. 아, 이름을 까먹었네. 그 왜, 겅중겅중 뛰어다니면서 소란 피우는 애 있잖아."

"티거요?"

"그래, 맞아."

"아저씨, 바보예요?"

겐타로가 다시 물었다.

기분이 이상하다. '꼭 우리 아들을 앉혀놓고 얘기하는 것 같지 않아?'라며 아내에게 보여주고 싶다. 우리에게 아이가 있었으면 꼭 이랬을 것 같은데.

"아저씨, 바보예요?"

스즈키는 겐타로의 억양을 흉내 내어보았다.

고래

고래는 타워호텔의 맞은편에서 택시를 내렸다. 육교 계단을 오르니 그 끝이 호텔 2층으로 연결되어 있다. 40층짜리 호텔. 고개를 뒤로 젖히지 않으면 그 전모를 파악할 수 없는 높이다.

자동문을 통과해 에스컬레이터를 타고 내려간다. 트인 천장과 화려한 샹들리에를 바라보는 사이 넓은 로비에 도착했다. 고급 호텔임을 강조하고 싶었는지, 바닥에 깔린 카펫도 발이 빠질 정도로 폭신폭신하다. 로비 소파에 앉아 시계를 본다.

오후 1시 15분인데 아직 가지의 모습은 보이지 않았다. 다리를 꼬고 앉아 코트 주머니에서 문고본을 꺼낸 다음 시선을 내린다. 곧 고래는 러시아 청년의 권태와 피로로 찌든 세계로 빠져든다.

"아, 왔군."

10분 정도 지나 소리가 났다. 책에서 고개를 들자 짜리몽땅한 남자가 서 있다. 미간에 내 천 자가 잡힌 백발의 중년이다. 김을 뜯어 붙인 것 같은 콧수염이 눈에 띈다. 텔레비전에서 보던 모습과 똑같다. 있는 대로 폼을 잡고 있지만, 진정성이라곤 찾아볼 수 없는 경박한 분위기다. 고래는 책을 덮어 코트 주머니에 넣었다.

"일을 끝낸 지 만 하루도 지나지 않았는데 또 같은 일을 의뢰하는 건가?"라고 물었다.

"방으로 가지. 이렇게 사람 눈이 많은 데서 자네와 얘기하는 걸 누가 보기라도 하면 곤란해져. 여기선 설명할 수가 없네."

"안 하면 되겠군."

"정치가라는 게 늘 설명을 해야 하는 직업 아닌가."

'너희가 언제 한 번이라도 납득할 만한 설명을 한 적이 있나? 매번 설명이 아니라 물 타기로 상황을 흐리고 위기를 모면하려 할 뿐이지.'라는 말이 턱밑까지 차올랐다.

"비서의 이름과 사진, 있는 장소만 알려주면 끝나는 거 아닌가? 난 그 정도면 된다."

"자네는 모르겠지만, 좀 복잡한 사정이 있네."

가지는 엘리베이터 홀 쪽으로 걸음을 재촉했다. 고래도 따라
간다.

"당신을 곤경에 빠뜨리려는 거예요."

망령의 목소리가 뇌리를 스친다.

"당신을 우습게 본 거예요."

그럴지도 모른다.

가지가 앞서 들어간 방은 꽤 널찍했다. 2409호, 옷장도 크고
방 가운데 놓인 더블 침대도 근사했다. 고래 앞에는 긴 테이블
이 있고 화장품 몇 개가 그 위에 놓여 있다. 만약 정치가가 여
자와 즐거운 한때를 보내려고 이 방에 들어왔다면 '불결한 내
가 묵기엔 너무 깨끗한 방'이라는 생각에 당장 방을 빼고 싶을
만큼 청결했다. 창가에 둥근 테이블과 소파가 놓여 있다. 고래
는 그 소파에 가서 앉았다. 가지는 선 채 실내를 두리번거린다.

"왜 그러지?" 고래가 물었다.

"아니네."라고만 할 뿐 가지는 더 이상 아무 말도 하지 않았
다. 그러다 갑자기 입구 쪽으로 걸어갔다. 왜 저러지? 고래도
일어나서 뒤를 쫓는다. 통로 쪽 문을 연다. 고래도 들여다본다.
세면대와 변기, 그 옆에는 유리 칸막이를 설치한 샤워 부스가
있다. 환기팬이 도는지 프로펠러 회전하는 소리가 들린다. 세

면대에 비친 자기 모습에 흠칫 놀라 가지는 문을 닫았다.

"뭘 찾는 건가?"

뒤에 서 있던 고래가 한마디 던졌을 뿐인데 가지는 긴장한 빛이 역력했다. 국민이 당장 굶어 죽게 생겼다는 소리를 들어도 이자의 얼굴이 이렇게 될까?

무기, 아니면 사람이다. 고래는 확신했다. 자신을 방으로 데려온 이유는 그 둘 중 하나라고. 자신을 제압하기 위해 방 안 어딘가에 권총이나 흉기 또는 수면제 같은 약을 숨겨놓았거나, 아니면 그런 일을 할 만한 사람을 숨겨둔 게 아닐까?

"일 얘기나 듣지."

고래는 시치미를 뚝 떼고 창가로 돌아온다. 창에는 그제야 얼굴을 내민 해가 빛을 쪼이고 있다.

"자살할 비서의 정보를 주시오. 처리할 테니."

"정보라고 할 것까진 없지만."

그러면서 가지는 커다란 가방을 열었다. 안에서 종이 한 장을 꺼내더니 고래에게 내민다. 이력서다. 사진이 붙어 있고 얌전한 필체로 이력이 적혀 있다.

"내 비서 중에 가장 오래 일한 사람이지."

"그런 사람을 죽이라고?"

"죽이는 게 아니라 자기 스스로 죽는 거지. 안 그런가?"

가지는 바로 대꾸했지만 어딘가 어색했다. 고래는 꼼짝하지 않고 서 있는 가지의 눈을 응시했다. 겁먹은 그의 눈동자가 흔들렸다.

고래는 잠자코 일어나 욕실로 들어갔다. 반질반질한 연분홍색 변기가 있다. 그 위에 목욕 타월이 얹혀 있는 선반이 있다. 옆에 걸려 있던 목욕 가운의 허리끈을 잡아 뺀다. 두 손으로 양끝을 잡고 팽팽히 당겨본다. 빳빳하다. 고리를 만들어 머리를 집어넣었을 때 몸무게를 견디며 경동맥을 조여 숨통을 끊을 만큼, 빳빳하다.

목욕 가운의 허리끈을 들고 고래는 방으로 나왔다. 가지가 귀에 대고 있던 휴대전화를 황급히 내린다.

"전화?"

"음, 연결이 안 되네."

그는 처량해 보였다.

"누굴 고용했지?"

고래는 다가가며 물었다.

"뭐, 뭐라고?"

"날 처리할 목적으로 누군가를 샀을 텐데. 그가 나타나질 않는군. 이곳으로 날 데려오겠다고 말해놨을 텐데 말이야."

"무, 무슨 소리야?"

"가련한 인생."

"뭐라고?"

"나한테 일을 부탁했지. 그런데 일이 끝나자 이번엔 나를 믿을 수 없게 된 거야. 그래서 다른 이에게 나를 처리하라고 의뢰했지. 안 그런가? 하지만 만에 하나 계획대로 일이 풀리더라도 당신은 또 그자를 믿을 수 없어 고민하겠지. 끝도 없이 그렇게 누군가에게 살인을 의뢰할 수밖에. 하기야 이 나라 인구가 1억이 넘으니 그런 식으로 계속 못할 것도 없지. 하지만 내가 보기에 그건 그리 영리한 방법이 아니다."

"내, 내가 어리석단 말인가?"

가지는 그 대목에서만 불쾌감을 드러냈다. 곧 죽어도 어리석게 보이고 싶지는 않은 모양이다.

"당신은 신변에 닥친 위기에 민감하지. 간단한 해결 방법이 있다."

고래는 한 발짝 다가가면서 말했다.

가지는 등을 꼿꼿이 펴고 관자놀이를 떨면서 고래를 올려다보았다. 그 시점에 이미 그는 동공이 벌어지기 시작한 듯 눈동자에 변화가 있었다. 고래의 페이스에 말려든 것이다. 가지의 호흡이 고래의 그것과 맞아 들어간다.

"당신이 사라지면 돼." 고래가 말했다.

"뭐! 무슨 바보 같은 소리."

"왜, 그 얼마나 간단한가."

"내가 죽어버리면 그게 무슨 소용이야."

"죽은 자는 걱정이 없다."

고래는 담담하게 말했다. 가지는 온몸이 빳빳이 굳었다. 최면술사 앞에서 자기는 최면에 걸릴 리 없다며 버티는 꼴이랄까. 그러나 그것도 잠시, 어깨가 처지고 흥분과 열이 사라진 듯 달관한 표정이 된다.

복잡할 것 하나 없다. 사람은 누구나 죽고 싶어 한다. 지금의 가지처럼. 지금이 바로 그 순간이다. 가지가 무너지듯 소파에 기대앉는다. 긴장과 공포로 힘이 빠진 것이다.

"커튼을 내리지."

다음부터 고래는 평소와 같은 순서로 단계를 밟아나갔다. 그리고 완료.

도쿄역에 도착해 홍수처럼 밀려드는 인파를 헤치며 야에스 방면으로 향한다. 열차를 타려는 게 아니라 가로지르기 위해서다. 큰 짐을 끌어안은 젊은이들 몇몇이 앞을 지나간다. 거치적거리는 것도 유분수지. 이것들은 왜 하필 내 앞을 가로막는 거야. 짜증이 치민다. 자칫 칼을 빼 들 뻔했다. 역 구내의 시계를 본다. 오후 1시 20분. 20분이나 늦었다.

아예 약속을 펑크 내고 정치가를 골려주면 어떨까 생각하기도 했다. '가지 님'의 비위를 건드려 이와니시가 펄펄 뛰는 꼴을 보는 재미도 쏠쏠할 것 같았다.

"매미, 너 오늘 무슨 짓을 한 거야!"

그러나 결국 늦긴 했어도 일을 하러 가기로 했다. 말이 좋아 프로 의식이지, 실제로는 의뢰를 무시할 만큼 속이 단단하지 못한 것이다.

일은 별로 복잡할 게 없다. 살인을 의뢰한 정치가, 가지는 1시에 호텔 로비에서 남자와 만났을 것이다. 처음에 정치가는 그 자리에서 찔러 죽이라고 부탁한 모양이지만 그건 이와니시 선에서 거절했단다. 당연하다. 로비에는 보는 눈이 너무 많으니까. 객실이나 다른 장소로 유인해달라고 이와니시가 설득했단다.

"그래서 내가 그 방으로 가면 되는 거야?"

매미가 묻자 이와니시는 실실거리며 대꾸했다.

"영화 같은 데서 자주 나오잖아. 룸서비스인 척하고 방으로 들어가서 접시 뚜껑을 열면 권총이 나오는 장면."

"그건 그냥 영화일 뿐이지. 현실은 다르다고. 방에 들어서자마자 덤벼들어야 해. 속공밖엔 답이 없어. 그런데 나는 그 방에 어떻게 들어가지?"

"가능하면 먼저 방에 들어가서 기다리고 있으라더라."

"기다리고 있으라고?"

"가지 씨는 그 남자와 단둘이 방에 있고 싶지 않은 거야. 방에 들어서자마자 냅다 해치웠으면 좋겠대."

"단둘이 있는 건 무서워. 그런 말은 귀여운 여자들이나 하는 거지, 구린 영감탱이가 무슨……."

"요즘 그런 귀여운 여자가 어디 있냐? 어디서 본 적 있냐?"

"본 적은 없지만 그래도 어딘가 존재하긴 하겠지."

"아이고 시끄러. 아무튼 방에 둘만 있기 무섭다는 말은 정치가도 할 수 있는 대사야."

"아이고 알았다, 알았어."

매미는 귓구멍을 파면서 대꾸했다.

"정치가들이야 무슨 소릴 해도 처벌을 받지 않으니까."

"그건 그렇고, 그 호텔은 방마다 열쇠를 두 개씩 준비해둔대. 카드키 말이야. 그러니까 너는 프런트에서 그중 하나를 받아 미리 방에 숨어 있으면 돼."

"숨는 건 싫은데."

"매미는 원래 7년간 땅속에서 숨어 지내잖냐."

"그게 숨어 있는 건가? 달을 채우는 거지."

"좌우간 방에 들어온 자를 처치하는 거야. 실수하지 마. 이번 타깃은 덩치가 무지막지한 남자라니까 말이야. 짜리몽땅하고 수염이 난 쪽은 가지 씨다. 헷갈리면 안 돼."

그리고 이와니시는 방 번호를 알려주었다.

"그 덩치 큰 남자는 뭐 하는 놈인데?"

"그게 무슨 상관인데? 덩치 큰 놈은 죽일 수 없다는 거냐?"

"그게 아니라."

매미는 목소리에 힘을 주었다.

"대개 덩치 큰 놈들은 속 빈 강정이라 별문제 없지만, 그냥 조금이라도 정보를 달라 그거지."

"나도 몰라. 그보다 가지 씨한테 신용을 얻어두면 앞으로도 꽤 짭짤할 테니까 정신 차리고 똑바로 처리해."

"신용을 얻고 싶으면 실수하지 마라, 그 말인가?"

매미는 그 자리에서 떠오른 생각을 남 말 하듯 말했다. 그러자 예상대로 이와니시는 입을 다물고 잠시 생각하다가 "그거, 잭 크리스핀이 한 말이냐?"라고 조심조심 물었다. 자기가 모르는 말이 있다는 것에 약간 불안해하는 눈치다.

"당연하지." 거짓말이다.

"그, 그래?"

이 멍청이는 잭 크리스핀의 말이라면 그저 껌뻑 죽는군. 매미는 어처구니가 없었다.

게이요선 승강장 쪽에서 가족 동반 승객들이 끊임없이 몰려 나왔다. 아이들 대부분이 미키마우스가 그려진 꾸러미를 잔뜩 끌어안고 있다. 매미는 그냥 무시하고 가던 길을 재촉했다.

타워호텔 입구에 당도한 것은 오후 1시 30분이었다. 푹신한 카펫을 밟으며 매미는 곧장 프런트로 향했다. 나란히 선 호텔 직원 세 명이 경계하는 눈빛으로 쳐다보는 것 같다. 맨 왼쪽 남자에게 2409호를 대니 곧 열쇠를 꺼내주었다.

가지는 지금쯤 이제나저제나 하면서 똥줄이 타겠지? 그 생각을 하니 킥킥 웃음이 난다. 죽이고 싶은 놈과 단둘이 앉아 겉도는 대화를 하느라 진땀깨나 흘리고 있을 것이다. 조금 화가 나긴 했겠지만 일만 깔끔하게 처리하면 그것으로 오케이라고 매미는 생각했다. 잘하면 "이거, 정말 조마조마했는데 때맞춰 왔군." 그러면서 "정치가한테도 자극은 필요하지."라며 악수를 청할지도 모른다. 늦게 나타날수록 고마움은 커진다.

현금카드처럼 생긴 열쇠를 들고 엘리베이터로 향한다. 마침 문이 열려서 올라탔다. 곧바로 닫힘 버튼을 누른다. 성마르게 몇 번이고 눌러댔다. 집요하고도 거칠게.

엘리베이터가 멈춰 밖으로 나온다. 정면에 붙어 있는 방 안내 표지판을 훑고 오른쪽으로 향한다. 2409호 앞에 일단 서서 좌우를 한번 둘러본다. 인기척은 없다. 투숙객도, 종업원도. 큐브릭 영화라면 바로 다음 장면에서 피의 홍수가 등장하겠지? 콸콸 쏟아지는 붉은 빛이 좋았다. 오른손을 코트 주머니에 넣어 칼을 확인한다. 그제야 갈아입을 옷을 깜빡한 게 생각났다. 찌르다 보면 상대의 피가 튀게 마련이다. 그래서 늘 여벌을 챙기고 현장에는 한 번 입고 버릴 차림새로 가는데, 이번에는 그 생각을 전혀 하지 못했다. 이유는 모르겠다. 방심한 것도 아니요, 들뜬 것도 아니다. 그러나 갈아입을 옷이 없는 건 사실이다.

시계를 본다. 어쨌거나 약속 시간은 훌쩍 지났다. 왼손에 들고 있던 열쇠를 문손잡이 아래 직선 틈에 삽입했다가 잡아 빼니 작은 램프가 깜빡이며 달칵 소리가 난다.

오른손에 칼을 쥐고 왼손으로 손잡이를 돌렸다. 문에 몸을 바짝 붙이고 안으로 쳐들어간다.

실내에 그림자가 어렸다. 머리의 위치가 높다. 저놈이군. 키가 보통 큰 놈이 아니다. 방 한가운데로 단박에 뛰어든다. 몸을 틀며 칼을 높이 휘두른다.

퍼뜩 멈춰 선다.

상대는 키 큰 남자가 아니었다.

거구로 보였던 건 매달려 있기 때문이었다. 천장 환기구에 타월 같은 것을 감고서 목을 맸다.

뭐야, 이거.

김 조각을 뜯어 붙인 것 같은 콧수염의 남자가 입에 거품을 물고 허공에 떠 있다. 말이 난 김에 좀 더 하자면, 조명등처럼 천천히 회전하고 있다. 바짓단을 타고 뚝뚝 물방울이 떨어진다. 오줌을 지렸나 보다. 에이, 더럽게! 카펫에 다 뺐잖아. 땀과 음식물이 뒤섞인 냄새가 콧속으로 훅 끼쳤다. 매미는 잠시 멍하니 서 있다가 생각했다.

내가 늦게 와서 가지가 절망한 나머지 목을 맸나 보네. 그렇다면 좀 미안하게 됐네.

집에 도착하자마자 젠타로는 축구공을 마당에 집어던졌다.

"사용한 것은 원래 있던 자리에 갖다 놔야지."

스즈키는 곧바로 잔소리를 했다. 죽은 아내가 스즈키에게 곧잘 하던 말이다. 젠타로가 멈춰 서서 못마땅한 표정으로 공을 선반에 올려둔다.

"원래 어디 있었는지 몰라요."

변명 비슷하게 투덜대는 걸 보고 웃음이 났다.

현관에 들어서자 독특한 치즈 향이 코끝에 감돌았다. 마음이 편안해진다. 치즈와 크림이 어우러진 냄새에는 인공적인 것과는 다른 농밀함과 짭조름함이 뒤섞여 있다. 자연물은 썩기 마련이라는 당연한 이치를 새삼 곱씹게 한다. 땀내와도 비슷해, 약간 과장해서 말하면 생명력이 느껴졌다.

"와, 파스타다."

젠타로가 소리를 지르며 신발을 아무렇게나 벗어 던진다.

"우리 엄마가 해주는 파스타, 끝내주게 맛있어요. 아저씨도 얼른 오세요."

조금 전까지 뛰어논 강변은 꽤 훌륭한 그라운드였지만, 그 덕에 신발에 흙이 잔뜩 묻었다. 다시 밖으로 나가 흙을 털어낸다. 후드득후드득 떨어지는 진흙과 신발 밑창에 붙은 먼지를 바라본다.

그때 기다렸다는 듯이 전화벨이 울렸다. 히요코다. 현관에서 대문 쪽으로 걸어가며 폴더를 열었다. 도대체 이게 몇 번쨴가. 시도 때도 없이 전화하는 걸 보면 그들이 얼마나 초조해하고 있는지, 또 얼마나 목을 매고 있는지 알 수 있었다. 활짝 열린 현관문을 힐끔거리며 전화기를 귀에 갖다 댄다.

"어떻게 됐어?"

"어떻게 되긴요, 뭐 아직."

"어딘지 말해."

"아직 모르겠습니다."

그 남자가 푸시맨인지 아닌지 아직 확실치 않다. 푸시맨이고 뭐고, 지금까지 그의 아들과 공을 차고 놀았으니 그 이상은 진전이 없을 수밖에.

"너 지금 뭐 하고 있는 거야!"

잠깐 축구를 좀…….

"외곽에서부터 하나하나 짚어가려고요."

"외곽이고 뭐고, 지금 그렇게 한가한 소리 할 때가 아니야. 더 이상은 이쪽도 봐줄 수 없다고."

"저도 최선을 다하고 있습니다."

"벌써 우리 쪽 직원 둘이 죽었어."

"네?"

이것도 그냥 하는 소린가? 사실인가?

"너처럼 꾸물거리다가 10분 전에 사장한테 총 맞아 죽었다고."

"아니, 어떻게……."

"빠릿빠릿 움직이지 않으니까 열 받아서 쏜 거지."

무슨 그런 회사가 다 있느냐고 받아치려다가 그만두었다. 그런 회사가 엄연히 있으니까 지금 자신이 여기 있는 것 아닌가. 아내의 원수를 찾아 복수의 칼을 갈다가, 푸시맨의 꽁무니를 쫓게 된 것 아닌가.

저들은 지금 자신을 찾고 있다. 하지만 아직 성공하지 못했다. 화가 나고 분통이 터져 발을 동동 구르며 이를 갈고 있겠지만, 휴대전화 외에는 자신과 접촉할 방법이 없다. 휴대전화의 전파로 소재지를 알아낼 수도 있지만 아직 파악하지 못한 듯하다.

"만약 여기서 내가 도망치면 어떻게 되는 겁니까?"

"도망치다니, 그게 무슨 소리야."

"그냥 생각해봤습니다. 지금 도망치면 발을 뺄 수 있지 않을까. 그렇잖습니까. 당신들은 내가 어디 있는지 모르니까요."

"네 집은 내 손안에 있어."

히요코는 스즈키의 아파트 주소를 줄줄 읊었다.

"집에는 가지 않을 수도 있죠."

"그냥 그대로 끝날 것 같아?"

히요코의 목소리에 날이 서기 시작한다.

"아무튼 당신들은 아직 날 찾지 못한 게 사실 아닙니까."

"그렇다고 완전히 벗어난 건 아니지. 빠져나갈 수 없어. 그리고 그런 헛소리 자꾸 지껄였다간 그 젊은 애들이 너 대신 골로 간다는 걸 알아둬. 너도 재미없고. 죽느니만 못한 일을 겪게 될 거야."

죽느니만 못한 일은 이미 일어났다. 스즈키는 스스로도 놀랄 정도로 냉정하게, 냉동실에서 꺼낸 스푼만큼이나 무기질적으로 생각했다. 아내가 죽었다. 쓰레기만도 못한 얼간이에게 죽임을 당했다. 그게 바로 자신에게 이미 일어난, 죽느니만 못한 일이다.

"아무튼 당장 그 남자에게 푸시맨이냐고 물어보고 빨리 나와."

"끊을게요."

스즈키는 더 이상 상대하기 싫어 차갑게 말했다. 히요코와의 연결 고리는 현재 이 휴대전화밖에 없다.

"지금 밖인데 그의 집으로 들어가는 중입니다."

아사가오는 소파에 다리를 꼬고 앉아 잡지를 읽고 있었다. 스즈키를 돌아보지도 않는다.

"재밌었어."

겐타로가 소리쳤다.

"아저씨, 축구 되게 잘해."

그러더니 무슨 볼일이 있는지 옆방으로 들어갔다.

"잘됐구나."

아사가오는 세상에 잘된 일 따윈 없다는 걸 아는 사람처럼 말했다.

스즈키는 하릴없이 거실과 주방 사이를 어정거렸다. 소파에 앉아야 할지, 아니면 겐타로에게 가서 '꼭 나를 가정교사로 추천해줘.'라고 부탁해야 할지 고민스러웠다.

그러다 문득 발 언저리에 고지로가 서 있는 걸 보고는 움찔했다. 티를 내지는 않았지만 간이 툭 떨어졌다. 고운 머릿결을 하늘거리며 고개를 쳐들고 속삭인다.

"안 앉아?"

"아, 그래."

그러고는 아사가오의 맞은편 의자에 앉았다.

"감기는 좀 어떠니?"

슬쩍 말을 건다.

"감기?"

고지로는 눈을 동그랗게 뜨고 맹하니 쳐다보다가 대답한다.

"괜찮아. 나는 애쓰고 있으니까."

아이답지 않은 말에 슬그머니 웃음이 났다. 문득 그에게 노력이 부족하다고 지적하던 아내가 생각났다. 히요코와의 통화로 팽팽히 긴장해 있던 머리가 느슨하게 풀어진다.

"그렇구나. 애쓰고 있구나."

고지로는 앉아 있는 스즈키와 눈높이가 거의 비슷해 정말로 귀에 대고 속삭이는 것 같았다.

"저기, 뭘 가르쳐줘요?"

"응? 아…….."

솔직히 본인이 아이들에게 가르칠 건 하나도 없을 것 같았다. "글쎄, 뭐가 있을까……?"

시계를 본다. 오후 2시가 조금 못 됐다.

아사가오는 속을 빤히 꿰뚫어 보는 듯한 그 눈빛으로 스즈키를 응시했다.

"점심이 늦었소. 파스타를 한 모양인데, 같이 들겠소?"

잠깐 이런저런 생각이 얽힌다. 자신을 식탁에 초대하는 것은 다시 말해 가정교사로 받아들이겠다는 것인지, 아니면 이마저도 테스트인지 판단이 서지 않았다.

"그래도 괜찮겠습니까?"

"맛은 어떨지 몰라도 양은 충분할 거요. 집사람의 요리는 일단 양이 많다는 게 장점이니까."

아사가오는 웃어 보이기는커녕, 잡지에서 눈도 떼지 않고 그런 말을 했다.

"그래요. 여기 양으로 승부하는 파스타가 나왔네요."

소리 나는 쪽을 돌아보니 어느새 스미레가 서 있었다. 파스타가 든 접시를 두 손에 들고 있다.

스즈키는 얼떨결에 그것을 받아 들었다. 냄새를 맡았는지 겐타로가 뛰어나와서는 포크를 나르기 시작했다. 고지로는 껌딱지처럼 겐타로 뒤에 붙어 서 있다.

테이블 위에 파스타 접시가 가득 놓이자 모두 자리에 앉아 먹기 시작했다. 고르곤졸라 치즈 냄새가 공간을 가득 메운다. "와, 정말 맛있네요." 하고 스즈키는 솔직하게 말했다.

"그렇죠?"

겐타로가 자랑스레 말꼬리를 끌다가 옆에 앉은 고지로에게 눈길을 돌렸다.

"야, 너 뭐해."

고지로는 곤충 스티커 앨범을 펴놓고 있었다. 꺼림칙한 빛의 갑충과 원색의 복부를 드러낸 나비 유충이 보인다. 스즈키는 식사 중엔 잠시 접어두라고 부탁하고 싶었다. 고지로는 한술 더 떠 파스타 접시를 아예 옆으로 치워두고 볼펜과 엽서를 앞에 놓았다. 그러고는 엽서에 거의 코를 박다시피 들이대고 있다.

"뭐 하는 거니?"

스즈키가 묻자 고지로는 뚱한 표정으로 심각하게 말했다.

"장수풍뎅이 붙여."

이번에도 벌레가 날갯짓하듯 앵앵 기어들어 가는 목소리다.

"똑같은 스티커 열 장을 보내면 장수풍뎅이를 경품으로 준대요. 근데 너무 기분 나쁘게 생겼어요."

스미레가 설명해준다.

"헤라클래스 장수풍뎅이."

고지로는 여전히 벌레가 기어가는 듯한 소리로 말했다. 그리고 다시 엽서를 보다가 스즈키에게 물었다.

"이거 어떻게 읽어?"

손으로 노트를 가리킨다. 엽서를 보낼 곳인 듯하다. 구로쓰카기획 경품발송센터, 이름부터 이상야릇하다. "도쿄도 분쿄구 쓰지오카."라고 스즈키는 주소를 읽어주었다.

"도쿄도."라고 또박또박 발음하며 펜을 놀리는 고지로가 너무 사랑스러웠다. "분쿄구."라는 발음이 이어진다. 잘 쓰지는 못했지만 누가 봐도 열심히 썼다는 건 알 수 있겠구나 싶었다.

"어때요, 스즈키 씨? 우리 애들, 돌봐줄 수 있겠어요?"

스미레가 입가에 묻은 소스를 손가락으로 훔치며 웃었다.

"이쯤 되면 징그러운 벌레들도 전부 따라갈 거예요."

"예, 뭐."

스즈키는 자신 없는 목소리로 가볍게 맞장구를 쳤다. 그 힘 없는 소리를 들었는지 아사가오가 한숨을 내쉬었다. 시원찮다고 생각했는지도 모르겠다.

"야, 고지로, 너 PK가 뭔지 알아?"

겐타로가 고지로에게 말했다. 엽서를 손으로 가리고서 주소 쓰는 작업을 방해한다.

"그게 뭔데?"

고지로가 심각한 얼굴로 형을 본다.

"곰돌이 푸 군이래, 푸 군. 그래서 PK래. 아저씨가 가르쳐줬는데, 좀 이상하지 않냐?"

무슨 말인지 못 알아듣겠는지 고지로는 형 얼굴만 빤히 바라보았다. 스미레가 분위기를 맞춰주려고 살짝 웃는다.

"물론 나는 그것 말고도 여러 가지를 가르쳐줄 수 있단다."

스즈키는 밀어붙이고 싶은 마음에 말했다.

"저기, 아저씨, 그럼 그거 먹어본 적 있어요?"

겐타로가 갑자기 화제를 바꾼다. 뭐가 '그럼'이라는 건지.

"저기, 텔레비전에 자주 나오잖아요. 만화에요. 쥐가 먹는 치즈. 구멍이 막 뚫려 있는 거요. 삼각형으로 생긴 거."

그러면서 열심히 손으로 치즈 모양을 그렸다.

"무지 맛있어 보이던데, 그거 먹어본 적 있어요?"

"어?"

"아빠 물어봐도 대답 안 해줘요. 그 치즈요, 어디 팔아요?"

만화영화를 보고 맛까지 상상한 모양이다. 일단 스즈키는 "그 치즈, 맛 좋지."라고 거짓말을 했다. 그러자 겐타로와 고지로가 서로 마주 보고 '거봐, 역시.' 하는 표정을 짓더니 "와아, 정말이구나." 한다.

"두더지 있잖아요, 걔네들 선글라스 끼죠?"

"매머드 고기, 날걸로 먹어도 돼요?"

어디까지 진짜로 믿고 하는 소린지 헷갈린다. 스즈키는 아빠가 되진 못했지만, 그래도 건성으로 듣지 않으려 애썼다. 그러고는 본인이 생각해도 성실한 대응이다 싶을 정도로 찬찬히 대답했다.

"아…… 그것도 맛있겠다."

고지로가 오른손을 입가에 대고 소리 죽여 말한다.

"응? 뭐라고?"

스즈키가 되물었다. 고지로의 작은 목소리를 듣기 위해 다른 사람들도 모두 귀를 쫑긋 세웠다.

"하얀 산에서 길을 잃었을 때 구해주러 오는 개."

고지로가 말했다.

"세인트버나드?"

스즈키는 구조견을 떠올리며 대답했다.

"응, 커다란 개."

"그건 못 먹는 거야."

그러자 고지로는 고개를 가로저으며 대꾸했다.

"아니 그게 아니라, 그 목에 두른 거. 작은 통에 들어 있는 거."

"위스키?"

"응, 그거."

고지로의 심각한 얼굴을 보고 스즈키와 스미레는 웃음을 터뜨렸다. 아사가오는 아무 소리도 내지 않았지만 눈매는 좀 전보다 부드러워졌다. 겐타로가 옆에서 지지 않고 설레발을 친다.

"응, 맞아. 그거, 나도 먹고 싶어."

스즈키도 구조견이 목에 두른 수통에는 혹하는 마음이 생겼다. 쓰러진 사람도 벌떡 일으켜 세울 만한 맛일 것 같았다.

"나도 길을 잃어볼까?"

조용조용 말하는 고지로를 보고 모두들 소리 높여 웃었다. 한참을 웃고 한숨 돌리는데, 현기증이 일었다. 도무지 현실 같지 않았기 때문이다. 너무나 화목하고 평화로운 분위기에 당혹감을 느끼지 않을 수 없다. 이렇게 단란한 가정이 있는 아사가오가 푸시맨 같은 상식 밖의 일을 업으로 삼다니, 납득이 가지 않는다. 게다가 자신이 그 푸시맨의 집에 와서 이러고 있는 것역시 믿기지 않았다.

파스타를 말아 올렸다. 포크의 회전에 따라 느타리버섯, 표고버섯, 소스가 섞이며 딸려 올라오는 것을 보는 동안 스즈키는 그 파스타의 소용돌이 속으로 빨려 드는 듯한, 눈을 뜬 채 꿈속으로 빠져드는 느낌에 휩싸였다.

여러 대의 차들이 보였다. 번쩍이는 검은색 승용차가 줄지어 주택가로 들어온다. 집 앞에 선다. 양복 입은 남자들이 차에서 내려 정원으로 침입한다. 체격이 우람한 자도 있고, 날카로워 보이는 안경잡이도 있다. 데라하라의 부하인 것 같다. '영애'의 직원들이다. 그들이 정원에 깔린 돌을 밟고 현관문을 열어젖힌다. 그 가운데 남자들에게 지시를 내리는 히요코가 있다. 거실 테이블이 보인다. 그 밑에 겐타로가 웅크리고 있다. 옆에 쪼그리고 앉은 고지로가 좌우를 두리번거리며 무슨 일이냐고 작은 소리로 묻는다. 둘 다 겁을 집어먹었지만 사태가 얼마나 절망적인지는 알지 못한다. 주방에 얼굴이 파랗게 질린 채 서 있는 사람은 스미레다. 가스레인지 앞에서 낯선 남자 둘이 그녀에게 권총을 겨누고 있다. 언뜻 미소를 지으려다 스미레는 이 소동이 장난이 아니라는 것을 감지하고 입술을 파르르 떤다.

다른 정경이 뒤를 잇는다.

이번에는 어두컴컴한 창고다. 손발이 묶인 아이들이 쓰러져 있다. 스미레가 비명을 지르며 머리카락을 쥐어뜯고 있다. 끔찍한 일을 당한 것 같다. 협박에 이어 고문을 당했을 것이다.

"괜찮소?"

아사가오의 목소리에 스즈키는 퍼뜩 정신을 차렸다. 포크로 파스타를 휘휘 감아 턱 앞까지 들어 올린 채 그대로 굳어 있었다.

"아저씨, 꼭 배터리가 나간 것 같았어."

겐타로가 입에서 소스를 튀겨가며 말했다.

"잠깐 딴생각이 좀 나서."

당신들이 몹쓸 짓을 당하는 모습을 보았다고 곧이곧대로 말할 수는 없는 노릇. 너무나 무서운 장면이었다. 마치 곧 닥칠 미래를 예언하는 듯한 광경이었다. 심장이 격하게 두방망이질 한다.

"무슨 생각을 했는데요?"

겐타로가 파스타를 우적거리며 물었다.

말은 안 했지만 스미레도 흥미로운 눈으로 스즈키를 보고 있다. 아무리 봐도 그녀는 호기심 왕성한 여대생 같다.

파스타 한 접시를 뚝딱 먹어 치웠다. 접시에 남은 크림소스가 아까웠지만 그렇다고 핥아 먹을 수도 없어 스즈키는 포크를 내려놓았다.

"저기."

스즈키는 아사가오를 보았다. 물어보려면 때는 지금이라고 생각했다.

하는 수밖에 없잖아. 당신 말대로.

"아사가오 씨는 무슨 일을 하십니까?"

두 눈을 똑바로 뜨고 아사가오를 응시했다. 이 남자는 뭐라고 대답할 것인가? 설령 대답하지 않더라도 약간은 흠칫하지 않을까 기대했다.

"엔지니어예요."

대답한 것은 스즈키 옆에 앉은 스미레였다.

"시스템 엔지니어라고 하나요? 저는 자세히 모르지만 그런 일이래요."

"아, 그렇습니까?"

"집에서는 바깥일에 대해 거의 얘기하지 않지만요."

아사가오의 표정에는 변화가 없다. 움찔하지도 않을 뿐더러, 긴장한 빛도 없다.

"그게 그러니까, 컴퓨터 프로그램에 관련된 뭐 그런 겁니까?"

"그런 거요."

'어때, 수상하지?' 하고 도발하는 듯한, 애매한 대꾸다.

스즈키는 어떤 질문을 하면 좋을지 머리를 굴렸다. 이 시점에서 정말 시스템 엔지니어인지 알아낼 수 있는 질문 한두 개라도 떠오르면 좋으련만 맘처럼 되지 않았다.

"메뚜기를 아시오?"

그때 아사가오가 불쑥 물었다.

"네?"

멍하니 있다가 불쑥 날아든 질문에 스즈키는 황급히 정신을 추스른다.

"메뚜기라면, 곤충 말씀입니까?"

겐타로가 옆에서 두 눈을 데굴데굴 굴리면서 바싹 다가앉는다. 고지로는 '곤충'이라는 단어를 들어서인지 메뚜기라는 발음에 혹했는지 앨범을 넘기기 시작했다.

"이 사람은 가끔씩 희한한 말을 한다니까요."

그러고서 스미레는 미소 지었다.

"풀무치."

"그 온몸이 초록색인 놈 말이죠?"

"아아, 그렇지."

아사가오가 조용히 대답했다.

"하지만 초록색이 아닌 놈도 있소."

"초록색이 아닌 것도요?"

"개체 수가 많아 밀집해 살아야 하는 환경에서 자라면 '군집상'이라고 하는 형태를 띠게 되지."

"밀집이라면, 인구 밀도가 높다 할 때 그 밀집 말입니까?"

"그렇소. 그놈들은 시커멓고 날개도 길지. 성질도 난폭하고."

"검은 것이 그렇다는 말씀입니까?"

그러자 건너편에 앉은 고지로가 "이거." 하면서 앨범을 보여준다. 갈색 메뚜기 스티커를 손가락으로 가리킨다.

"이게 그거야."

"같은 풀무치라도 여러 종류가 있지. 이론적으로는 개체 수가 늘면 먹이가 부족해지니까 다른 장소로 옮길 수 있도록 나는 능력이 강해진다는 것이오."

"그럴 수도 있겠네요."

곤충의 생존 전략은 교묘하고 복잡하다.

"나는."

아사가오가 잠시 말을 끊고 테이블 위의 접시를 치운 다음 팔꿈치를 괴었다. 두 손을 모으고 스즈키를 빤히 본다. 커다란 눈동자가 우물 속 같다. 바닥은 보이지 않고, 소리만 울리는 깊은 우물.

"그게 꼭 메뚜기만의 이야기는 아니라고 보는데."

"예? 뭐가요?"

"어떤 동물이든 밀집한 환경에서 살다 보면 변종이 생기게 마련 아니오. 색이 꺼메지고 안달하게 되면서 성질이 난폭해지지. 생각해보면 메뚜기 떼랑 같아."

"성질이 난폭한 메뚜기 떼 말입니까?"

"군집상은 대이동을 하면서 가는 곳마다 먹을 걸 싹쓸이하지. 동종 개체의 시체도 먹어 치우고. 같은 메뚜기라도 초록색하고는 다르거든. 인간도 마찬가지요."

"인간도요?"

스즈키는 뇌리에서 그 말이 '너도 마찬가지다.'라는 말로 치환돼 뜨끔했다.

"사람도 일정한 공간에서 복닥거리다 보면 이상해지지. 인간
도 워낙 밀집해 사는 생물이니까. 출퇴근 시간이나 연휴에 길
막히는 걸 보면 기가 막힐 정도 아니오?"

스즈키는 바로 고개를 끄덕였다. 옛날에 교수가 한 말이 떠
올랐기 때문이다.

"인간은 포유류가 아니라 곤충에 가까울지도 모르겠습니다."

"음, 맞소."

확실히 누군가의 동의를 얻는 것은 기분 좋은 일이다. 아닌
게 아니라, 이때 펭귄도 곤충이냐는 질문을 받으면 김이 샐 것
같다.

"초록색 메뚜기라 할지라도 무리 속에서 치이다 보면 검어지
게 마련이지. 메뚜기는 날개가 자라 멀리 달아날 수 있지만, 인
간은 그럴 수 없잖소. 그저 난폭해질 뿐."

"그럼 인간도 그 군집상에 속하는 겁니까?"

"도시에서는 특히 더."

아사가오의 눈매가 매서웠지만 스즈키를 위협하려는 것 같
지는 않았다.

"조용하고 평화롭게 살아가기가 어렵지."

북적이는 인파 속에 흔들림 없이 서 있는 나무 한 그루. 스즈
키는 또다시 그 장면을 연상했다. 그리고 동시에 강한 의문이

들었다. 기껏해야 메뚜기 얘기지만, 이것이야말로 '내가 푸시맨이다.'라는 고백이 아닐까?

아사가오의 표정은 여전했다. 그러나 그의 눈은 이쪽의 반응을 지켜보는 것 같기도 했다. 스즈키는 침을 삼키고 싶은 것도 꾹 참는다. 희미한 소리라도 내면 그 순간 아사가오가 푸시맨의 본성을 드러내며 앞을 막아설 것만 같았다.

"그럼 인구가 줄면 평화로워질 거라고 보십니까?"

스즈키가 질문했다.

"그렇게 되지 않겠소?"

아사가오가 곧바로 대답했다.

스즈키는 즉시 '그럼 메뚜기화하는 인간을 어떻게든 원상태로 되돌리려고, 인간 개체 수를 줄이려고 애먼 사람들을 달리는 차나 열차 앞으로 떠미는 거군요.' 하고 좀 더 본론에 접근하고 싶었다.

문득 옆을 돌아보니 고지로가 테이블 위에 별생각 없이 놓아두었던 스즈키의 휴대전화를 들고서 내려다보고 있다. 두 손으로 버튼을 누른다.

아차 싶어서 서둘러 휴대전화를 잡아챘다. 그러다 혹시 히요코와 연결되기라도 하면 상상하기도 끔찍한 일이 벌어진다. 너무 거칠게 낚아챘는지 고지로가 놀라서 눈을 동그랗게 떴다.

"금방 망가지는 거라 함부로 만지면 안 돼."

애매하게, 설득력이 없는 말로 둘러댄다.

"거짓말."

겐타로가 날카롭게 지적했다.

"저렇게 말하는 건 분명 거짓말이야. 다른 사람이 만지면 큰 일 나니까 저러는 거야."라고 동생의 귓가에 소곤댄다. 고지로 는 고개를 끄덕이고 나서 다시 엽서 쪽으로 관심을 돌렸다.

"도쿄도, 분쿄구." 하고 읽기 시작한다.

공원을 가로질러 가는데 분수가 세차게 물을 뿜었다. 물줄기 는 완만한 곡선을 그리며 연못으로 떨어진다. 수면에 비친 느 티나무가 파문 속에 흔들린다. 연못에 비친, 잎이 져 앙상한 나 뭇가지는 팔뚝 위로 불거진 혈관처럼 보였다. 혈관이 경련하는 모습은 실로 기묘했다.

그러다 분수가 뚝 멈춘다.

상체를 수그려 자기 처소로 들어온 고래는 한 시간 전 가지 와 주고받은 말을 생각했다. 왜 내가 자살해야 하냐며 처음 한 동안은 붉으락푸르락 화를 냈지만, 몇 마디 나누는 동안 차츰 말귀를 알아들었다. 가지에게는 딸이 셋 있다. 여차하면 그 딸들을 들먹일까, 아니면 권총을 겨누고 남의 손에 죽고 싶지 않으면 알아서 죽으라고 윽박지를까 생각했지만 그럴 필요도 없었다.

나를 속이려 한 거냐고 묻자 가지는 "사실 자네를 퇴치해달라고 다른 사람을 고용했네."라고 순순히 자백했다. '퇴치'라는 어울리지 않는 표현에 고래는 살짝 얼굴을 찌푸렸다. 고래는 퇴치해야 할 대상이 아니라 오히려 보호해야 하는 동물 아닌가.

"계획대로라면 이 방에 와 있어야 하는데."

가지가 절망적인 얼굴로 말했다.

"안됐군."

고래는 짧게 대답했다.

그 후로 가지는 급격히 기력을 잃고 무너졌다.

고래는 생각했다. 아마도 이자는 자신이 정계에서 소용 가치를 다한 퇴물, 노쇠하고 거치적거리는 존재라는 것을 어렴풋이 인식하고 있었을지도 모른다고. 퇴장할 기회를 엿보고 있었는지도 모른다. 스스로 목숨을 끊음으로써 정계에 반향을 불러일으키겠다는 로맨티시즘도 엿보였다.

"죽어서, 숨을 불어넣겠다."

흥분하며 뇌까리더니 테이블에 앉아 만년필로 장문의 편지를 쓰기 시작했다. "이 글을 읽고 감탄사를 연발할 언론들이 눈에 선하군." 하고 침을 튀기며 말했다. 어쩌면 이럴 땐 이래야지, 하고 진작 상상해두었을지도 모른다. 장문의 글을 완성하는 데는 그리 긴 시간이 걸리지 않았다.

"왜 정치가가 됐지?"

고래는 마지막으로 물었다.

가지는 이미 망연한, 황홀하다고도 할 수 있는 표정을 짓고 있었다. 그가 고래를 내려다보며 대답했다.

"정치가가 되고 싶지 않은 사람도 있나?"

예상을 벗어나지 않는 빤한 대답에 고래는 말없이 고개만 주억거렸다.

가지의 몸이 경련하는 것을 곁눈으로 확인하고 테이블 위에서 편지를 집어 들었다. '물러날 때를 망각한 자들에게'라고 적힌 봉투는 연출한 기색이 역력했다. 진저리가 났다.

방을 나와 엘리베이터를 탄다. 호텔 문을 나서 도쿄역으로 가다가 백화점 입구에 놓인 쓰레기통에 편지를 찢어 버렸다.

"어떻게 됐소?"

뒤에서 소리가 들려 고래는 걸음을 멈췄다. 사방이 텐트로 둘러싸인, 십자로라고 할 수 있는 길이다.

돌아보니 모자를 쓴 남자가 서 있다. 확대경이 그려져 있는 모자. 뺨이 움푹 파인 안경잡이 다나카다. 그는 죽을 때가 다 된 노인으로도, 염세적인 청년으로도 보였다. 오른손에 지팡이를 짚고 서 있다. 고관절이 좋지 않은지 서 있는 자세도 꾸부정하다.

"일 갔다 오는 길이지 않소?"

거침없는 말에 고래는 혼란스러웠다. 이것은 현실인가, 아니면 또 환각인가. 헷갈린다. 환각이라기엔 전조 증상인 현기증이 없었다. 무엇보다 다나카는 고래가 자살을 유도한 피해자 명단에 없다. 기억에도 없다.

"일?"

"아니, 그냥 표정이 홀가분해 보여서 그런가 보다 했소이다. 아침에 말한, 미련이 남았다던 일은 이제 해결된 거요?"

"아니."

푸시맨이라는 단어가 뇌리에 스친다.

"그럼 다른 속 썩이던 일이 해결됐소? 그게 뭐든 아주 후련한 얼굴을 하고 있군."

"가지 때문이겠지."

"가지?"

다나카는 알아들은 건지 아닌지 모를 반응을 보였다.

"미련이 남은 일은 빨리 해결하는 게 좋소. 그리고 하루라도 빨리 손을 떼는 거요. 지금 이 상태로는."

"지금 이 상태로는?"

"죽은 목숨이나 진배없으니까."

"당신처럼?"

"뭐요?"

"당신은 살아 있나?"

"보면 모르겠소?"

"본다고 다 알 수 있다고 생각하나?"

고래는 힘주어 말했다.

"환각이 당신을 삼켜버릴 거요."

다나카가 말했다.

"뭐라고?"

"그렇게 가다간 환각이 당신 인생을 송두리째 삼켜버릴 거라고. 뭐가 현실인지 도무지 분간할 수 없게 돼버려서는."

"이미 그렇다."

"증상은 미리 알 수 있소. 예를 들면 횡단보도 앞에 서 있는데 눈앞의 신호등이 끊임없이 깜빡거린다든가, 오르고 또 올라도 계단의 끝이 보이지 않는다든가, 역에서 아무리 기다려도 지나가는 열차의 끝이 보이지 않는다든가. 이 기차 정말 무지 기네, 생각하는 순간 이미 징조는 나타난 거요. 그런 게 전부 환각의 증거지. 신호나 기차는 환각에 빠지기 쉬운 물체고. 환각에 빠져드는 계기이기도 하고, 각성하게 되는 신호이기도 하오."

"누구나 환각을 볼 가능성은 있다. 안 그런가?"

"맞소."

다나카는 태연하게 대답했다.

"그래, 이건 좀 다른 이야기지만. 요 근래 읽은 책에 이런 구절이 있더군요. 미래는 신의 레시피로 결정된다."

"미래? 레시피?"

"말하자면, 아직 닥치지 않은 일은 각자의 영역 밖에서 이미 결정되어 있다. 그런 뜻인지도 모르겠소. 그 책에서는 허수아비가 그런 소리를 했지만."

"허수아비가 하는 소릴 곧이듣나?"

"어느 쪽이 허구고 어느 쪽이 현실인지, 어느 한쪽에만 속한 인간은 판단할 수 없지요. 자, 그건 그렇고, 미련이 남은 일은 어쩔 거요?"

다나카는 거침없이 말했다.

"미래는 이미 결정되어 있소. 자연스럽게 흘러가도록 두고 보면 되오. 당신은 오늘 한 건 완수했소. 그것이 계기일 수도 있지. 강물이 흘러가듯 모든 일이 맞물려 들어갈 거요."

"강은 모두 바다로 흘러가게 되어 있지."

"가지를 처리할 때 다음 일의 단서를 얻지 않았소?"

"단서?"

고래는 곧이들리지 않는 연설을 듣는 듯해 기분이 찝찝했지만 왠지 한 귀로 흘릴 수 없었다.

"뭔가 새로운 단서 말이오."

"아아."

고래는 코트 주머니에 손을 넣는다. 종이 한 장이 잡힌다. 거기에는 가지가 마지막으로 전화를 건 번호가 적혀 있다. 그의 휴대전화 발신 내역을 보고 적어둔 것이다. 고래는 그것이 자신을 처리하러 오기로 한 자의 전화번호라고 직감했다. 왜 그것을 메모했는지 모르겠지만 정신을 차렸을 때는 이미 손에 펜이 들려 있었다.

"그것도 레시피에 들어 있소."

이쪽의 속내를 빤히 들여다보듯 다나카가 말했다.

"대결이오."

다나카가 말했다. 실제로 소리를 냈는지 어땠는지는 모른다.

"청산하는 거요, 깡그리."

고래는 그것이 자기 입에서 나온 말 같기도 했다.

매미

매미는 이와니시에게 뭐라고 해야 할지 고민이 됐다. 꼭 영화의 한 장면처럼 호텔 방에서 목을 맨 채 허공에 떠 있던 사람은 틀림없이 가지일 것이다.

"이번 타깃은 덩치가 무지막지한 남자야. 짜리몽땅하고 수염이 난 쪽은 가지 씨다. 헷갈리면 안 돼."

이와니시의 설명을 다시 한번 떠올려본다. 그건 덩치가 그리 크지 않았다. 헷갈릴 것도 없다. 키는 짜리몽땅하고 입 주변에 분명 김 조각 같은 콧수염이 나 있었다.

역으로 가서 곧장 지하철을 탈까도 생각했지만 내키지 않아 한동안 백화점에서 시간을 때웠다. 이와니시에게 일은 무사히 끝냈냐는 전화가 올까 봐 휴대전화는 아예 전원을 꺼버렸다.

가장 간단히 자유로워지는 방법은 부모를 살해하는 것이다. 매미는 어느 소설 속 문장을 떠올렸다. 하지만 지금은 다르다. 세상에서 자유로워지고 싶으면 휴대전화를 꺼버리면 된다. 단순하고, 싱겁기 그지없다.

"네가 잘못한 거잖아!"

이와니시가 꽥꽥거릴 모습은 쉽게 상상이 됐다.

"네가 지각해서 일이 이렇게 된 거 아니냐고. 시간을 못 맞춰 일을 그르치다니, 무슨 낯짝으로 의뢰인에게 보고를 하냐!"

"아니, 이보쇼."

매미는 상상 속에서 이와니시와 옥신각신한다.

"의뢰인이 자살을 한 마당에 어디다 보고를 할 건데? 걱정할 거 없다니까 그러네."

"그럼 돈은 어떻게 되는 거야? 들어와야 할 내 돈 말이야. 너는 이 상황에 일말의 책임감도 못 느끼냐!"

"왜 내가 그런 걸 느껴야 되는데?"

"네가 지각해서 이렇게 된 거잖아."

그렇게 나오면 더 이상 우겨대기 어렵다.

카페에서 커피를 마시고 상점가를 배회하면서 시간을 보냈다.

"어라, 매미잖아. 이런 데 있었어?"

누가 어깨를 툭 쳐서 가슴이 철렁했다. 옆을 돌아보니 속옷인지 원피스인지 구분이 안 가는 걸 입은, 비만한 여인이 서 있었다.

"복숭아, 이렇게 추운 날씨에 뭐야, 그 꼬락서니는."

속이 훤히 비치는 옷감 아래 투실투실한 살이 다 보인다. 풍만한 젖가슴을 보고도 성욕 따위 전혀 일지 않는다.

"얼마나 찾았는데. 아니, 찾고 있더라고 해야 하나? 어쨌든 찾고 있는 사람은 이와니시니까. 근데 여긴 웬일이야? 우리 가게라도 들를 참이었어?"

"글쎄, 뭐 그럴 수도."

의식하지는 않았지만 상점가 쪽으로 발길을 튼 건 사실이었다. 도쿄역 근처로 나올 때는 대개 포르노 잡지 가게 '복숭아'에 들르기 때문에 반은 습관적으로 그랬을 것이다.

복숭아는 나이를 가늠하기 어렵다. 반년 전 "올해가 내 띠 해네."라고 했는데 매미의 눈에는 스물네 살로도, 서른여섯 살로도, 마흔여덟 살로도 보였다. 설마 열두 살은 아닐 테고.

"이와니시가 찾아? 뭐 땜에? 볼일이 있으면 전화를 할 것이지. 문명의 이기를 이용해야지, 문명의 이기를. 요즘은 전화기도 들고 다니는 거 모른대?"

"그거, 전원 꺼뒀지?"

"아 참, 그렇구나."

"이와니시가 말이야. 아까 전화를 해서는, 아유, 그 남자도 거 되게 시끄럽더라고. '거기 매미 다니지? 전화 연결이 안 되니까 그놈 보거든 즉시 나한테 전화하라고 해!' 그러는데 아이고, 잠수 탄 애인 때문에 똥줄 타는 사내가 따로 없더라니까."

매미는 완전히 똥 씹은 표정이 된다. 성가셔서 죽겠네. 짜증이 복받쳐 온몸에 두드러기가 돋을 것만 같다.

"그치는 지가 날 조종한다고 믿고 있거든. 그래서 잠깐이라도 연락이 안 되면 그렇게 안달복달하는 거야."

"조종하는 거 아니었어?"

"뭐?"

치부를 건드리는 복숭아의 발언에 매미는 욱했다.

"너, 즐기고 있는 거 아니었어?"

복숭아는 귀찮다는 표정으로 입을 놀린다. 다시 생각해보니, 조금 전에도 같은 말을 한 것 같다. 조종한다는 말로 잘못 들었나 보다.

"아니, 전화기를 꼭 켜두라는 법은 없잖아."

"언제 어디서나 연락이 닿지 않으면 그걸 뭐 하러 들고 다녀? 이 세상은 정보로 만들어진다고. 이 공간은 빌딩이나 도로나 행인으로 완성되는 게 아니라 정보로 완성된다는 말이지. 그 얘기 알아? 미국 메이저 리그에서 20년 전 4할의 타율을 기록한 백인 선수."

"인물 사전에라도 올라 있어?"

"아무튼 그가 높은 타율을 기록할 수 있었던 건, 사인을 전부 알고 있었기 때문이래. 스탠드에서 쌍안경으로 사인을 하나하나 살피고 무슨 뜻인지 조사했다더라."

"그래서?"

"정보를 모은 자가 살아남는다는 말이지."

"그거, 완전 꼼수 아냐?"

"이 업계에서도 정보는 무기야."

"업계? 그러고 보니 이와니시도 그런 말을 지껄이던데. 나 참, 살인자한테 무슨 얼어 죽을 놈의 업계냐고."

"넌 정말 이와니시를 싫어하는구나."

"당연히 싫지. 신물이 나게 싫다고."

"시즈케사야 이와니 시미이루 세미노 고에(적막과 바위에 스며드는 매미 소리라는 뜻―옮긴이)라는 바쇼의 하이쿠도 있잖아."

"그게 뭘 어쨌다고."

"이와니시도 매미도 둘 다 등장하잖아. 이러니저러니 해도 너희 둘은 한 세트다, 그 말이야."

"농담으로도 그런 소리 하지 마. 그런데 그치가 뭐래?"

혹시 가지에 대한 소식을 이미 들은 거 아냐?

"글쎄, 뭐 일이 잘 끝났는지 확인하고 싶었겠지. 그래서 네가 우리 가게에 왔나 물어본 거고. 말이 났으니 하는 말인데, 너는 책도 한 권 안 사면서 만날 우리 가게에 들락거리잖아."

"그 얘긴 됐고. 아무튼 이와니시한테는 내가 연락할게."

매미는 더 대거리하기도 귀찮아 자리를 뜨려다 멈춰 섰다.

"참, 혹시 데라하라에 대해 뭔가 들은 거 없어?"

그러자 복숭아는 불쾌한 듯 대번에 눈썹을 찌푸렸다.

"들은 거 없냐고? 지금 난리야, 난리. 다들 호출돼서는."

"다들이라니? 누구?"

"업계 사람들."

또 그놈의 업계.

"아, 듣고 보니, 아까도 웬 수상한 놈들이 거칠게 굴던데."

뒷골목에서 칼을 들이대던 놈들이 생각났다. 시바와 도사.

"근데 푸시맨이라는 게 대체 뭐야? 내가 그걸 물어보려고 했더니 덤비더라고."

"그거야. 바로 그자라고."

허공을 찌르듯 복숭아가 손가락을 뻗으며 말했다.

"그 푸시맨이 데라하라의 아들을 떠밀어서 죽였다잖아. 그래서 지금 발칵 뒤집혔대."

"푸시맨이라는 게 정말로 있긴 한 거야?"

"나도 자세히는 모르는데 남의 등을 떠밀어서 죽인다지, 아마. 근데 나도 거기에 대해선 들은 게 없어."

"그럼 뭐야, 그게 다야?"

복숭아가 모른다고 하는 것도 드문 일이다.

"가끔 들리는 소문이 있지만 잘은 몰라. 사실 나는 푸시맨이라는 게 전설 속 인물이거나 누가 지어낸 걸로 생각했거든."

"그건 또 무슨 소리야?"

"그러니까 이를테면 너 같은 남자가 있잖아. 누구한테 의뢰를 받아서 업으로 사람을 죽이는. 그런 사람들이 혹 일을 그르쳤을 때 '푸시맨이 선수를 쳤다.'라든지 '푸시맨이 방해를 했다.'라고 둘러대지 않아? 실수는 전부 만들어낸 가공인물, 그러니까 푸시맨 탓으로 돌려버린다, 그거야. 나는 그렇게 보는데. 그게 아니면 협박 같은 게 아닐까 했지. '빨리 해치우지 않으면 밀치기에게 선수를 뺏길 줄 알아!' 뭐 그런 거."

"거짓말하면 염라대왕이 혀를 뽑아 간다, 그런 식?"

"그렇지." 복숭아는 심각한 얼굴로 말했다. "그만큼 푸시맨에 대해서는 정보가 없다는 얘기야. 이래 봬도 내 가게에는 이런저런 소문이 심심찮게 흘러드는데 말이야."

"그럼 혹시 고래에 대해선 들어봤어?"

매미는 막 주워들은 단어를 입에 올렸다.

"자살 유도 킬러. 그 사람은 유명하지."

"유명해?"

"덩치가 산만 해서 보기만 해도 겁난대. 진짜 고래 같아서. 난 멀리서 한 번 봤지."

바다에서 진짜 고래라도 목격한 것처럼 말한다.

"데라하라의 아들은 정말로 그 푸시맨이라는 자한테 당한 거야?"

"글쎄, 그냥 뭐 가능성이 있다는 얘기겠지. 그에 대해 소문이 분분하더라고. 그 아들, 워낙 하는 짓이 개차반이어서 여기저기 벼르는 사람이 많았으니까."

"하긴."

"뭔 조직을 데라하라의 아들이 들쑤셔놔서 이를 갈고 있다더라, 맨 그런 소문뿐이었는걸."

"그럴 수도 있지."

"근데 어쨌거나 데라하라의 부하 직원 하나가 푸시맨 있는 곳을 알아냈다지, 아마?"

복숭아는 묻지도 않은 얘기까지 술술 지껄인다.

"근데 그 직원이 그게 어딘지 말을 안 한다나 봐."

"뭐라고?"

매미의 미간에 주름이 팬다.

"그런 건 그냥 끌어내서 불게 하면 되지. 어차피 그 회사 직원이라며?"

"어디 있는지 알아야 끌어내지. 연결 고리라곤 전화밖에 없다는데. 어디 있는지 못 찾아낼 거야. 왜냐하면."

"왜냐하면?"

"도쿄는 넓으니까."

"아이고, 몰랐네."

"게다가 요즘은 전화기를 들고 다니니까."

"그거 참 놀랍네."

우스개처럼 대답하면서도 매미는 고개를 갸웃거렸다. 그 직원은 왜 일을 복잡하게 만드는 걸까?

"상사한테 반항하는 타입인지도 모르지."

심정적으로는 이해가 간다. 사장의 뒤통수를 치고 싶은 건지도 모를 일.

"그렇긴 해도, 그 자식 바보 아냐?"

"그렇지. 무사히 넘어갈 리 없어."

"그래서 데라하라는 어쩌고 있대?"

"여기저기서 정보를 캐고 있어. 나한테도 다녀갔는데 뭐, 이와니시는 연락 못 받았나?"

"그치는 그럴 만한 주제도 못 돼."

이 건에 관해서만큼은 이와니시보다 한발 앞섰다는 생각에 매미는 입이 씩 벌어졌다. 기대감으로 온몸의 털이 파르르 떨리고 속이 간질간질했다.

"저기, 푸시맨이 있는 곳을 알아내면 큰 공을 세우는 건가?"

"공이라니, 그거 언제 적 단어야?"

"다들 혈안이 돼서 푸시맨을 찾고 있다며? 근데 아직 아무도 모르잖아. 그럼 먼저 찾는 놈이 임자 아냐?"

"그렇지만 좀 전에 들은 얘기로는."

복숭아는 말을 이었다.

"그 직원을 어떻게든 불러낼 모양이더라고."

"불러낸다고 나오나? 그 직원도 그만큼 버텼으니 그냥은 안 넘어갈 거라는 것쯤 알 거 아냐. 바른대로 불 때까지 갖은 고문을 다 당할 텐데. 나오란다고 쭐레쭐레 나올 사람 같았으면 진즉에 어딘지 댔겠지."

"내 생각도 그런데. 그 사람은 실감을 못할 수도 있으니까."

"실감을 못하다니?"

"지금 자기 눈앞에 총부리가 있는 것도 아니고, 누가 도끼눈을 뜨고 지켜보는 것도 아니잖아. 그냥 그는 어딘가에서 생활하고 있다고. 여기서 아무리 사람들이 눈이 뒤집혀 찾는다고 해도 본인은 실감하지 못할 수도 있다, 그 말이야. 머리로는 위험하다는 걸 알아도 정작 위험은 못 느끼는 거지."

"그런가?"

"예를 들면 말이야."

복숭아는 본격적으로 설명을 늘어놓을 품새다.

"엄청난 태풍이 온다고 치자. 그 뉴스를 들은 사람들은 밖에 나가면 위험하니까 집 안에 틀어박히겠지. 근데 요즘은 건물이 꽤 튼튼해서 벽 너머에서 무슨 일이 일어나는지 잘 모르잖아. 소리도 없고, 보이는 것도 없고. 그런데 텔레비전을 켜면 피해 상황이 화면에 나온단 말이야. 자, 그럼 사람들이 어떻게 할 것 같아?"

"난들 아나?"

"밖을 내다보게 되지."

복숭아는 강조하듯 힘주어 천천히 말했다.

"창문이나 문을 열고서 바깥 동정을 살핀다고. 뉴스가 정말인가 싶어서. 다들 마찬가지야. 근데 그때 태풍에 꺾인 나뭇가지가 날아와 얼굴에 상처를 입히면, 그제야 창을 닫고 놀란 가슴을 쓸어내리지. '이거, 정말 무시무시한 태풍이구나.' 하고 말이야."

"그렇군."

무슨 말을 하려는 건지 알겠다.

"그러니까 간단히 말해서 그 직원이 위험한 줄 알면서도 모습을 드러낼 가능성은 있다, 그 말 아냐?"

"실제로 당해보지 않으면 아무도 인정하지 않는다니까."

"기어이 쓴맛을 보고 인생 종치지 않으면 좋으련만."

그때 매미는 불현듯 머릿속에서 뭔가 새로운 생각이 고개를 처드는 것을 느꼈다.

"근데, 혹시 그 고문 장소가 어딘지 알아?"

"그걸 네가 알아서 뭐 하게?"

"내가 그 직원을 낚아채게."

"뭐? 지금 제정신으로 하는 소리야?"

복숭아는 콧방귀도 뀌지 않는다.

"왜, 데라하라의 눈에 띄고 싶어?"

"푸시맨이 있는 곳을 알아내서 내 손으로 처리하면 되잖아."

"뭐라고?"

"세월아 네월아 하는 직원들을 앞질러서 내가 원수를 갚아주겠다고. 그럼 데라하라도 그렇게 화가 나진 않을 거 아냐."

"화를 내긴, 넙죽 절이라도 할지 모르지."

"그렇겠지."

여유를 보이며 매미는 대답한다.

"지각한 데 대한 면죄부 겸."

복숭아는 저 혼자 실실대는 매미를 쳐다보다 말했다.

"뭐야, 네 말마따나 정말 공이라도 세우려는 거야?"

"공이라니, 그거 언제 적 단어야?"

테이블 위는 이미 깨끗이 치워져 있었다. 스미레는 능숙하게 부엌 정리를 했다. 스즈키가 아사가오의 시선을 신경 쓰고 있는 동안 설거지를 마치고 "커피 드실래요?" 하고 물었다.

맞은편에 앉은 고지로는 언제 새 엽서를 꺼내 왔는지 또 얼굴을 바짝 들이대고 있다.

"분쿄구, 쓰지오카, 산노니노."

귀여운 목소리로 한 자 한 자 읽으며 주소를 적는다. 또 한 장 보내려나 보다. 우리에게도 아이가 있었으면 이런 느낌이었을까, 하는 생각과 함께 죽은 아내의 얼굴이 떠올랐다. 전신주와 자동차 사이에 끼어 목이 돌아간 아내.

아내를 친 운전자가 악행을 일삼는 젊은이라는 건 금세 밝혀졌다. 단순 교통사고로 처리된 것을 받아들일 수 없었던 스즈키는 적금을 털어 흥신소에 조사를 의뢰했다.

"스즈키 씨, 더 이상은 엮이지 않는 게 좋을 것 같습니다."

얼마 후 흥신소 직원이 보고했다. 보고라기보다 조언에 가까웠다.

"아니, 그렇게 말씀하셔도……."

"그 사고를 일으킨 차 말인데요. 사실 다른 젊은이도 관련되어 있는 것 같습니다."

그러면서 애초에 사고가 난 건 데라하라 아들의 고약한 취미 때문이라고 전했다. 그리고 그는 그만 입을 다물었지만 가까스로 설득해 '영애'에 관해 들을 수 있었다.

"그런 세계가 다 있습니까?"

일개 교사였던 스즈키는 처음 듣는 세계였다. 데라하라와 '영애'에 관한 이야기는 그에게 완전히 딴 세상이었다. 분노 때문인지 두렵진 않았다. 그저 너무 이상하고 이질적이었다.

"별별 세계가 다 있죠. 혹시 이 세상에 곤충이 몇 종이나 있는지 아십니까?"

흥신소 직원이 물었다. 아아, 또 곤충 이야기인가, 스즈키는 옛날 일이 생각났다.

"백만 종이 넘어요. 아직도 매일 신종이 발견되고 있죠. 확실히 밝혀지지 않은 것까지 포함하면 천만 종은 되지 않을까 하는 사람도 있습니다."

"지금의 열 배라는 소리인가요?"

스즈키가 대충 장단을 맞추자, 흥신소 직원은 "우리 눈에 보이지 않는 세계가 그 정도라는 말입니다."라고 이야기의 포인트를 짚었다.

"무슨 생각을 그리 골똘히 하는 거요?"

아사가오가 스즈키의 얼굴을 보고 있다.

"우리 집에서 일하게 될지 여부가 그렇게 중요한 문제예요?"

스미레가 걱정스러운 투로 물었다.

"아뇨, 그런 건 아니고."

스즈키는 솔직하게 "갑자기 집사람이 생각나서요."라고 말했다.

"어머나, 스즈키 씨 결혼하셨군요?"

스미레가 반색한다. 다시 봐도 주부라기보다는 남의 연애담에 솔깃해하는 여대생이다. 스즈키의 손가락에서 반짝이는 반지를 보고 생글거린다.

"예에."

스즈키는 말끝을 흐렸다. 당장이라도 빠져나갈 것 같은 헐렁한 반지를 오른손으로 만지작거렸다.

"어떻게 만났어요?"

스미레는 호기심에 목소리 톤까지 높였다.

"뷔페에서요."

스즈키가 대답했다.

5년 전 히로시마로 혼자 여행을 갔을 때 아내를 처음 만났다. 스즈키는 중심가에 있는 약간은 고급스런 호텔에 묵었다.

아침 식사는 호텔 꼭대기 층에 있는 양식 레스토랑에서 뷔페식으로 먹었는데, 거기서 한 여자가 접시에 한가득 요리를 담고서도 계속 두리번거리는 것을 보았다. 수북한 접시를 들고 그의 앞에 서 있던 여자가 바로 아내였다.

오믈렛과 닭튀김, 고기완자, 나물무침, 생선튀김에 소시지까지. 일식과 양식이 뒤섞여 어떤 테마나 취향 따위는 전혀 찾아볼 수 없는 스타일이었다. 수북한 음식을 흘리지도 않고 신통하게 잘 다닌다 싶어 스즈키는 음식 담는 것도 잊고 멍하니 그녀를 바라보았다.

중간에 여자도 스즈키의 시선을 느꼈는지 힐끔 돌아보았는데, 무슨 불만 있냐는 듯한 표정이었다.

여자는 접시를 테이블에 가져다 놓고 다시 줄을 서서 이번에는 카레와 케이크, 그런 것을 담기 시작했다.

희한하긴 했지만 궁금해 못 배길 정도는 아니었기에 말을 걸 생각까지는 없었다. 그런데 테이블이 마침 바로 옆이었다. 머리에 붕대를 감은 사람을 보면 '다치셨습니까?'라고 묻게 되는 것처럼 의례적으로 "참 대단하시네요."라며 접시를 가리켰다.

여자는 새침하진 않았다. 덤덤한 표정으로 대꾸했다.

"저는요, 일대일 승부를 하는 것뿐이에요."

"일대일 승부요?"

"이러다 내가 얼마나 많은 음식을 먹게 될까, 그런 시시한 생각은 하지 않아요."

"별로 시시한 생각은 아닌 것 같은데."

"음식이 앞에 있을 땐 이것이 먹고 싶은가, 그것만 물어봐요."

"누구한테요?"

"나 자신한테요. 그래서 먹고 싶다는 결론이 나면 접시에 담죠. 그게 다예요. 일대일이니까. 그 결과 전체적으로 양이 많아지든 어떻든, 그건 상관없죠."

"왜 상관이 없죠? 아니, 뭐 사람마다 다르겠지만."

"내가 보기엔 그쪽이 오히려 이상해 보이는걸요."

그러면서 여자는 스즈키의 접시를 가리켰다. 스즈키의 접시에는 식빵과 요구르트만 담겨 있었다.

"그런 식으로 먹을 거면 변두리 비즈니스호텔에 묵어도 되죠. 그건 뷔페를 무시하는 처사예요."

"아침엔 별로 안 먹혀서."

"그건 정말 아까운 일이죠."

여자는 범죄자라도 보듯 스즈키를 쳐다보았다.

"이렇게 많은 음식을 차려놓았으니, 양껏 먹을 수밖에 없잖아요."

하는 수밖에 없잖아. 생각해보면 처음 만났을 때부터 아내는 그런 표현을 썼다. 결국 그날 스즈키가 자리에서 일어나려 할 때쯤 여자는 파랗게 질린 얼굴로 배를 움켜쥐었다. 접시에 담은 음식은 반 이상이나 그대로 남았다. 산더미에서 한 귀퉁이만 조금 깎인 정도였다.

"저기요, 이것 좀 먹을 생각 없어요?"

조금 전 그 당당하던 태도는 어디로 갔는지, 여자가 스즈키에게 부탁했다.

"그래, 이제 반성 좀 한 겁니까?"

"일대일 승부를 하려고 했는데, 그게 어느 틈에 일 대 산더미가 되어버렸네요. 역부족이에요."

"아, 그래요?"

"이걸 다 먹어 치우면 요 근래 스트레스 받은 것도 전부 소화할 수 있을 것 같았는데."

"음식물을 소화하는 거랑 스트레스 해소는 다른 문제죠."

사귀기 시작한 것은 그로부터 한 달이 지났을 때, 그리고 1년 반 후에 둘은 결혼했다. 신혼여행은 스페인으로 갔다. 그곳 호텔 조식 뷔페에서도 아내는 똑같은 짓을 했다.

"나는 일대일 승부를 하고 있는 거야."

"뷔페라면, 호텔에서 먹는 아침 식사 같은 거 말이에요?"

"예. 맞습니다. 호텔 조식은 대개 그런 식이니까요."

"요리를 담으면서 작업을 거셨나요?"

"딱히 작업이랄 건 없지만."

"오늘 우리 집에서 계약을 하면 부인도 기뻐할까요?"

스미레는 거리낌 없이 사적인 질문을 했지만, 불쾌하진 않았다. 오히려 들뜬 표정의 스미레를 보니, 아내가 죽었다는 사실이 미안할 정도였다. 그때 전화벨이 울렸다. 위가 옥죄어온다.

"미안합니다. 잠깐 전화가……."

주머니에서 전화기를 꺼내며 자리에서 일어났다.

"파스타 먹지 말고 얼른 오라는 명령인지도 모르겠네요."

농담처럼 말해본다.

현관 밖으로 나와서 전화기를 귀에 댄다.

"빨리 나오라니까!"

히요코의 목소리가 날카롭게 귓속을 찔렀다.

"꼭 애인이 안달하는 것 같네요."

"그런 소리 할 여유 있으면 빨리 오란 말이야. 그래서 어떻게 됐어? 알아냈어? 그 남자가 푸시맨 맞아? 내가 대체 몇 번이나 같은 질문을 해야 돼? 아무튼 얼른 회사로 와서 주소지를 말해."

"아직입니다." 시간을 끄는 수밖에 없다.

"무슨 생각으로 이러는지 모르겠지만, 내 생각엔 그렇게 시간 끌 상황이 아닌 것 같은데. 어쨌거나 됐어. 그 남자는 이미 푸시맨으로 판명 났으니까. 우린 경찰도 재판관도 아니야. 가능성이 있으면 응징한다. 우리 세계에서 가능성이 있다는 건 곧 유죄니까. 아무튼 빨리 돌아와. 중간 경과보고라도 해야 할 거 아냐."

"거기 가면 억지로 자백을 받아내려 할 거 아닙니까."

"그렇게 거칠게 할 것 같아?"

"안 할 겁니까?"

스즈키는 기가 막혔다.

"그럴 리가 있어? 그런다고 뭐가 떨어지는데?"

"그 두 사람은 무사합니까?"

문득 생각이 나서 물었다.

"누구?"

누구냐니, 몰라서 묻나?

"어제 당신이 약을 먹인 두 사람 말입니다. 차 뒷자리에 태운 젊은 애들."

내 제자와 꼭 닮은 그 청년 말이야.

"아아, 무사해. 무사하지, 그럼."

"내 귀엔 거짓말로 들리는데요."

"정말이야. 그 두 사람은 본사에 감금되어 있어."

"감금?"

"왜, 연금이라고 하는 게 낫겠어? 사슬로 묶어놓거나 그러진 않았어. 그 두 사람, 약 기운 때문인지 좀 몽롱하긴 하지만. 암튼 아직 죽지 않고 본사에 있어. 의외로 솔직하더라고. 여차하면 우리 회사에 채용할까 봐. 본인들도 혹하는 것 같던데."

"말도 안 돼."

"그 건에 대해서도 그렇고, 만나서 얘기하는 게 낫지 않을까? 지금 어디라고?"

"아, 그……."

너무도 자연스럽게 대화를 유도해 얼떨결에 대답할 뻔했다.

"어디 있는지는 말할 수 없습니다."

"안 넘어가는군."

히요코는 꼭 건들거리는 깡패처럼 말했다.

"그럼 한 시간 줄 테니 4시까지 시나가와역으로 나와. 그 옛날 호텔 있는 쪽으로. 차로 데리러 갈게. 일단 본사에 와서 이야기를 듣도록 하지."

그러고는 역 앞 버스 정류장의 위치를 말했다.

"그런 곳에서는 만나기 싫습니다."

우두커니 서 있다가 차 안으로 끌려 들어갈 가능성이 크다.

"장소가 문제야? 그럼 어디가 좋겠어?"

"아니, 그런 게 아니라……."

스즈키는 대답이 궁했다.

"아무튼 1분이라도 늦었다간 이번엔 정말 가만 안 있어. 나는 둘째 치고 데라하라가 완전 돌았다니까. 너 대신 다른 사람을 죽일지도 몰라."

"누구를요?"

"예를 들면 너랑 성이 같은 남자들을 닥치는 대로."

"스즈키라는 성은 흔합니다."

"그만큼 뿌듯하지 않겠어?"

"설마."

스즈키는 웃어넘기고 싶었지만 생각처럼 되지 않았다. 있을 수 없는 일도 아니었다.

그 자리에서 손목시계를 보며 시간을 확인하는 자신에게 새삼 놀란다. 그들을 만나겠다는 거냐? 덫일지도 모르는데? 한편 이런 생각도 들었다. 아닐 거야. 기껏 나 같은 피라미를 상대로 그런 소란을 떨기야 하겠어?

선뜻 대답을 못하는 스즈키에게 히요코가 못을 박는다.

"그리고 말이야, 이건 너한테 그리 중요한 뉴스거리는 아닐지도 모르지만."

"그럼 말할 필요 없습니다."

"그 얼간이, 살아났어."

"예?"

"누가 데라하라의 아들 아니랄까 봐. 못된 놈일수록 명줄은 질기다더니, 정말인가 봐. 병원에서 응급처치를 받고 의식을 되찾았어."

"말도 안 돼. 그럴 리가 없어."

"자세한 얘기는 오면 해줄게. 어때? 이제 좀 구미가 당겨? 네 아내의 원수는 아직 못 갚은 거야. 다시 말해서 복수는 아직

유효하다는 뜻이지."

"그런 상태로 살아 있을 리가 없습니다."

"그러게 말이야. 정말 웃기지? 그러니 빨리 와봐."

"그럴 리가 없어."

"그 얼간이 자식, 아비는 물론 정치가들까지 나서서 뒤를 봐
주는 건 진작 알았지만."

히요코가 말을 잇는다.

"이제 보니 신도 걔 편인가 봐."

고래

지하철에서 내린 고래는 역을 빠져나와 곧장 강변을 걸었다.
그저 목적지까지 가는 최단 거리를 잡았을 뿐, 이 길을 걷고 싶
다거나 그런 것은 아니었다.

바람이 세차게 얼굴을 때렸다. 고개를 들어 하늘을 올려다
보니 새가 날개를 활짝 펴고 날아간다. 솔개인지 황조롱이인지
언뜻 봐서는 모르겠다. 울음소리를 들으면 알 수 있지 않을까
했지만 바람 소리에 묻혀서 '삐요삐요' 같기도 하고 '끽끽' 우는
것 같기도 했다.

새는 저 높은 곳에서 대체 뭘 보고 있을까? 고래는 생각했

다. 하늘에 내 천 자를 그리며 나는 저 맹금류는 여기 서 있는 나를 과연 살아 있는 인간으로 봐주기나 할까?

오후 4시, 해는 아직 지지 않았지만 고도는 한층 낮아졌다. 왼편 저 앞쪽으로 보이는 빌딩 숲에 태양이 걸려 있다.

처음에는 강이 흐르는 거라고 생각했다. 굽이도는 물이 당장이라도 범람할 것처럼 보인다. 발 언저리가 물에 잠긴 듯 풍경이 흔들린다.

고래는 그것이, 뜬금없이 덮쳐 오는 현기증이라는 것을 깨닫는다. 또 시작이군. 인상을 쓴다. 한순간이긴 하나 소리도 냄새도 썻은 듯 사라진다. 눈을 뜬다.

"왜 이와니시한테 전화를 했어?"

소리가 났다. 이번에는 또 어떤 망령인가. 지긋지긋한 표정으로 돌아보지만 아무도 없다. 좌우로 고개를 돌려봐도 사람 그림자 하나 없었다.

"그 정치가가 누굴 고용했는지 그게 그렇게 궁금해?"

소리는 계속해서 들려왔다. 하지만 실체는 없다.

이제는 망령의 실체도 볼 수 없게 된 건가? 고래는 그런 생각을 하며 하늘을 올려다보았다. 아까 그 새가 날고 있다. 아니, 난다기보다 떠 있다는 표현이 적합하다. 혹시 저 녀석이 말을 하는 건가? 주위에 생명체라고는 저 녀석밖에 없다.

"왜 굳이 전화를 했냐고."

같은 질문이 다시 날아온다.

"설마 그 다나카라는 자의 말을 믿는 거야?"

그 말소리 외엔 어떤 소음도 들리지 않는다. 우연인지, 어쩌면 환각 때문인지도 모르겠다.

30분 전 고래는 호텔에서 메모해둔 번호로 전화를 걸었다. 가지가 연락을 취하려 한 그 번호다. 딱히 뭘 어떻게 하겠다는 계획은 없었다. 그저 전화가 연결되면 뭔가 잡히지 않을까 생각했다.

허공에 뜬 새가 다시 소리를 냈다.

"그건 그렇고, 그 이와니시라는 남자 말이야. 별 의심도 없이 곧장 아파트 위치를 가르쳐주네. 좀 수상하지 않아?"

"그자는 경황이 없었다."

고래는 무심결에 새와 대화를 나누기 시작했다.

"게다가 사려 깊지 못하고 즉흥적인 타입이지."

조금 전 이와니시와 통화한 내용을 떠올려본다. 이와니시는 전화벨이 한 번도 채 울리기 전에 전화를 받았다. 그러고는 누군지 확인도 하지 않고 버럭 소리를 질렀다.

"매미? 왜 전원을 꺼놓은 거야!"

제멋대로 구는 아들을 야단치는 아버지처럼.

"매미?"

고래가 되묻자 이와니시는 말투를 바꾸었다.

"어! 뭐야, 댁은 뉘쇼?"

민망한지 어쭙잖게 터프한 척한다.

고래는 목소리를 들으며 상대의 생김새와 성격을 파악한다. 말본새로 볼 때 교양 없고 경박한, 예의라고는 모르는 사람이다. 가지가 네게 의뢰했나? 고래는 속으로 물었다. 나를 죽이라고? 그런데 지금 거기서 뭘 하는 거지? 호텔에는 왜 오지 않았나? 가지는 죽고, 일은 수포로 돌아갔는데 이렇게 딴소리나 할 땐가?

그러다 혹시나 하는 생각이 들었다. 이 사람은 집행인이 아닐지도 모른다. 살인을 업으로 삼은 자 특유의 신중함과 경계심이 그의 목소리에서는 전혀 느껴지지 않았다. 접수 담당, 아니면 관리자일 가능성도 있다. 그래서 고래는 슬쩍 떠보았다.

"당신 부하가 호텔에 쓰러져 있던데."

없는 이야기를 지어냈다. 지금 있는 곳은 호텔도 아닐 뿐더러 쓰러져 있는 자도 없다.

"매미가?"

상대는 곧 흥분하며 목소리를 높였다.

"쓰러져 있는 게 매미 맞아요?"

"맞다."

입을 맞춘다.

"어떻게 된 거야, 그 자식. 어쩐지 아까부터 연락이 안 되더라니. 정말이지⋯⋯. 아, 그런데 지금 거기가 어디예요?"

"그곳으로 데려갈 테니 어딘지 말해라."

고래는 선선히 말했다. 상대가 터놓은 물길에 무임승차하는 기분이다.

"매미 좀 바꿔주쇼."

"지금 쓰러져 있다니까."

그렇게 둘러댈밖에.

"아니면 병원이나 경찰서로 데려가는 게 좋겠소?"

'노'라는 대답이 돌아올 거라고 확신했다. 아니나 다를까.

"아니, 뭘 그렇게까지. 그냥 여기로 데려다주면 되는데."

"거기가 어디지?"

"근데 당신 뉘쇼?"

빨리도 묻는다.

"난 가지의 부하다."

의뢰인 가지의 이름을 대면 꼬리를 내릴 거라고 예상했다.

"아아, 그래요?"

그래서 이 전화번호를 알았군, 그렇게 납득한 듯하다. 그러고는 아파트의 주소를 주절댔다. 고래는 불러주는 주소를 암기하며 대책 없는 단순함에 혀를 내두른다. 지금까지 이런 식으로 일을 해왔단 말인가.

"아파트 입구에 놔두면 되겠소?"

관심 없는 척, 지나가는 말투로 묻자 상대는 곧 말려들었다.

"집까지 데려다주면 더 고맙고. 603호, 이와니시."

집 호수까지 순순히 댄다.

"지금 간다."

고래가 전화를 끊으려는 찰나 상대가 가로막았다.

"잠깐. 매미 그 자식, 일은 확실히 끝냈겠지요? 가지 씨의 일은 끝난 거예요?"

"끝났다."

거짓말을 한다. 속으로 '안됐지만 나는 아직 살아 있다'고 덧붙이면서.

"지금 간다."

한 번 더 반복하고는 전화를 끊었다. 아파트까지 가는 루트를 머릿속에 그려본다. 이 시간에 택시를 타면 막힐 것이 뻔하다. 택시보다는 지하철이 낫겠다고 판단했다. 바로 앞에 있는 역으로 가서 마침 승강장으로 들어온 지하철에 올라탔다.

"전화를 받은 사람 말이야, 어떻게 그리 무모할 수가 있지?"

새가 말했다. 이젠 더 이상 솔개도 황조롱이도 아니다. 불확실한 실루엣이다.

"이런 일을 하는 사람에게 경계심은 첫 번째 덕목이지. 허둥거리는 건 하수들이고. 그 사람 살인업자 맞아? 상종 못할 수

227

준이던데."라며 이미 파악이 끝난 듯 새는 하늘에서 유영했다.

"집행자는 매미라는 자겠지."

"그 사람과 만나서 뭘 어쩔 건데?"

"얘기를 해봐야지."

고래는 대답을 하고 나서야, 자신이 정말 그럴 생각이었는지 생각한다.

"설마 얘기만 하려는 건 아니겠지?"

새가 작은 원을 그리며 돈다.

"너와 얘기하면 그는 죽게 될 거야. 너는 자살 유도 킬러잖아. 그러니 자살을 하겠지. 넌 이와니시에게 자살을 종용할 생각이야. 맞지? 근데 왜 그를 죽이려는 거지?"

"귀찮아졌다. 모든 것을 원점으로 되돌리기 위해서다. 가까이 있는 것부터 지워나간다, 깡그리."

나와 얽힌 것, 그중에서도 나에게 맞서는 자들은 남김없이 제거해야 한다. 그러는 동안 상황은 정리될 것이다.

"청산이다."

"그거, 다나카가 한 말이지?"

새가 조롱하듯 말했다.

"너도 남의 말에 영향을 받는구나."

그때 현기증을 느꼈다. 눈을 감았다 뜬다. 눈앞의 풍경은 아까보다 선명해졌다. 하늘을 나는 새는 사라졌다. 그 대신이라고 하긴 뭐하지만, 오른쪽 전신주에 까마귀가 앉아 있다. 까마귀 따위 알 바 아니다.

제방 아래쪽에서 환호성이 들렸다. 흘긋 보니 테니스 코트에서 추위에도 아랑곳없이 네 사람이 라켓을 휘두르고 있다.

현실로 돌아온 건가? 그런 생각에 이어 고래는 다시 고민한다. 이 장면은 진정 환각이 아니라고 누가 보장하지? 적어도 그는 확신할 수 없었다.

어쩌면 나는 이 순간에도 환상과 망령의 세계에 서 있는지도 모른다. 현실과의 접점이라고는 실오라기만큼도 없을지 모른다. 그럴 수도 있다. 그리고 무엇보다 두려운 것은 자신이 비록 그런 상황에 놓일지라도 아무 미련도, 지장도 없다는 것이었다.

아파트는 금세 찾았다. 비도 안 오는데 축축하고 음산한 기운이 도는 회색빛 9층 건물이다.

입구를 지나 엘리베이터를 탄 다음 6층 버튼을 누른다. 이와니시는 집에 있을까? 대충 둘러댄 말을 곧이듣고 얌전히 기다릴까. 뭔가 수상한 낌새를 채고 무장한 채 기다릴 가능성도 있다. 고래는 그래도 상관없다고 생각했다. 복잡한 주변을 정리하는 데 계산과 억측 따위 필요 없다. 깡그리 청산하려는 마당에 재고 따지는 것은 무의미하다.

603호 앞에 서서 망설임 없이 초인종을 눌렀다. 대답이 없다. 한 번 더 눌러보지만 이번에도 묵묵부답.

역시 함정인가? 의심은 갔으나 돌아가고 싶진 않았다. 손잡이를 잡는다. 천천히 돌려 조용히 당긴다. 문은 잠겨 있지 않았다. 한 발 들여놓으니 집 안에서 "왜 이리 늦었어요?" 하는 소리가 들렸다. 뒤이어 발소리가 들려온다.

"시간을 지키면 일신을 지킨다는 말도 있는데."

그 목소리를 들은 순간 고래는 이자가 여전히 아무런 대책 없는 무방비 상태라는 걸 알았다. 무장을 하고 기다리지도, 부하를 대동하지도 않았다. 경계심도 각성도 없다. 정말로 가지의 부하가 매미를 데려왔다고 생각하는 모양이다. 이 정도면 순진한 것이 아니라 덜떨어진 거다. 안에서 마른 체구의 남자가 모습을 드러냈다. 안경을 썼지만 지적인 인상과는 거리가 멀다. 얼굴은 작고 턱이 뾰족하다.

"너무 늦었잖아요. 매미는 어디 있어요? 데려왔겠죠? 좌우 간 그 자식은 왜 이리 사람을 성가시게 하나 몰라. 안 그래도 통 연락이 안 돼서 애간장이 탔는데. 가지 씨한테서도 연락이 없고."

숨도 쉬지 않고 한바탕 쏟아내고 나서야 고래 앞에 섰다.

"어, 당신 뭐예요? 구둣발로 막 남의 집에 들어와도 되는 거예요?"

"이와니시?"

고래는 그렇게 물으면서 다가간다.

"자, 잠깐! 다, 당신 뭐야!"

이와니시는 한 발 두 발 뒷걸음질 쳤다.

"아니, 이거 초면에 인사도 없이. 그 정도 예의는 지켜야지. 안 그래요? 이봐요, 당신, 그거 아쇼? 인생을 의미 있게 하는 가장 큰 무기는 예의다. 이거 누가 한 말인지 아시냐고. 저기…… 매미는 시킨 대로 덩치를 처리했겠지?"

침을 튀기며 말하다 그대로 입을 벌린 채 얼어붙었다. 다가서는 고래가 그 제거 대상이라는 것을 그제야 눈치 챈 모양이다.

"다, 당신은……."

톤이 낮아졌다. 너무 놀라 발을 헛딛더니 거의 네 발로 기다시피 안으로 들어간다.

고래가 그 뒤를 쫓는다. 발밑은 나무 바닥이다. 신발 밑창에 붙은 흙이 얼룩을 남겼다. 검은색 소파가 왼편에 있고 정면에는 철제 책상이 있다.

이와니시가 책상 건너편으로 돌아 서랍을 잡고 있다. 얼굴이 하얗게 질렸다.

고래는 말없이 다가섰다. 왼발로 딛고 서서 오른발을 휘둘렀다. 책상 서랍에 손을 넣은 이와니시의 몸을 힘껏 걷어찼다. 이와니시는 뒤로 나가떨어졌다. 그가 손에 쥐고 있던 권총이 바닥에 떨어졌다.

권총은 거들떠보지도 않고 고래는 주저앉은 이와니시 앞에 서서 허리를 낮추고 오른손을 뻗어 입 언저리를 틀어쥔다.

"으윽!"

이와니시의 입에서 신음이 흘렀지만 더 세게, 사과를 쥐어 터뜨리듯 뺨을 움켜쥐자 알량한 그 소리도 쑥 들어갔다. 그 자세 그대로 들어 올렸다. 이와니시의 몸이 공중에 떴다. 두 발을 버둥거린다.

속살을 깨물었는지 이와니시의 입에서 피가 섞인 타액이 흘러나왔다. 바닥에 떨어진다. 입안 가득 딸기를 물고 한꺼번에 으깨버린 것처럼 이와니시는 벌건 거품을 물었다.

고래가 팔을 내린다. 이와니시는 자리에 쓰러진다. 손으로 입가를 만지더니 손가락에 묻은 피를 보고는 죽는 소리를 한다.

"당신, 이게 무슨 짓이야!"

고래는 좌우를 살피며 집 안을 둘러보았다. 목을 달아맬 만한 것을 찾는데 좀체 눈에 띄지 않는다. 욕실 타월은 쓸 만할까? 목욕 가운의 허리끈을 발견한다 해도 그것을 묶을 기둥도 통풍구도 없다. 안쪽에 있는 창문의 크기를 확인한다. 사람 하나 통과할 수 있을 만한 폭이다.

"이번엔 투신으로 해볼까?"

고래는 무릎을 세우고 천천히 일어나는 이와니시를 내려다보며 혼잣말을 했다.

"당신, 나한테 무슨 원한이라도 있어?"

"가지가 너한테 일을 의뢰했지? 날 죽일 계획이었을 거야."

"왜, 안 되나? 의뢰를 받으면 어떤 일이든 해야 하는 법."

이와니시는 체격으로 보나 완력으로 보나 압도적으로 불리한 상황인데도 별로 개의치 않는 눈치였다.

"모르긴 해도, 당신 역시 제대로 된 회사에 다니는 사람 같지는 않은데. 어차피 비슷한 일을 하는 사람 아니야?"

"비슷한 일?"

"살인."

"아니."

고래는 스스로도 놀라울 정도로 분명히 선을 그었다.

"내 앞에 서는 자들이 제 손으로 목숨을 끊을 뿐이다."

"자살 유도 킬러?"

이와니시의 얼굴에서 순간 핏기가 가셨다.

"들어는 봤나?"

"물론이지. 아하, 당신이 고래요? 와아, 정말 엄청 크군."

"왜, 고래가 작을 줄 알았나?"

그쯤에서 이와니시의 머리도 고래가 자기 집에 찾아온 이유를 접수한 듯했다.

"어? 뭐야, 이번엔 나야? 내 차례라고?"

"너 말고 여기 누가 또 있나?"

"잠깐만. 저기, 왜 내가 자살을 해야 하는 건데? 가지한테 의뢰받은 게 그렇게 거슬리나?"

"아니."

"그럼 뭐야?"

"청산하기 위해서다."

"뭐? 뭔 소리야?"

이와니시는 눈썹을 치켜올린 채 그대로 굳었다.

"매미는, 그럼 매미는 어떻게 됐지? 설마 죽은 건 아니겠지?"

고래는 한 걸음 다가가 두 손으로 이와니시의 어깨를 잡았다. 눈을 쏘아보며 나지막이 말했다.

"여기서 뛰어내려."

이와니시의 눈동자가 흔들린다. 미세하게 흔들린다. 홍채가 흰자위로 번져가는 듯하다. 그의 이마와 입가의 주름이 엷어졌다.

이자도 다르지 않다. 자살하기 전, 사람들은 누구나 담담한 표정으로 돌아온다. 모든 걸 놓아버린, 말하자면 홀가분한 얼굴이 된다. 차라리 맑고 개운해 보인다.

오히려 이 순간을 기다린 건 아닐까, 하는 생각마저 든다. 저항하고 한탄하고 오줌을 지리고 도망칠 구멍을 찾고 경동맥을 죄어오는 로프를 손톱으로 잡아 뜯다가도, 결국 그들은 마지막 순간에 희열을 느끼는 건 아닐까? 그렇게 생각하고 싶어진다.

"뒤."

고래는 턱으로 이와니시의 등 뒤를 가리켰다. 공허하게도, 황홀하게도 보이는 눈빛으로 이와니시가 돌아선다.

"바깥 풍경을 보는 건 지금이 마지막이다."

그러자 이와니시는 무언가에 홀린 듯 창가로 걸어갔다.

고래는 그 모습을 보면서 이제 가만 내버려두어도 알아서 뛰어내릴 거라고 확신했다.

그때, 눈앞이 아뜩해졌다. 현기증이 덮쳤다. 짜증을 느낄 새도 없었다. 하필이면 지금! 신음을 삼키자마자 눈을 감지 않고는 견딜 수 없을 만큼 강한 압박감이 두부에 느껴졌다. 누군가가 엄청난 힘으로 뇌를 움켜쥐는 것 같았다.

통증이 가라앉고 눈을 뜬다. 예상대로 눈앞에 있어야 할 이와니시의 모습은 사라지고 없다. 그리고 오른쪽에 중년 여자가 서 있다.

"하필이면 지금 나타났나 싶겠지?"

뺨은 공기를 불어넣은 것처럼 퉁퉁하고 턱 주변이 불룩한 부인이, 아니 망령이 만면에 웃음을 띠고 말했다.

고래는 아무 말도 하지 않았다. 눈도 마주치지 않았다. 이건 현실이 아니라고 자신에게 말했다. 이와니시는 지금 눈앞에 있다. 모습은 보이지 않지만 분명히 있다.

"당신, 지금 저 비실비실한 안경잡이를 자살하게 하려는 거지?"

여자가 시원시원한 음성으로 말했다. 조금 전까지 이와니시가 서 있던 부근을 가리킨다.

"나한테 한 거랑 똑같은 수법이잖아. 생각나? 그땐 장소가 옥상이었는데, 기억나지?"

고래는 대꾸하지 않는다. 애써 눈을 부릅떠보지만, 역시 이와니시의 모습은 어디에도 없다.

"내가 한 가지 귀띔해줄까?"

여자는 생전 버릇이 그랬는지 속사포처럼 말을 쏟아냈다.

"이 남자는 당신의 얼굴을 보자마자 두말 않고 자살할 듯한 표정을 지었지만, 그건 아마 연기일 거야."

"뭐라고?"

그 말에 고래는 얼떨결에 소리를 내고는 오른쪽에 서 있는 정치가 부인의 망령을 보았다.

"이자도 누구 못지않게 교활하거든. 당신의 말을 따르는 척 연기를 하고 있다, 그 말이야."

고래는 천천히 앞쪽으로 시선을 돌렸다. 그러나 거기엔 창문 외에 아무것도 없다. 갈색 레이스 커튼 너머로 석양이 붉은 빛을 드리운다. 높이가 제각각인 빌딩의 불빛과 전신주를 타고 오른 담쟁이덩굴, 띄엄띄엄 흘러가는 구름, 그런 것은 확실히 보인다. 그러나 이와니시는 보이지 않았다.

"방심하고 있다간 총에 맞아 죽기 십상이지. 하긴 뭐 그것도 호상好喪이라면 호상이지만. 인간은 그 시기에 차이가 있을 뿐, 누구나 죽고 싶어 하잖아. 당신도 예외는 아닐 텐데?"

그 순간 고래는 칼에 벤 상처에 서서히 피가 차오르듯, 발 언저리에서 생경한 감정이 꾸물꾸물 번지는 것을 느꼈다. 온몸의 털이 곤두서는 것 같은 이 느낌은 도대체 뭐지? 의혹은 잠시, 짐작이 갔다. 초조함, 위기감이다. 그것이 벌레처럼 야금야금 잠식해 들어오는 것이다.

다시 눈을 부릅떴지만 여전히 이와니시는 보이지 않는다. 현실은 어디 있지? 눈동자만 좌우로 굴려본다. 현실은 대체 어느 쪽이냐고!

전화벨이 울린다. 길게 떨리는 기계음. 순간 몸을 움직일 수가 없었다. 두 번째 벨이 울렸을 때 고래는 목이 휘청하는 가벼운 충격을 받았다. 목을 좌우로 흔들고 눈을 몇 번 껌벅인다.

그러자 실내가 밝아졌다. 수다스럽던 여자는 꿈처럼 사라지고, 대신 이와니시가 시야에 들어온다.

조금 전까지 창가에 우두커니 서 있던 이와니시는 어느 틈에 고래의 시야에서 벗어나 오른쪽으로 이동해 있다.

이와니시의 오른손 앞쪽에는 권총이 떨어져 있었다. 고래는 순간 몸을 움직였다. 뒤편 책상 위에서는 계속 벨소리가 울리고 있다. 단조롭지만 꽤나 거슬리는 소리다. 오른발을 날려 이와니시의 얼굴을 걷어찼다. 신발에 묻어 있던 흙이 튀고 이와니시가 뒤로 날아간다. 플라스틱 쓰레기통에 부딪히며 휴지 조각과 라면 봉지가 튀어 바닥에 뒹군다. 고래가 바닥에 떨어진 권총으로 손을 뻗는다.

"멋대로 움직이지 마라."

전화벨 소리는 그칠 기미를 보이지 않는다.

"당신이 틈을 보였잖아."

"뭐?"

"혼자서 중얼중얼, 머리가 맛이 간 거 아니야?"

이와니시의 눈빛은 삼엄했지만 입가에 억지웃음을 짓고 있다.

"그런 주제에 무슨 자살 유도 킬러라고."

고래는 말없이 권총을 잡았다. 안전장치를 풀고 총구를 이와니시에게 겨눈다. 안주머니에 그의 총이 있지만, 그것은 어디까지나 협박용이라 탄알이 장전되어 있지 않다.

"자살 유도 킬러도 뭐 그리 대단한 건 아니네."

그리고 이와니시는 큰 소리로 껄껄거렸다.

"이제 보니 알겠네. 매미는 아직 죽지 않았지? 이 정도에 당할 애가 아니거든."

전화벨은 집요하게 울려댔다.

"전화 좀 받아도 돼?"

이와니시가 두 손을 들어 항복 자세를 취하고는 말했다.

"지금 그럴 상황이 아닐 텐데?"

"죽기 전에 전화 한 통쯤 받게 해주쇼."

그 말은 진심이라기보다 나름의 유머처럼 들렸다. 고래는 권총을 들고 서서 맘대로 하라고 했다. 동정해서 그런 건 아니다. 이러나저러나 저자는 죽는다. 그건 피할 수 없는 사실이다.

"전화를 받아라. 그리고 뛰어내려."

"뭐야, 이번엔 투신인가?"

이와니시가 마뜩잖은 표정으로 우물거렸다. 그러고는 혼잣말인지 들으라는 건지 모를 목소리로 말했다.

"잭 크리스핀 왈, 인생에서 도망치는 자, 빌딩에서 뛰어내려라."

누가 그런 헛소리를 해? 한마디 물으려는 찰나 이와니시가 수화기를 집어 들었다.

그 직원을 어디로 끌고 가느냐고, 매미는 복숭아의 어깨를 쥐고 흔들며 다그쳤다. 그러자 복숭아는 "말할게. 이렇게 거칠게 굴지 않아도 가르쳐준다고." 하고 어린애 어르듯이 말했다.

"그야 당연히, 험한 짓은 험한 장소에서 하겠지."

그러고는 한 건물을 언급했다. 시나가와역에서 차로 15분 정도 동쪽으로 가면 있다며 수첩을 꺼내 대충 지도를 그렸다.

"원래 자동차 공장이 있었는데, 오래전에 철수하고 지금은 그냥 방치되어 있지. 그 주변에 커다란 삼나무 숲이 있어. 아마 꽃가루 때문에 사람들은 웬만해선 얼씬도 안 할 거야. 도로를 끼고 정면은 전부 삼나무 숲이거든."

"꽃가루가 사람들을 다 쫓아버려?"

"그 주변엔 창고라든가 낡은 건물밖에 없어. 그중 하나가 데라하라의 건물이지. 척 보기에도 께름칙한 게 찾아 헤맬 것도 없어. 하얗던 벽이 칙칙하게 빛바래고 때가 타서 거의 꺼먼 데다 유리창도 다 깨져 있거든."

"가본 적 있어?"

"일 때문에."

"포르노 잡지 배달?"

"그것도 그거지만, 나 투잡 뛰잖아. 부업이 있거든."

"어느 게 부업인지 모르겠지만."

"데라하라의 회사에서 하청을 받아 거기서 잠깐 일한 적이 있어."

"하청?"

"큰 회사는 무슨 일이든 자잘한 건 다 외주를 준대. 내가 한 일은 전화번호부를 펼쳐서 되는대로 아무 데나 전화를 거는 거였어. 노인이 받으면 무조건 위협을 하지. '당신 손자를 데리고 있다. 그 애 얼굴을 다시 보고 싶으면 당장 돈을 이체해라.' 그게 의외로 먹힌다니까. 한 방에 한 열 명쯤 앉아서 각자 휴대전화를 들고 들입다 전화질을 해대는 거야."

"편한 일이라 좋겠네."

매미는 이래저래 품이 많이 드는 자기 일을 생각하며 한숨을 쉬었다.

"리스크랄 것도 없고."

"그렇지. 바람잡이랄까, '극단'이라는 그룹이 있는데 거기서 사람들이 나와서 그럴듯하게 연기를 하는 거야. 두들겨 맞아 비명을 지르는 시늉 같은 거."

"아무튼 그 직원을 그 건물로 끌고 갈 거란 말이지?"

"푸시맨을 미행한 그 입 무거운 직원 말이야? 그렇지. 데라하라의 회사는 험한 일은 대개 그 건물에서 하니까."

그 직원은 심한 고문을 당할 것이다.

"범인이 있는 장소를 대십시오."

"싫습니다. 말하고 싶지 않습니다."

"그렇다면 할 수 없지요. 맘이 바뀌면 언제든 말씀하십시오."

이런 식으로 진행될 턱이 없다. 그들이 그걸 고문이라 칭

하는지 어떤지는 몰라도 끌려간 자는 끔찍한 고초를 겪을 것이다.

"언제?"

매미가 물었다.

"글쎄, 좀 전에 사람을 고용했다니까 이제 곧 시작되지 않을까?"

"사람이라니, 누굴?"

"고문 전문가랄까, 남 괴롭히는 게 낙인 사람. 곤죽을 만들어 정보를 얻어내는 사람. 그들이 그 일을 맡았다고 들었어."

"데라하라가 제대로 열 받았군."

"왜 안 그렇겠어, 아들이 죽었는데. 근데 너 정말로 그 직원을 가로채려고?"

"그렇게만 하면 다들 알아서 모시겠지?"

"괜히 쓸데없는 일에 끼어들지 않는 게 좋지 않을까?"

"난 이와니시가 물어다 주는 일만 순순히 하면 된다는 거야?"

"그게 아니라. 그러니까 내 말은 데라하라 일에는 끼어들지 않는 게 좋겠다고. 그 사람들 정말로 위험하다니까."

"난 프리야."

"뭐라고?"

"꼭두각시 인형이 아니라고!"

매미는 그러고 복숭아의 손에서 지도를 낚아채 자리를 떴다.

시나가와 동쪽 끝이라면 자동차로 가는 게 제일 빠르다. 그래서 잠시 길거리를 어슬렁댔다.

잠시 돌아다니다 보니 빌딩들이 늘어서 있는 대로변에서 살짝 빠진 샛길에 미니밴 한 대가 서 있었다. 흰색과 회색이 섞인 그 차는 지붕에 스키나 스노보드를 싣는 루프캐리어가 설치되어 있다. 게다가 그 미니밴은 살아 있다는 것을 과시라도 하듯 차체를 흔들고 있었다. 시동은 걸려 있는데 사람은 없고 핸들 옆에 키도 꽂혀 있다. 아마도 추위를 타는 운전수가 히터를 끄지 않고 잠깐 볼일을 보러 나갔는지도 모르겠다. 금방 올 거니까 괜찮으려니 했을 것이다.

이게 웬 떡이야.

매미는 중얼거리며 운전석에 올라탔다. 재빨리 문을 닫는다. 오토매틱 레버를 당긴다. 날아갈 듯 기분이 좋다. 이런 데서 이렇게 딱 들어맞는 차를 발견하다니, 천운이라고밖에 할 수 없다.

일단 넓은 국도로 나왔다가 교차로 앞에 길게 늘어선 차들을 보고 옆길로 빠졌다. 시계 침은 오후 4시를 가리키고 있다.

뻥 뚫린 이면 도로를 골라 거침없이 달릴 생각이었는데, 얼마 못 가 전방 차량에 줄줄이 브레이크등이 들어오는 게 보였다. 실망스러웠지만 서서히 차를 세운다. 완만하게 오른쪽으로 꺾인 길, 100미터 전방에서 공사를 한다. 빨간 막대등을 휘두르며 차량을 유도하는 사람이 보인다.

전화는 그냥 심심해서 걸어본 것이다. 브레이크를 밟고 멍하니 있으려니 따분했다. 전원을 켜고 통화 기록에 남아 있는 번호를 눌렀다. 상대는 이와니시.

매미는 머리를 긁적이며 발신음을 들었다. 가만 앉아서 만사를 처리하는 이와니시도 설마하니 내가 푸시맨을 쫓고 있다는 건 감히 상상도 못했을 것이다. 이와니시의 목소리를 듣자마자 한껏 뻐길 생각이었다.

발신음만 줄기차게 이어져 매미는 짜증이 났다.

"어디서 또 구라나 치면서 농땡이를 부리고 있겠지."

전화는 당최 연결될 기미를 보이지 않고, 그러는 사이 꽉 막혀 있던 차들이 앞쪽부터 서서히 움직이기 시작했다. 매미가 육두문자를 한 번 날리고 전화를 끊으려는 찰나, "뭐야?" 하는 소리가 들렸다. 이와니시의 거들먹거리는 얼굴이 떠오른다.

"나요, 나. 뭘 하느라 이렇게 전화를 늦게 받아?"

"시끄러워, 자식아. 여기도 여러 가지로 바쁘다고."

"바쁘긴 뭐가 바빠. 어차피 텔레비전을 끼고 있든지 잠이나 자고 있었겠지."

그 대목에서 잠깐 이와니시가 숨을 삼키는 틈을 두고 나서 "너, 역시 살아 있었구나." 한다.

"뭔 소리야, 당연한 걸 가지고."

매미는 전화기를 어깨로 받쳐 든다. 차들이 하나씩 브레이크 등을 끄고 움직이기 시작한다.

"매미, 너 지금 내가 뭘 하는지 알면 깜짝 놀랄 거다."

"그건 내가 할 소리."

매미는 목소리를 높였다.

"당신이야말로 내가 지금 어디 가고 있는지 들으면 입이 떡 벌어질걸."

"어딜 가는데?"

"시나가와."

절로 입이 헤벌쭉 벌어진다. 잘 봐. 나는 네 손바닥 위에서 놀아나는 순진한 애송이가 아니라고.

"거기서 조금 떨어진 곳에 건물이 있거든."

"건물이야 어디든 있지."

"데라하라의 건물 말이야."

"데라하라 씨? 그게 뭔 소리야?"

꼬박꼬박 대꾸는 해도 맘은 딴 데 가 있는 목소리다.

"뭐 하러 가는지 궁금하지? 나는 말이야……."

매미는 거기서 잠시 말을 끊고 벅차오르는 감정을 만끽한 뒤 덧붙였다.

"푸시맨을 처리하러 가는 길이다, 이거야."

"뭐라고?"

이와니시의 놀란 목소리를 듣고 매미는 더없는 희열을 느꼈다. 환호성이라도 내지르고 싶은 심정이다.

"그거 알라나 몰라? 푸시맨을 미행한 사람이 있다는 거. 그치를 '영애'의 직원이 불러낼 모양이야. 그래서 내가 그 직원을 중간에 낚아채려고."

"낚아채? 너 지금 무슨 생각을 하는 거야?"

"그냥 거기서 잠자코 기다리쇼. 나중에 얘기해줄 테니."

이와니시의 목소리가 중간에 끊겼다. 바로 앞차가 출발해 매미도 브레이크에서 발을 뗀다.

"그럼 또 연락할게."

"야, 잠깐 기다려."

이와니시가 절박한 목소리로 말했다.

"어디야? 어디로 간다고?"

"거참 시끄럽네. 설명하기 좀 거시기한 장소요."

언질을 하긴 했지만 혹시라도 방해하면 재미없을 줄 알아.

"아무튼." 매미의 말투가 빨라졌다. "나는 당신한테서 자유라 이거지. 어때, 놀랐나?"

"놀라지 않아."

이와니시의 말투는 강압적이거나 부하를 나무라는 식이 아니었다. 오히려 전에 없이 애정이 느껴졌다.

"안 놀라?"

"너는 오래전부터 자유였는데, 뭘."

이와니시가 분명히 말했다.

"나와는 별개로."

매미는 순간 뭐라고 대꾸해야 좋을지 헷갈렸다. 그러다 겨우,

"에이 씨, 그냥 그 곰팡내 나는 아파트에 죽치고 있으쇼!"

하고 내뱉었다.

"넌 말이 너무 많아."

이와니시의 말투는 가벼웠지만 그 목소리 끝에 뭔가 심각한 무게감이 느껴졌다.

"그럼 매미, 또 보자."

"또 보긴, 새삼스럽게. 어차피 만나면 또 기념품은 없느냐는 등 신소리나 할 거면서."

"좌우간 말이 많아, 넌."

이와니시가 못 말리겠다는 투로 말했다.

"참, 너 그거 아냐? 잭 크리스핀의 은퇴사."

"전부터 묻고 싶었는데, 그 잭 뭐시긴가 하는 사람, 정말로 있긴 있는 거야?"

"잭 크리스핀이 가수 활동을 접을 때, 은퇴하면 뭘 하고 싶으냐는 기자의 질문에 뭐라고 대답했는지 아냐?"

"그걸 내가 꼭 알아야 되나?"

이런 쓸데없는 잡소리는 지금까지 귀에 못이 박히도록 들었다. 전화를 끊으려다가, 마지막으로 한 번만 더 참아보자 생각했다. 푸시맨을 죽이면 이와니시와는 연을 끊을 작정이고, 그러면 그놈의 상판대기 마주할 일도 없을 것이다. 그렇다면 이번이 마지막인데 못 들어줄 것도 없다 싶었다.

"뭐랬는데?"

"피자를 먹고 싶다."

"뭐?"

"그렇게 대답했어. 은퇴하면 피자를 먹고 싶다고."

이와니시는 웃었지만 꼭 우는 것 같아 매미는 좀 이상했다.

"그까짓 것 은퇴 안 하면 못 먹나?"

"그러게 말이야."

이와니시가 웃음을 터뜨렸다.

"정말 웃기지?"

"웃기긴, 짜증 나. 끊어."

"그러니까 열심히 살아라, 매미."

이와니시가 마지막으로 그렇게 말했다.

"지지 말고."

이건 또 뭔 소리야? 매미는 전화를 끊고 액셀을 꾹 밟았다. 창문을 열었다. 바람이 불어 든다.

"제가 맡고 있는 다른 아이들 일로 전화가 왔네요."

스즈키는 거짓말을 했다.

"오늘은 일단 이쯤에서 실례하겠습니다."

그러자 스미레가 이를 환히 드러내며 웃었다.

"일단이라면 또 우리 집에 오실 생각이세요? 다른 집도 좀 찾아가보시죠."

"아, 아니, 저……."

스즈키는 더듬다가 "꼭 이 댁 아이들을 가르쳐보고 싶습니다." 하고 둘러댔다.

아직 푸시맨인지 아닌지도 확실치 않고요.

스즈키는 데라하라가 신경 쓰여 솔직히 집중하기 힘들었다. 히요코의 목소리가 자꾸 머릿속에 맴돈다. 살아 있다고? 어떻게 그런 일이! 그 지경이 됐는데? 의학의 발전? 그런 자식을 살려내다니 발전이 꼭 좋은 것만은 아니군.

결국 스즈키는 히요코와 만날 약속을 했다. 올가미일지도 모른다는 생각은 했다. 아무 죄도 없는 젊은이들을 인질 삼고, 데라하라의 아들이 살아 있다는 거짓말로 자신을 끌어내려는 수작일 수도 있다. 가능성은 충분하다. 가능성 정도가 아니라, 거의 그렇다고 봐야 한다.

다만 그렇게 위험에 처하지는 않을 거라고 짐작했다. 정신만
바짝 차리고 있으면, 그들도 쉽게 건드리지는 못할 거라고. 그
래서 역 앞이 아니라 좀 더 보는 눈이 많은 장소, 카페에서 만나
자고 한 것이다.

"우린 그자가 어디 있는지, 그것만 들으면 되니까 만날 장소
는 네가 원하는 곳으로 해."

히요코는 선선히 말했다.

"그래? 그럼 그 카페에서 봐."

아사가오의 가족들은 모두 현관까지 나와 배웅해주었다.

"정말로 가요?"

현관에서 신발을 신고 일어나자 겐타로가 말했다.

"가요?"

속삭이는 소리가 들려 내려다보니 어느 틈에 고지로가 다리
에 바짝 붙어 서 있었다. 샌들을 신고 있다. 달라붙다시피 매달
려 스즈키의 바지 주머니에 손을 넣는다.

"아까 써놓은 엽서, 그거 부칠 거면 내가 가다가 부쳐줄게."

생각이 나서 말했다. 하지만 고지로는 고개를 저으며 말했다.

"또 써야 돼."

도대체 같은 스티커를 얼마나 많이 모은 거냐고 묻고 싶었다.

"도쿄도, 분쿄구."

고지로가 노래하듯 재재댔다.

"그럼 또 봬요."

스미레의 말에 스즈키도 대답했다.

"바쁘신데 실례가 많았습니다."

아사가오는 아무 말도 하지 않았다. 스즈키가 현관문을 열려는 찰나, 스미레가 불러 세운다.

"저기, 스즈키 씨."

등에 총이라도 맞은 것처럼 스즈키는 움찔하며 돌아봤다.

"어디까지 가시는지 모르겠지만 이이한테 차로 데려다주라고 할까요?"

스미레는 환하게 웃으며 아사가오를 보고 눈짓했다.

"괜찮죠?"

"그렇겠네."

의외로 아사가오는 선선히 고개를 끄덕였다.

"생각해보니 집에서 역까지 한참이야. 차로 가는 게 빠르지."

스즈키는 잠깐 뭐라고 대답할지 망설였다. 이렇게까지 하는 이유를 짚어본다.

"어디까지 가시오?"

아사가오는 바로 옆에 있음에도 여전히 투명한 오라를 발했다. 존재 자체가 투명해 등 뒤의 계단도 비칠 것만 같다.

"시나가와까지요."

대답하는 게 득이 될지 어떨지 따져볼 여유도 없었다. 이끌리듯 엉겁결에 대답한다.

"역 구내에 있는 카페인데."

"그럼 역까지 갑시다."

"아니, 괜찮습니다."

"사양할 거 없소."

문 앞에 파란색 승용차가 서 있다. 정신을 차리고 보니 스즈키는 조수석에 앉아 있었다. 언제부터 이곳에 차가 서 있었는지, 언제 차 문을 열었는지, 언제 안전벨트를 맸는지, 아무것도 기억나지 않는다. 땅을 딛은 기억조차 없다. 누가 타라고 재촉한 것도, 등을 떠민 것도 아니다. 어쩌다 보니 조수석이다. 이거야 원, 세상에 태어나는 것과 똑같군. 스즈키는 그런 생각을 했다. 얼결에 태어나, 어쩌다 보니 이곳에 있다.

"내가 이 세상에 태어나 살았다는 증거가 하나도 없잖아."

아내의 말이 되살아나 정신이 번쩍 든다. 그래, 그 사람 말마따나 얼결에 태어나 제 뜻과 상관없이 삶을 시작한 우리에게 증거 따위 없을지도 모른다. 브라이언 존스가 롤링스톤스에 있었다는 증거가 없는 것처럼.

운전석에선 아사가오가 능숙하게 차를 출발시켰다.

차가 달리는 내내 스즈키는 운전석에 앉은 아사가오의 입에서 '네 속셈을 알고 있다'는 말이 튀어나오지는 않을까, 바늘방석에 앉은 것처럼 불안했다. 창밖 풍경을 보면 시나가와 방면으로 가고 있는 건 분명한데 마음을 놓을 수 없었다. 움츠러든 어깨가 펴질 줄 몰랐다. 조금 더 가다가 스즈키는 지금이야말로 의문을 풀 때가 아닌가 생각했다. 단둘이 차 안에 있으니 푸시맨인지 아닌지 확인할 더없이 좋은 기회가 아닌가. 스즈키는 마음을 단단히 먹는다. 속에서 용기라는 이름의 병사들이 총궐기한 느낌이다. 지금이 바로 그때다.

고개를 돌려 아사가오를 본다.

"저기."

그러고는 그만 입을 다물었다. '당신, 정말로 푸시맨입니까?'라는 말이 차마 나오지 않았다. 여기서 한 걸음이라도 더 나가면 낭떠러지라는 사실을 몸이 먼저 인식한 것 같다. 너무도 당당한 적을 앞에 두고 용기라는 이름의 병사들이 주춤 멈춰 섰다.

"뭐요?"

아사가오가 입을 연다.

"겐타로는 아주 밝은 아이더군요."

갑자기 웬 겐타로? 그런 자신이 한심했지만, 한편 아이들 이야기로 물꼬를 트는 것도 나쁘지 않다는 생각이 들었다. 돌파구를 찾기 위한 돌아가기다.

"그렇소?"

아사가오의 반응은 신통찮았다. 무관심하게도, 잘 모르는 것처럼 들리기도 했다.

"그 녀석, 공부는 형편없어도 축구 하난 잘하지."

"아, 정말 잘하던데요. 환경만 받쳐주면 축구 선수로 대성할지도 모릅니다."

"환경만 받쳐주면?"

"아, 아뇨."

거기서 말이 막혔다. 아무렴, '아버지가 푸시맨인 환경에서 아이가 축구에 전념할 수 있겠습니까?'라고는 말할 수 없었다.

"고지로는 어떻소?"

"귀여워요. 허허."

스즈키는 솔직히 말했다.

"아기 토끼 같아서. 그런데 왜 목소리가 그렇게 작을까요?"

"그건."

아사가오가 전방에 시선을 두고 천천히 말을 이었다.

"내가 가르친 거요."

"예?"

"정말로 중요한 건 작은 소리로도 전해진다고."

"아, 그런 거였습니까?"

"큰소리치는 정치가들의 말을 곧이듣는 사람이 있소?"

"정치가가 하는 말이야 아무도 안 듣죠."

"정말 곤경에 처한 사람은 큰 소리를 낼 수도 없는 법이지."

아사가오가 대체 무슨 말을 하고 싶어 하는 건지 스즈키는 알 길이 없었지만, 더 이상 파고들 수는 없었다.

"내게 무슨 할 얘기라도 있소?"

"아뇨."

위에 경련이 이는 느낌이다.

"없습니다."

용기라는 이름의 병사들 전원 퇴각.

"다 왔소."

20분쯤 지나 아사가오의 목소리가 들렸다.

스즈키는 놀라서 벌떡 일어날 뻔했다.

"시나가와역입니까?"

고개를 쭉 빼고 둘러보았지만 역사나 선로는 보이지 않았다.

"이 길로 쭉 가면 막다른 곳이 바로 역이오."

운전석에 앉은 아사가오가 턱으로 오른쪽을 가리켰다. 차는 편도 일 차선 도로 갓길에 서 있었다. 5미터쯤 앞에 역이 보였다.

"만나기로 한 장소가 어디라고 했소?"

"역 구내에 있는 카페인데요."

스즈키는 카페 이름을 댔다. 그러고는 "여기서부턴 걸어갈 수 있겠네요. 감사합니다."라고 인사했다. 계기판 시계를 보니 약속 시간까지 아직 10분 정도가 남았다.

"겐타로랑 놀아주느라 욕봤소."

"아뇨, 즐거웠습니다."

잠금장치를 해제하고 조수석 쪽 문을 연다.

길에 내려서 한 번 더 인사를 한다. 아사가오는 핸들을 움직이기 시작했다. 차는 곧 우회전해 시야에서 사라졌다.

"당신은 푸시맨입니까?"

그제야 입에 물고 있던 말이 흘러나왔다. 타이밍 한번 기가 막히다.

시나가와역 교차로는 사람들로 붐볐다. 양복 입은 남자들과 큰 가방을 든 여행자들이 바삐 오고 갔다. 택시가 줄줄이 들어와 승객을 빨아들인 다음 멀어진다. 대형 버스가 정차하는가 싶더니 철 지난 반소매 셔츠를 입은 외국인들이 우르르 내려서 역사로 몰려간다.

스즈키도 역 구내로 들어섰다. 널찍한 공간 전체가 윙윙 소란스럽다. 계단을 올라 긴 통로를 지난다.

만나기로 한 카페는 '영애'에서 일하게 된 첫날, 히요코와 같이 가본 곳이다. 히요코도 기억하는지 "추억이 어린 장소에서 다시 만나네." 하고 부러 달뜬 목소리로 말했다.

카페 안은 넓지 않았다. 카운터에 수염을 기른 주인과 종업원 한 명, 손님은 남자 둘밖에 없었다. 입구가 보이는 자리에 앉는다. 시계를 보니 4시가 넘었다. 스즈키는 아직 위기감을 느끼지 못하고 있다. 행여 무슨 일이 일어난다 해도, 여기서 소리를 지르면 다른 손님이나 주인이 경찰에 신고해주지 않을까 계산했다.

유리잔의 물을 절반가량 마셨을 때 히요코가 나타났다. 짙은 청색 정장을 입었다. 수수한 디자인에 비해 스커트 길이가 유독 짧았다.

"이제야 겨우 만나네."

히요코는 특유의 웃음을 지으며 스즈키 앞에 앉았다. 커피를 주문한다.

"데라하라 씨가 살아 있다는 게 사실입니까?"

스즈키는 우선 그것부터 물었다. 목소리가 높아진다.

"그래도 끝까지 존칭은 붙이네. 일단 네가 어디까지 미행했는지, 그것부터 말해."

"나는 그가 어떻게 됐는지만 알고 싶습니다."

"그 전에 보고할 의무가 있을 텐데?"

"뭘요?"

"푸시맨 말이야. 네가 쫓아간 남자, 푸시맨 맞지? 어디인지 말해. 사장 지금 열 받아서 제정신이 아니니까."

"아무래도."

스즈키는 생각해둔 말을 꺼냈다.

"아닌 것 같습니다. 조금 전까지 주의 깊게 살폈는데, 그 사람은 그냥 보통 사람이에요."

"보통 사람? 누가 너더러 로봇을 찾으래? 칼로 찔러 죽이는 킬러나 독살하는 킬러나 어떤 면에서는 보통 사람이야."

"아니, 그 일과 상관이 없는 것 같다고요. 그 남자는 푸시맨이 아닙니다."

속마음은 정반대였다. 아사가오의 온화한 표정, 날카로운 시선, 속내를 꿰뚫어 보는 듯한 발언, 그 모든 것은 특별한 신분의 남자에게서 느껴지는 독특한 분위기였다. 그와 마주 보고 이야기만 하는데도 칼끝으로 난자당하는 기분이었다. 메뚜기에 대해 이야기할 때는 인간에 대한 혐오감과 차가운 시선이 느껴졌다. 아사가오는 푸시맨이다. 그렇게 결론을 내리는 것이 앞뒤가 맞다. 그 범상치 않은 기운은 보통 사람의 것이 아니다. 아사가오가 푸시맨이 아니라면 그 위화감을 달리 설명할 길이 없다. 그가, 아사가오가 데라하라의 아들을 찻길로 떠밀었다. 그것이 결론이다.

그러나 히요코에게 곧이곧대로 고할 생각은 없다.

겐타로와 고지로의 티 없이 맑은 얼굴이 떠오른다. 순간 스즈키는 심장이 요동치는 것을 느꼈다. 그들을 끌어들여서는 안 된다.

"그 남자는 신경 안 써도 됩니다. 푸시맨이 아니니까요."

"그건 회사에서 결정할 일이야."

히요코가 씨도 안 먹힐 소리 말라는 투로 쏘아붙였다. 그제야 즈키는 예상한 것보다 자신이 위험한 상황에 놓였다는 것을 감지했다.

"너도 참 세상 쉽게 보는구나. 도망치려거든 끝까지 한번 가보든지. 솔깃해서는 제 발로 걸어 나와 앉은 모습이라니. 너처럼 그렇게 어정쩡한 인간들이 고달픈 인생을 사는 거야."

"푸시맨이 어디 사는지 저는 모릅니다. 그 사람은 아니었어요. 그러니 저를 때려봤자 소용없습니다."

"때리든 지지든 그건 이쪽 소관이고."

즈키는 그 말을 들으면서 머리가 무거워지는 것을 느꼈다. 어, 왜 이러지? 생각해보려 해도 뜻대로 되지 않는다. 눈꺼풀이 자꾸 내려앉는다. 눈을 치뜨려 애써보지만 불가항력이다.

약. 순간적으로 그 단어가 떠올랐지만 늦었다. 그런데 어느 틈에? 히요코가 수면제를 사용할 수도 있다는 생각은 했다. 그래서 히요코가 카페에 들어온 뒤로 혹시라도 컵에 손을 대는지 계속 지켜보았다. 몰래 약을 탈 기회는 없었는데…… 하는 순간, 또 다른 단어가 떠올랐다.

'극단?'

히요코가 일전에 언급한 업자 이름이다. 의뢰를 받으면 어떤 역할이든 해낸다고 했다. 어쩌면 이 카페에 있는 손님들, 저 종업원도 '극단'의 일원일지 모른다. 그래서 물에 약을 탄 건 아닐까. 그럴 수도 있다. 너무 안이하게 생각했다. 가슴을 치는 동시에 스즈키는 곯아떨어졌다.

몸이 흔들려서 눈을 떴다. 머리가 아프다. 차 뒷자리라는 건 곧 알 수 있었다. 미니밴인가, 좌석을 모두 떼어낸 바닥에 누워 있다. 두 남자가 꼼짝 못하게 찍어 누르고 있다. 코트는 그들이 벗겼는지 없고 바닥의 냉기가 고스란히 스웨터 안으로 스며들었다.

손과 발은 묶였다. 테이프나 로프가 아니라 단단한 수갑 같은 기구를 채워놓았다.

"댁도 참 처량하게 됐네."

옆에서 스포츠머리 남자가 말했다. 스즈키의 얼굴 위로 자기 얼굴을 바투 들이대 침이라도 떨어뜨릴 자세였다. 카페에 있던 손님인 것 같다.

"극단?"

스즈키는 그 단어를 입 밖으로 내보았다.

조수석에서 히요코의 웃음소리가 들렸다. 고개를 든다. 조수석에서 히요코가 얼굴을 돌리며 말했다.

"기억력 하난 쓸 만한데? 하지만 아니야. 극단하곤 요즘 문제가 좀 있거든. 이 사람들은 고문 전문가야."

"어?"

"고문하라고 고용한 거라고."

아아, 스즈키는 나지막이 신음을 흘리는 것 외엔 아무것도 할 수 없었다.

"너도 참 대책 없이 멍청하다. 그런 거짓말에 속아 넘어가다니 말이야."

"거짓말?"

"차에 치여 그 지경이 된 얼간이가 살아 있을 리 없잖아."

그렇구나. 원수는 죽었다.

그럴 거라 생각은 했다. 후련함과 동시에 공포가 밀려든다. 데라하라의 아들이 살아 있단 말은 역시 밑밥이었던 것이다. 나는 정말 바보다.

"멍청하기 짝이 없어, 흐흐흐……."

왼편에 있던 납작코 남자가 말했다. 푸석푸석해 보이는 머리를 길게 길렀다. 오른쪽 뺨에 일회용 밴드를 붙였다. 그 위로 피가 엷게 배어나 있다.

"꼭 나올 거라고 확신하더니, 그 말이 맞네."

그러면서 히요코 쪽을 쳐다본다.

"위기감이라는 건, 머리로는 알고 있어도 실감하긴 힘든 법이거든."

"그게 뭔 말이오?"

스포츠머리가 앞쪽을 돌아본다.

"자기는 괜찮을 거라고 생각한다, 그거지."

히요코가 웃는다.

"아무리 위험한 상황에 처해도 난 괜찮겠지, 그런 생각을 한다고. '위험'이라고 쓰인 상자를 보고도 실제로 열어보기 전엔 뭐가 그리 위험할까, 하면서 우습게 보지. 지명수배자가 파친코에 들어가는 것과 같은 심리야. 설마 뭔 일이야 있겠어? 그러는 거지. 위험은 하나하나 단계를 밟아 찾아온다고 믿는 거야. 폐암에 걸린다는 말을 골백번 들어도 담배를 끊지 못하는 거나 매한가지지."

맞는 말이다. 스즈키도 단계를 밟아 찾아올 거라고 믿었다. 히요코가 거짓말을 했을 가능성도, 끌려가게 될 가능성도, 자신의 판단이 틀렸을 가능성도 짚어보긴 했지만, 그럼에도 설마 그게 현실이 될 줄은 몰랐다.

"너, 순순히 알고 있는 걸 부는 게 좋을 거야. 우린 이 바닥에서 알아주는 전문가거든."

오른쪽에서 스포츠머리가 입을 놀렸다. 두툼한 대구알을 방불케 하는 입술이 꿈틀댄다.

"배운 재주라곤 그것뿐이라서 말이야."

스즈키는 등줄기를 타고 고드름이 쏠고 내려가는 느낌이 들었다.

스즈키는 결박당한 채 누워 시선을 위로 향했다. 자신이 위험한 상황에 처했다는 건 알고 있지만 어떻게든 되겠지 하는 막연한 기대감이 있는 것도 사실이었다.

이 지경까지 와서도 쉽게 보고 있다.

문득 아내의 말이 떠오른다. 다른 나라의 분쟁 장면이 텔레비전 화면에 비칠 때였다.

"아마도 우린 당장 적군이 눈앞을 막아서도 전쟁을 실감하지 못할 거야. 지금까지 발발한 세계적인 전쟁은 사람들이 전쟁이란 걸 쉽게 봐서 일어난 거라고 생각해, 난."

그러면서 안타깝다는 듯 어깨를 으쓱해 보였다. 그래, 당신 말이 맞아. 그동안 그 말을 잊고 지냈다. 반지를 내려다보면서 다시 아내를 생각했다.

"대부분의 불행은 누군가가 상황을 쉽게 본 결과라니까."

그래, 맞아.

어디로 끌려가는지 짐작도 할 수 없었다. 좌우 창문을 올려다봤지만 거무스름한 구름과 복잡한 전선줄만 보이고 위치를 어림잡을 만한 이정표 따윈 눈에 들어오지 않았다. 그때 누군가가 입에 테이프를 붙였다. 매캐한 고무 냄새에 골이 띵했다.

"드디어 도착했네."

잠시 후 히요코가 마치 고대하고 고대하던 동물원에라도 온 것처럼 밝은 목소리로 말했다.

"어." 지금까지 묵묵히 있던 운전사가 외마디 소리를 냈다.

"왜 그래?"

히요코가 물었다.

"저 앞에 사람이 있어요."

생기라곤 느낄 수 없는 목소리다.

"앞이라니, 어디?"

"이 길 앞에서 걸어왔어요."

"아무도 없잖아."

"아니, 금방 뛰어 달아났어요."

"너, 약 너무 한다고 내가 그랬지!"

그 말을 듣고 운전사가 '영애'의 고객이었다는 것을 알 수 있었다. 불법 약품에 중독된 고객은 그 약을 손에 넣기 위해 이리저리 혹사당한다. 운전사도 그런 케이스일 것이다.

납작코가 문을 열고 밖으로 나갔다. 장애가 있는지 오른발을 질질 끈다. 허리에 두른 사슬이 철컥철컥 소리를 낸다.

"얌전히 있어. 이제부터 옮겨줄 테니까."

스포츠머리가 오른쪽에서 스즈키의 어깨 아래로 손을 넣었다. 손발이 묶인 스즈키는 통나무처럼 쭉 뻗어 있었다. 두 남자에게 짐짝처럼 들려 건물 안으로 옮겨졌다.

스즈키는 똑바로 누워 있는 상태라 어두운 하늘밖에 보이지 않았다.

엘리베이터가 몇 층에서 섰는지 스즈키는 알 수 없었다. 문이 열리자마자 다시 옆으로 쓰러졌다. 복도를 지나 문을 열고 어딘가로 들어갔다. 아무것도 없는 휑뎅그렁한 공간이다. 입주했던 회사가 이사한 뒤 그대로 방치된 것 같다. 공간만 널찍했지, 벽지도 벗겨져 시멘트 벽이 그대로 드러나 있다. 바닥에는 차가운 타일이 깔려 있다.

소독이라도 했는지 방 안 구석구석에서 약 냄새가 피어올랐다. 두 남자가 가운데 깔린 매트리스에 스즈키를 내동댕이쳤다. 퍼졌던 먼지가 얼굴을 뒤덮어 기침이 격하게 났다. 한동안 눈을 뜰 수 없었다.

"미리 말해두는데, 난 너에게 고통을 주고 싶지 않아."

히요코는 의자에 앉아 있다. 작은 바퀴가 달린 의자로 몇 미터 떨어진 곳에서부터 두 발로 밀며 다가왔다. 스즈키는 테이프만 떼어주면 당장 '믿습니다.'라고 대답하고 싶은 심정이었다.

"다만, 일전에도 말했듯이 우리 회사는 합법적인 분위기랑은 거리가 있는 곳이라서 말이야."

스즈키의 호흡이 거칠어졌다. 테이프 특유의 매캐한 냄새 때문에 콧속이 아프다.

"그리고 병적으로 의심이 많지."

그건 알고 있다.

고개를 비튼다. 밑에 깔린 매트리스에서 눅눅한 습기가 끼친다. 양옆에는 남자들이 서 있었다. 왼편에 있는 납작코는 이미 두 손에 검은 장갑을 꼈다.

"나는 너한테 여러 번 기회를 주었다고 생각하는데, 아까 카페에서도 그자의 주소지를 말하라고 부탁했잖아. 하지만 너는 입을 열지 않았어. 그런다고 무슨 득 될 게 있는지 모르겠지만 말이야."

오른쪽에 선 스포츠머리가 지저분한 쇠망치를 들고 있다.

순간 스즈키는 더럭 겁이 났다. 옴짝달싹할 수 없는 이 상황에서 뭔가 일이 벌어지려 한다. 공포가 머리끝까지 차오른다.

아사가오의 얼굴이, 스미레의 얼굴이, 겐타로와 고지로의 얼굴이 차례로 떠오른다. 그들이 사는 집을 그려본다. 그곳 주소를 대면 나는 살 수 있을까? 갑자기 겁쟁이가 된 자신이 낯설었다.

"당신은 그렇게 쉽게 아이들을 저버리겠다는 거야?"라며 아내가 경멸 어린 눈으로 내려다보는 것만 같다.

"하지만 뭐, 그건 또 그것대로 멋지다고 생각해. 침묵의 미학이랄까?"

히요코의 새빨간 입술이 다시 한쪽으로 말려 올라간다.

"다만 거기엔 리스크가 따른다는 걸 명심해야지. 각오는 되어 있나?"

스즈키는 입에 붙인 테이프가 벗겨지는 일은 결코 없을 거라는 걸 깨달았다. 소름이 끼쳤다. 이 여자에게는 이미 보고고 나발이고 상관없을지 모른다. 굳이 자신의 입을 통해 정보를 들을 생각이 없을지 모른다.

"천천히 해나가자고."

왼쪽에 선 납작코가 히죽 웃었다.

"죽지 않을 정도로만 해주지. 본인이야 죽고 싶겠지만."

복부로 주먹이 날아들었다. 컥, 숨을 쉴 수 없어 스즈키는 신음했다. 음성이 아니라, 소리가 샜다. 침도 뿜어져 나왔다. 테이프에 막혀 그 침은 다시 입안으로 흘러들어 목구멍으로 넘어갔다. 숨이 막힌다. 다시 주먹이 날아든다. 위장에서 뭔가가 역류한다. 아직 소화되지 않은 파스타다.

"손가락, 발가락, 팔꿈치, 무릎."

스포츠머리가 오른손에 든 망치를 휘두르며 리드미컬하게 읊조렸다. 붕붕, 바람을 일으키며 망치가 허공을 가른다.

고래는 열린 창문을 보고 있었다. 연한 적색 커튼이 혀처럼 날름거리며 방 안으로 나부낀다. 창밖은 내다보지 않았다. 어차피 그 아래 이와니시가 뻗어 있을 걸 아니까. 괜히 얼굴을 내밀었다간 시체 주위로 모여든 사람들 눈에 띌 수도 있다. 아파트 문이 열리고 닫히는 소리가 아까부터 계속 이어지고 있다. 비명과 고함 소리로 시장통 같이 복작거리기 시작했다.

고래는 실내를 둘러본다. 책상 위의 전화기를 내려다보면서 창밖으로 투신하기 직전 남자의 모습을, 사마귀를 닮은 이와니시의 얼굴을 떠올렸다.

"열심히 살아라, 매미. 지지 말고."

꺼림칙한 웃음을 지으며 이와니시는 전화를 끊었다. 그러고는 어깨에 짊어진 모든 짐을 내려놓은 홀가분한 표정으로 "정말 놀랍다니까." 하며 두 팔을 벌렸다.

"뭐가?"

고래는 시큰둥하게 물으며 창문을 열었다. 어서 뛰어내리라고 환영이라도 하듯 커튼이 나부낀다.

"전화는 누구한테 온 건가?"

"매미."

이와니시가 누런 앞니를 드러내며 대답했다. 입내가 풍긴다.

"내 부하. 당신을 죽이러 간 애 말이야."

고래는 눈썹을 한 번 찡긋했다.

"근데 매미도 노리는 건가?"

"노려?"

"깡그리 청산한다며? 그 말은 매미도 없애버리겠다는 의미 아닌가?"

대결이오. 청산하는 거요, 깡그리.

다나카의 말이 고래의 뇌리에 메아리쳤다.

"매미라는 자는 지금 어디 있지?"

"시나가와에 있는 건물."

"건물이야 어디든 있지."

고래는 곧장 대꾸했다. 조금 전 이와니시가 전화기에 대고 매미에게 했던 말을 똑같이.

"나도 깜짝 놀랐다니까. 그 자식이 데라하라 씨의 건물로 간다고 해서 말이야."

"데라하라."

고래의 머릿속에 몇 번인가 본 적이 있는 '영애'의 사장 얼굴이 떠올랐다. 거무튀튀한 피부에 턱수염을 기른 남자다. 덩치는 작지만 조약돌처럼 다부진 체격이었다.

"당신도 자살을 유도하든 어쩌든 이 짓으로 먹고사는 사람이라면 데라하라 씨에 대해 알고 있을 텐데? 그런데 말이야, 그 데라하라의 아들이 차에 치인 것도 알고 있나?"

고래는 대답하지 않았다. 하지만 반사적으로 어젯밤 목격한 광경이 머릿속에서 재생되었다. 후지사와콘고초역 근처에서 난 교통사고. 교차로에서 신호가 바뀌길 기다리던 사람 가운데 한 명이 차도로 뛰어들었다. 마침 달려온 미니밴에 그대로 받혔다. 푸시맨. 그 단어가 머릿속을 가로지른다.

"그건 푸시맨의 짓이야."

이와니시가 히죽 웃었다.

"데라하라 씨는 그렇게 판단했다더군."

"그게 뭐 어쨌다고?"

"근데 푸시맨이 사는 곳을 알아낸 사람이 있다지 뭐야."

이와니시는 묻지도 않은 말을 주절댔다. 데라하라의 직원이 푸시맨의 집을 찾아냈단다. 그런데 보고를 하지 않아서 그 직원을 끌어내 억지로 자백을 받아낼 거라고 했다.

"전부 어디서 주워들은 이야기로군."

"그자를 지금 매미가 가로채러 가는 길이래. 매미 그 자식이 좀 전에 전화로 지껄이더라고."

"장소는?"

고래는 입이 바싹바싹 마르는 것을 느꼈다.

"장소를 대라."

상대를 집어삼킬 듯 물었다.

"네 부하 매미는 지금 어디로 가고 있지?"

이어져 있다. 고래는 마음속에 잔잔한 파문이 이는 것을 느꼈다. 다나카의 말이 옳다. 하나를 계기로 모든 것이 맞물리기 시작했다. 미래는 확실히 누군가의 레시피에 이미 쓰여 있다. 그 말이 맞는지도 모르겠다.

"당신 말이야, 매미한테도 손을 쓸 작정이지?"

이와니시가 피식대며 말했다.

"말리고 싶나?"

"그럴 리가."

"기뻐할 일인가?"

"내 부하가 예상외로 큰일에 도전하는 건 기뻐할 일이지."

이와니시는 그러면서 콧바람을 내쉬곤 흐흐흐 웃었다.

"그 자식은 날 싫어하지만."

"너는 그 자식을 싫어하지 않는데?"

"뭐 나야 좋을 것도 싫을 것도 없어. 다만 달랑 하나 있는 부하가 독립하겠다면 나도 거리낌 없이 몸을 날릴 수 있다, 그거야."

정신을 차린 듯 보이긴 하지만, 투신하겠다는 결의는 수그러들지 않은 것 같았다.

"너는 날아가는 게 아니라 죽는 거다."

"난 말이야."

이와니시가 거들먹거리며 말했다.

"자살하는 인간은 딱 질색이야. 상황을 모면하기 위해 죽음을 택하는 건 인간뿐이거든. 그거 건방진 짓 아닌가? 아무리 힘든 환경에 처해도 동물은 스스로 죽진 않아. 지들이 살아남기 위해 다른 동물들이 얼마나 희생했는지 알기 때문이지. 오만하기 짝이 없는 인간들. 그래서, 난 단지 몸을 날리는 거야. 죽는 건 그 결과일 뿐이지."

이와니시가 책상 서랍을 힘껏 열었다. 순간 무기를 꺼내는 줄 알고 고래는 총을 겨누었다.

"어이, 쏘지 말라고. 이 마당에 내가 뭘 어쩌겠어."

이와니시는 두 손을 치켜들었다.

"날기 전에 총알받이가 되고 싶진 않아."

그러고는 천천히 손을 내려 서랍을 뒤적였다. 고래를 향해 작은 사진을 내민다. 흑백 증명사진이다.

"뭐지?"

손가락 끝으로 잡으며 고래가 물었다.

"매미."

반질거리는 머릿결과 오뚝한 코가 눈에 띄는 젊은 남자였다. 반항하듯 눈썹을 찌푸리고 있는 모습이 어려 보인다.

"여권을 만들어주려고 받아놨는데, 깜박했지 뭐야."

이와니시는 자신의 건망증을 자랑이라도 하듯 떠벌렸다.

"그게 매미야. 실수하지 말라고."

"왜 이걸 보여주는 거지?"

"당신이랑 매미의 대결을 보고 싶으니까."

"넌 볼 수 없다."

"시나가와에 데라하라 씨의 본사가 있긴 하지만, 아무럼 거긴 아니겠지. 직원을 데려가 족친다는 걸 보면 다른 건물일 거야. 말 안 해도 알겠지만."

"뭘?"

고래는 경계하며 이와니시를 바라보았다.

"데라하라 씨가 소유한 다른 건물 말이야. 큰길에서 한참 들어간, 음침한 뒷길에 있지. 삼나무 숲 맞은편이야. 업계에서 알만한 사람은 다들 아는 장소잖아."

"살인자한테 업계는 무슨……."

고래는 마땅찮은 표정을 지었다.

"거참 재밌네. 매미도 똑같은 말을 하던데."

이와니시는 경쾌하게 웃고는 책상 위에 지도책을 펼쳐 고래에게 내밀었다.

"여기야, 바로 이 건물. 틀림없어."

"너한테 난 적이냐, 동지냐?"

고래는 속으로 혀를 찼다.

"어느 쪽도 아닐걸. 난 그저 장외에 있는 관객일 뿐이야. 구경꾼이라고."

그러면서 이와니시는 의자에서 일어나 창가로 걸음을 옮겼다.

"죽은 듯 살고 싶진 않다. 아무리 생각해봐도 정말 멋진 대사란 말이야. 자, 그럼."

말이 끝나기가 무섭게 이와니시는 창밖으로 몸을 날렸다. 비명도 없었다. 곧 둔중한 것이 땅바닥에 부딪치는 소리가 났다.

몰려나온 주민들과 엉키고 싶지 않아 고래는 비상계단을 통해 재빨리 1층으로 내려갔다. 아파트 입구에 경찰차가 서 있다. 사이렌은 울리지 않았지만 경광등은 돌아가고 있다.

고래는 아파트 단지를 빠져나와 아까 지나온 길을 거슬러 갔다. 둑길을 지나 지하철을 타고 시나가와로 갈 생각이었다. 휴대전화 액정으로 시간을 확인한다. 오후 4시 15분.

고래는 성큼성큼 걸음을 옮기다 마침 모퉁이를 돌아 다가오는 택시를 보고 잡아탔다. 지하철보다는 이쪽이 빠를 것이다. 아파트에서 들고 나온 지도를 택시 기사에게 내밀었다.

"이 근방으로 가면 됩니까?"

탐탁지 않은 목소리로 기사가 물었다.

"그리로 가면 된다."

차가 출발하자마자 느닷없이 복통이 덮쳤다. 누가 위를 꼬집어 뜯는 것 같다. 조금씩 꾸준히, 집요하게 죄어온다. 고래는 오른손으로 배를 누르고 왼쪽 창에 얼굴을 대면서 숨을 골랐다. 몸을 뒤척이지 않고는 배겨낼 수가 없다. 끝까지 비튼 것을 자꾸만 더, 더 조이는 것 같다.

동시에 가슴팍에는 구멍이 뻥 뚫린 것 같았다. 구멍을 막아라! 머릿속에서 지시하는 소리가 들렸지만 어쩔 도리가 없다. 복부의 둔통과 흉부의 공동空洞이 고래를 괴롭혔다. 숨을 쉴 수 없어 필사적으로 입을 움직인다. 급성 빈혈인지, 체온이 뚝 떨어지는 게 느껴진다.

"손님, 괜찮습니까?"

기사가 룸미러를 통해 쳐다보며 물었다. 대답을 하려 해도 소리를 낼 수가 없다.

"토할 것 같으면 말해요. 차 세울 테니."

그는 노골적으로 불만스럽게 말했다. 고래를 대낮부터 술에 취한 주정뱅이로 생각한 모양이다.

고래는 눈을 감고 호흡을 가다듬으려 애썼다. 이가 딱딱 부딪쳤다. 춥다고 의식하기 전부터 이미 몸은 떨고 있었다. 손을 뻗어 주머니에 넣는다. 표지도 없는, 닳을 대로 닳은 문고본을 둥글게 말아 쥐었다.

"당황할 것 없다. 잠깐 육체가 조화를 잃었을 뿐."

"죄책감이겠죠, 그건."

비아냥거리는 망령의 모습이 당장이라도 눈에 보일 것 같다.

택시는 15분쯤 지나 멈춰 섰다. 그즈음에야 겨우 통증이 가라앉아 심호흡을 하는데, 앞쪽에서 마뜩잖은 목소리가 날아왔다.

"이쯤에서 내리시죠."

눈을 뜨니 택시 기사의 얼굴이 바로 눈앞에 있었다.

"저기 왼쪽 모퉁이를 돌아서 오른쪽으로 꺾어지면 그 건물이 보일 겁니다."

손가락으로 그쪽을 가리킨다. 간단히 말해, 내려서 걸어가라는 소리다. 고래는 주위를 둘러보고 지도를 확인했다.

"그 건물 앞까지 못 가겠다는 소린가?"

"건물 앞에 삼나무 숲이 있어요. 보이죠?"

턱에 푸릇푸릇 면도 자국이 난 기사는 손가락으로 정면 위쪽을 가리켰다.

"내가 꽃가루 알레르기가 심해서요. 더 가면 곤란하거든요."

"곤란해?"

"눈앞이 침침해져서 사고라도 내면 큰일이잖습니까."

이 택시 기사도 혹시 망령은 아닐까 의심스러울 정도로 말투가 거만했다.

고래는 지갑을 꺼내 차비를 내고 택시에서 내렸다. 꽃가루가 무섭긴 무서운지 택시는 급발진을 하더니 눈 깜짝할 사이에 사라져버렸다. 천천히 사거리에서 왼쪽으로 꺾어졌다. 좁은 길이다. 자동차 한 대가 겨우 지나갈 만한 도로 양옆에 낡은 건물이 서 있다. 칙칙한 분위기가 감돈다. 퀴퀴한 냄새도 난다. 건물이라기보다는 콘크리트 상자 같다.

지나가는 사람도 없을 뿐더러 차량 통행도 없다. 한참 걸어가니 눈앞이 환해졌다. 큰길로 나온 모양이다. 앞에 승합차 한대가 보인다. 약 20미터 전방. 이쪽을 향한 채 오른쪽 보도에 올라타듯 바퀴를 걸치고 비스듬히 서 있다.

차에서 사람이 내린다. 젊은 남자다. 고래는 재빨리 몸을 숨겼다. 젊은 남자는 홀쭉하게 말랐지만 연약하다기보다 날렵한 인상이다. 페르시아고양이처럼 고운 머릿결에 유연한 몸놀림.

옆모습이 보인다. 매미다. 이와니시가 보여준 사진 속의 남자다.

매미는 훔친 차를 타고 거침없이 달려 건물 앞에 당도했다. 복숭아가 설명해준 루트를 그대로 밟았다. 칙칙한 5층짜리 회색 건물이다. 창마다 먼지와 때로 거뭇하고, 금이 간 벽에서는 마치 피가 흐르는 것처럼 물이 샜다.

일단 건물 앞을 지나 첫 번째 모퉁이에서 좌회전했다. 타이어 마찰음이 살짝 났지만 신경 쓸 여유는 없었다. 몇 미터 더 가서 보도에 걸쳐 비스듬히 차를 세웠다.

차에서 내리기 전 뒷자리에 놓인 담요를 보았다. 혹시 누가 숨어 있는 건 아닐까? 그렇다면 가만 놔둘 수 없다. 홱 젖혀보니 빈 상자가 두 개 놓여 있었다. 담요를 던져두고 밖으로 나왔다.

건물 쪽으로 금방 지나온 길을 거슬러 갔다.

찻길을 사이에 두고 건너편에 숲이 보인다. 울창한 삼나무 숲이다. 사오십 미터는 돼 보이는 삼나무가 빽빽이 서 있다. 안쪽은 잘 보이지 않지만 꽤 깊어 보인다. 적갈색 나무가 곧게 뻗어 있고, 그 꼭대기에 잎이 달려 있다. 마치 하늘을 찌르는 창 같군. 매미는 속으로 감탄한다. 바람을 타고 좌우로 나무가 몸을 흔든다. 그때마다 나뭇잎이 소리를 낸다. 몸부림치며 온몸의 물기를 털어내는 거대한 짐승을 연상시킨다.

그러고 있는데 마침 밴 한 대가 들어오는 게 보였다. 매미는 황급히 자세를 낮추고 모퉁이를 돌아 몸을 숨겼다.

귀를 기울인다. 밴이 멈춰 서는 소리가 들렸다. 여자 목소리가 이어진다. 매미는 벽에서 얼굴을 반만 내밀고 지켜봤다.

여자가 뒷좌석 문을 연다. 차 안에서 남자 둘이 내렸다. 서둘러 건물로 들어가는 바람에 자세히 보진 못했지만, 뭔가 짐을 들어 나르는 건 확실했다. 아니, 짐이 아니다. 가만 보니 사지가 묶인 사람이다.

그렇군. 저게 바로 문제의 직원인가? 매미는 입맛을 다신다. 입이 무겁고 심지가 곧아 불행을 자초한 자. 밴이 사라질 때까지 기다렸다가 매미는 건물로 향했다.

"열심히 살아라, 매미."

그때 문득 이와니시가 한 말이 떠올랐다. '말 안 해도 열심히 산다, 살아!'라고 받아치고 싶어진다.

건물 입구 벽에는 흰 타일이 붙어 있다. 바닥은 씹다 뱉은 껌과 담배꽁초로 지저분하다.

엘리베이터 쪽으로 가서 몇 층에 멈춰 섰는지 본다. 5층에서 그들이 내린 것을 확인하고 일단 발길을 돌려 밖으로 나왔다. 비상계단으로 간다. 엘리베이터를 이용하는 것은 현명한 접근법이 아니다. 엘리베이터 소리가 나면 대번에 사람들이 경계할 것이다. 문이 열리자마자 총질을 해댈지도 모른다.

비상계단을 천천히 올라 5층 비상문을 열고 바람처럼 안으로 들어간다. 통로로 나온다. 반대편 끝에 엘리베이터가 보인다. 곧장 걸어가니 왼편에 묵직한 문이 있다. 불투명한 유리창에 귀를 대고 안의 동정을 살폈지만 사람들이 몰려 있는 기척은 없었다. 차에서 내린 건 여자 하나, 남자 둘. 칼을 쥐고 문에 몸을 바싹 붙인 채 안으로 쳐들어간다.

불시에 허를 찌르려면 액션이 필요하다.

실내에는 형광등이 켜져 있었다. 고장이 난 건지, 오래된 탓인지 그다지 밝지는 않지만 그래도 실내의 윤곽은 파악할 수 있다. 가운데 있던 여자가 돌아본다. 처음엔 이건 뭐야, 하는 표정이었다가 매미를 보더니 눈을 휘둥그레 떴다.

반응이 느리군.

매미는 공격을 개시한다. 매트리스에 누워 있는 남자가 눈에 들어온다. 형씨, 구하러 왔으니 잠시만 기다리쇼.

다가서며 사람들의 면면을 관찰했다. 한 사람 한 사람 자세히 살폈다. 예상대로 여자 하나와 남자 둘, 그게 전부다. 여자가 바퀴 달린 의자에서 일어났다. 얼빠진 표정으로 서서 바라본다.

여자 먼저. 남자들은 총을 들고 있지 않았다. 매트리스 왼쪽에 서 있는 남자는 손에 가죽 장갑을 꼈고, 오른쪽 남자는 뭔가 공구를 들고 있다. 망치다. 혹 권총이 있다면, 여자 쪽일 가능성이 높다. 완력이나 체격에서 밀리는 여자들이 대개 말짱한 얼굴로 권총을 숨겨둔다.

매미는 번개 같이 날아 여자를 향해 왼손을 휘둘렀다. 여자의 턱을 가격한다. 지금껏 남에게 맞아보는 건 처음이라는 표정으로 여자는 바닥에 쓰러졌다. 여자의 하이힐이 공중에 떴다. 예상대로 숨겨둔 권총이 바닥에 떨어졌다. 쭉 미끄러져 구석까지 밀려간다.

권총을 보고 있는 사이, 남자가 달려드는 낌새가 들었다. 매미는 재빨리 칼을 놀렸다.

남자의 목 높이를 가늠하고 자신의 오른팔과 칼날의 길이, 상대와의 거리까지 이미 모든 계산을 끝냈다. 앞에 드리운 시트를 잡아 뜯듯 칼을 휘두른다. 칼날이 몸속으로 파고든다. 익숙한 동작이다. 이와니시 밑에서 일하기 시작한 몇 년 동안 천장에 천을 매달아 찢는 훈련을 수도 없이 해왔다.

"방 안에서 그렇게 스윙 연습을 하고 있으면 꼭 야구 선수가 된 것 같지 않냐? 스포츠맨 같다, 야."

내리쩍은 칼날이 남자의 목 가죽을 긋는다. 살 속으로 파고 들어 경동맥을 끊고 뼈를 가르는 게 그대로 느껴진다.

남자는 매미의 눈을 노려보며 입을 벌린 채 움직임을 멈췄다. 혀는 움직이나 소리는 나지 않는다. 눈빛이 꺼뭇꺼뭇 죽어간다. 방울진 피가 흐르기 시작한다. 목에서 터져 나온다. 주둥이를 틀어막은 호스에서 막무가내로 물줄기가 튀듯 피가 분출한다. 매미는 남자를 바닥에 끌어다 눕혔다. 금세 바닥에 피웅덩이가 생긴다. 매미는 자세를 바로잡고 스포츠머리를 마주했다.

남자가 망치를 치켜든다. 그 얼굴을 본 순간 매미는 "어라?" 하며 몸을 휙 돌려 망치를 피했다. 제 힘을 이기지 못하고 남자가 앞으로 고꾸라진다.

"시바견이잖아."

매미는 그러고 나서 킥킥 웃었다. 바로 몇 시간 전 도쿄역으로 가는 골목에서 본 남자였다. 짧게 쳐올린 머리가 시바견과 닮았다. 옆을 돌아보니 방금 목을 딴 남자가 쓰러져 있다. 허리에 사슬 비슷한 기구가 감겨 있다. 뭐야, 저건 도사잖아.

도사와 시바? 눈물 어린 상봉이 따로 없군.

시바가 다시 한번 망치를 휘둘렀다. 매미는 흔들림 없이 상대를 주시한다. 시바가 팔을 휘두르는 속도와 그 궤적을 따라간다. 매미의 얼굴을 왼쪽에서 후려치려는 것이다. 매미는 상반신을 뒤로 젖히고 눈앞에서 망치의 세기를 지켜보았다. 그러곤 천천히 몸을 바로 세우며 말했다.

"아깐 봐줬지만 이번에는 안 되겠어. 봐주는 건 처음 한 번뿐이랬거든."

시바는 헛스윙을 하는 바람에 자세가 흐트러졌다. 가까스로 몸을 추스르자마자 이번에는 오른손을 쳐든다. 아하, 던지시겠다? 매미는 바로 알아차렸다. 이 정도 거리에서 망치에 맞으면 재미없다는 생각이 스침과 동시에 매미도 오른손을 움직였다. 그의 손을 떠난 나이프는 허공을 몇 번 회전하더니 시바의 오른쪽 눈에 박혔다.

시바는 비명도 지르지 못하고 뒷걸음질 쳤다. 당황한 것이다. 왜 오른쪽 눈이 갑자기 보이지 않는지 감을 잡기도 전에 묵직하게 죄어오는 통증을 주체 못해 자꾸 뒷걸음질만 친다.

"왜."

시바가 겨우 소리를 짜낸다. 왜 찔렀느냐고 묻는 소린가 싶어 매미는 대답했다.

"뭐 당신들이 돌아온 백구처럼 쓸 만한 캐릭터도 아니잖아."

그러고는 주머니에 손을 넣어 두 번째 칼을 잡았다. 시바에게 다가가 명치에 꽂았다. 그 칼을 그대로 가슴팍으로 옮겨간다. 늘 해오던 방식이다. 천을 잡아 뜯듯, 지지직 하는 감촉이 손에 느껴진다. 그런 다음 단번에 칼을 잡아 빼니 뿌글뿌글 피가 올라오는 소리가 들린다.

시바가 쓰러진다. 매미는 여자와 다시 마주 섰다. 조금 전에 바닥으로 떨어진 총이 아직 그 자리에 있는지 확인한다. 그때 막 일어났는지 총을 주워 들지도 못했다.

"미리 말해두는데, 난 여자라고 특별 대우 같은 거 안 하는 사람이야."

"당신, 대체 뭐야!"

매미의 눈에는 여자가 이런 와중에도 허세를 부리는 게 보였다. 머리부터 발끝까지 훑는다. 짧은 머리, 정장 차림에 검은 스타킹. 하이힐은 멀찍이 떨어져 있다. 살결이 희다. 마네킹처럼 하얗다.

"안됐지만, 이 사람은 내가 접수한다."

매미는 허리를 굽혀 칼을 신발 옆에 두고 매트리스에 누워
있는 남자를 쳐다보았다. 몸에 가죽 벨트가 감겨 있다. 꽉 동여
매서 좀처럼 풀리지 않는다. 두 손으로 가죽과 가죽 사이에 틈
을 만들어 조금씩 당겨보지만 잘 되지 않는다.

"더럽게 꽉도 조여 매놨네."

매미는 구시렁댔다. 두 사람을 해치우는 것보다 가죽끈 푸는
데 품이 더 들다니, 도대체 이게 무슨 경우인가.

바로 그때 여자가 움직이는 기척이 났다. 매미는 재빨리 돌
아보았다. 칼을 집어 들고 일어났다.

여자는 문 쪽으로 냅다 뛴다. 맨발이다. 매미는 칼을 집어던
지려다, 그만두었다. 여기서 한번 봐준들 무슨 큰일이 생길까
싶었다.

다시 매트리스 앞에 웅크리고 앉아 가죽 벨트를 잡았다. 끈
질기게 잡아 뜯었더니 조금씩 벌어지기 시작했다. 그러던 중
남자의 손에서 뭔가가 떨어졌다. 바닥에 떨어져 구르는 소리가
났다. 매미는 얼른 주워 들었다. 반지였다. 비싼 보석은 아니지
만 돈은 좀 될 것 같아 바지 주머니에 챙겨 넣었다.

"구해주러 왔수다."

매미는 눈을 껌뻑이는 남자의 귓가에 대고 말했다.

"감동 먹었수?"

자신을 구해준 사람이 누구인지, 스즈키는 짐작도 가지 않았다. 어쨌든 난생처음 보는 남자가 가죽끈에 묶인 몸을 해방시켜준 것만은 분명했다.

　절묘한 타이밍이었다. 쇠망치에 손가락이 으스러지기 직전, 그야말로 간발의 차였다. 스즈키는 진저리를 쳤다. 복부를 얻어맞고 옆구리를 걷어차인 후 납작코가 묶인 팔을 잡아당겼다. 매트리스 위로 손목을 잡아 누른 다음 스포츠머리에게 지시했다.

　"부숴. 손가락이 하나둘 박살나는 걸 보면 불고 싶어지겠지."

　망치가 손가락을 짓찧는 장면이 눈에 선했다. 으스러진 뼈, 너덜거리는 혈관, 찌부러진 손톱을 상상하자 온몸에 소름이 돋았다. 두려움과 공포로 위가 옥죄어 들었다.

　통로에서 누군가 뛰어드는 소리가 난 것은 그때였다.

　남자들이 동작을 멈추고 고개를 들었다. 무슨 일이 벌어졌는지는 알 길이 없었다. 그 후로 스즈키는 눈을 감고, 얼굴을 매트에 묻고 있었다.

　소음과 진동이 가라앉은 것 같아 조심조심 눈을 떴다. 맨 처음 눈에 띈 것은 오른쪽에 쓰러진 남자였다. 망치를 들고 있던 스포츠머리다. 머리를 멀찍이 두고 엎어져 있다. 바짓단 아래

앙상한 발목이 보인다. 몸이 움찔움찔 경련한다.

왼쪽으로 고개를 돌려보니 또 한 남자가 쓰러져 있었다. 흥건한 물 위에 누워 있는 것 같았는데, 자세히 보니 피다.

제대로 서 있는 유일한 사람은 그를 구하러 왔다는 젊은 남자였다. 아무리 많이 봐도 20대 초반 정도로밖에 보이지 않는다. 침착하고 노련해 보이지는 않았다. 그저 소매치기나 잡범 수준의 단순 무지한 사람으로 보였다. 그래서 구하러 왔다는 소리를 듣고도 곧이들리지 않았다.

다짜고짜 일으켜 세우더니 걸으란다. 입 주변에 묻은 침을 소매 끝으로 닦는다. 신맛이 돈다. 그 때문에 다시 구토가 올라왔다.

"위스키를."

스즈키는 얼떨결에 말했다.

"위스키가 든 수통."

"뭐?"

"아니, 아무것도 아닙니다."

아직 머리가 정상으로 돌아오지 않은 모양이다. 산에서 조난이라도 당한 기분이었다.

젊은 남자는 '매미'라고 이름을 밝혔다. 물어볼 생각도 없었는데, 자랑스레 자기 이름을 댔다. 매미가 본명일 리는 없고, 대충 별명이려니 한다. 그는 스즈키의 느릿한 걸음걸이가 답답했는지 빨리 걸으라며 어깨를 부축했다.

"여자는 없었습니까?"

스즈키는 히요코가 생각나 물었다.

"도망쳤어. 꽤 빠르더군. 지들 패거리라도 부르러 간 모양이
지. 이렇게 음침한 데서 일하는 것들은 뻑하면 패거리를 끌어
들이더라고. 쪽수로 해결할 게 따로 있지. 안 그래?"

당신은 도대체 누구냐고 스즈키는 물어보지 않을 수 없었다.

"매미라고 했잖아."

한여름에 맴맴거리는 그건 아닐 테고. 스즈키는 고개를 갸웃
하며 묻는다.

"데라하라의 직원입니까?"

"어허, 나를 같은 통속으로 몰지 마. 너도 싫을 거 아냐. 나는
좀 더 작은 중소기업…… 아니, 개인이 경영하는 회사 소속이
야. 암튼 것보다 넌 꽤 유명하던데?"

"유명하다니요?"

"푸시맨이 어디 있는지 안다며?"

스즈키는 뭐라고 대답해야 좋을지 몰라 망설였다. 무슨 말이
냐고 되묻든 완전 날조된 소문으로 사람들이 착각한 거라고 둘
러대든 대충 흘렸으면 좋으련만, 타이밍을 놓쳤다. 한마디도
못하고, 바짝 군은 얼굴로 침만 꿀꺽 삼킨다. 예스보다 더한 긍
정이었는지도 모른다.

"푸시맨, 알지?"

다시 한번 확인한다.

통로를 지나 엘리베이터 앞까지 왔다. 1층에 멈춰 서 있다.

"당장 누가 올라올 것 같진 않군."

매미가 내려가는 버튼을 누르자 엘리베이터 움직이는 소리
가 난다.

"우리가 이걸 타고 내려가면."

스즈키가 입을 뗐다.

"데라하라의 부하들이 밑에서 기다리고 있다가."

그런 상황이 그려졌다. 스즈키와 매미가 탄 엘리베이터가 1층
에 도착해 문이 열린다. 눈앞에 총을 든 히요코와 똘마니들이 기
다리고 있다가 일제히 방아쇠를 당긴다. 갱 영화에서는 골백번
도 넘게 봤음 직한 장면이지만, 현실에서는 한 번으로 끝이다.

"우린 벌집이 될지도 모릅니다."

"매미가 벌집이 돼? 그거 웃기네."

매미는 그저 피식 웃고 만다. 쿠르르 소리를 내며 엘리베이
터 문이 열렸다. 매미는 어깨를 부축한 팔을 풀고 스즈키의 등
을 툭 쳐서 안으로 밀어 넣었다.

"한번 두고 보자고. 아직까지는 괜찮을걸. 건물 앞에 차들이
서는 소리도 안 들렸잖아. 아까 그 여자가 사람들을 불렀다 해
도, 그런 것들은 머리가 나빠서 요란뻑적지근하게 등장할 게

뻔하거든. 브레이크 소리, 차 문 닫는 소리가 나게 돼 있어. 그
소리가 들리기 전에는 괜찮아."

"일리 있는 말이긴 하지만 꼭 그런 건 아니에요."

매미는 스즈키의 팔을 등 뒤로 꺾어 쥐었다.

"혹시라도 말이야."

뒤에서 매미가 말했다.

"문이 열리고 총부리가 우릴 향해 있으면, 내 방패막이가 돼
줘야겠어. 안됐지만 말이야."

엘리베이터의 속도는 아주 느렸다. 세월아 네월아 천천히,
그러면서 사방의 벽이 떨어져 나갈 듯 흔들렸다.

"푸시맨이 있는 곳으로 안내해."

"푸시맨."

스즈키는 그 말을 곱씹어본다. 개나 소나 푸시맨을 찾고 있다.

"당신은 푸시맨에게 무슨 볼일이 있는 겁니까?"

"만나서 얘기를 좀 하려고."

"그게 다예요?"

"설마 그렇겠어?"

"무슨 원한이라도 있는 겁니까?"

"꼭 원한이 있어야 만나나?"

1층에 도착한 순간 스즈키는 숨을 들이쉬었다. 기도하는 수
밖에 없다. 이쪽을 겨눈 무수히 많은 총구, 방아쇠에 걸려 있는

손가락, 몸속으로 파고드는 총탄, 바닥을 적시는 피, 끔찍한 고통, 절망적인 비명 소리, 뻥 뚫린 내장, 그런 장면이 순식간에 머리를 스치고 지나간다. 혹시 그렇게 되면, 아내의 이름을 불러야지. 유치한 결심마저 하게 된다. 상상만으로도 다리에서 힘이 빠져 자리에 주저앉을 것만 같다.

왜 내가 이런 일을 당해야 하는가. 하나 마나 한 소리와 의문으로 머릿속이 꽉 찼지만, 아내의 한마디가 그것들을 쓸어버린다. 하는 수밖에 없잖아. 그래, 아내를 위해서다. 스즈키는 한 발 내딛는다. 이를 악문다.

보이지? 당신을 위해 최선을 다해 노력하고 있잖아.

문이 열린다. 감기려는 눈에 힘을 주어 부릅뜬다. 무슨 일이 있어도 끝까지 지켜봐야 한다고 생각했다.

1층은 쥐 죽은 듯 고요했다. 움직임도, 소리도 없다. 진공 상태의 캡슐 안처럼. 휑한 복도만 펼쳐져 있다.

"뭐야, 조용하네."

매미가 명랑하게 말했다. 스즈키는 안도의 한숨을 내쉬었다. 둘은 출구로 향했다.

"푸시맨 말이야, 어떤 놈이야?"

매미의 목소리가 뒤통수에 와 닿는다.

"가, 가족이 있습니다."

스즈키는 어떻게든 상황이 바뀌길 바라며 조심스레 말했다.

매미의 동정심을 끌어내려 한 말이다. 특별한 원한이 있는 게 아니라면, 처자식이 있는 푸시맨을 굳이 죽일 것까지는 없지 않을까 기대했다.

"아이도 둘이나 있고요. 그러니 그냥 조용히 놔두는 게 낫지 않을까요?"

그때 매미의 입에서 환호인지 뭔지 모를 희한한 소리가 튀어나왔다.

"웃후! 그게 바로 내 전문 분야거든."

"예?"

"일가족 몰살. 그게 내 특기라니까. 제대로 임자 만났네."

도대체 무슨 소리야? 스즈키는 얼굴에 경련까지 하며 매미를 쳐다보았지만, 그의 얼굴은 농담이 아니라 진심으로 신이 난 표정이었다.

세상천지에 거무튀튀한 메뚜기뿐이다.

스즈키는 매미에게 끌려가다시피 인도를 걸었다. 잠시 후 왼편으로 꺾어 좁은 골목으로 들어선다. 앞에 RV 차량 한 대가 비스듬히 서 있다.

"타."

매미가 스즈키의 어깨를 밀었다. 잠가놓지 않았는지 조수석 문은 바로 열렸다.

"빨리 타라고."

매미가 재촉했다.

"설마 토낄 궁리를 하고 있는 건 아니겠지?"

흠칫 놀라 돌아본 순간 주먹이 날아왔다. 스즈키는 조수석으로 나가떨어졌다. 어지러워서 머리가 제대로 돌아가지 않는다. 조금 전 남자들에게 맞은 부위가 아파 토할 것 같다. 상하좌우, 온몸의 감각이 없다.

매미가 어느 틈에 뒤에서 두 팔을 잡아당긴다. 스즈키는 몸이 갑자기 꺾이는 바람에 더더욱 앞뒤 분간을 할 수 없었다. 두 팔이 묶였다. 매미는 방에서 나올 때 기구를 챙겨 나온 모양이다. 돌아볼 수는 없었지만 손목에 벨트를 채우는 것을 느낄 수 있었다. 난폭하게 문을 닫는다.

매미는 재빨리 운전석으로 가 앉았다. 차 문을 닫으며 경쾌하게 말한다.

"자, 드라이브라도 해볼까?"

고래

"자, 드라이브라도 해볼까?"

운전석 쪽에서 남자 목소리가 들린다. 고래는 뒷자리 담요 밑에 숨어 있었다. 그곳에 있던 종이 상자를 접어 밑에 깔았다.

고래도 허리춤에 권총을 차고 있다. 이와니시의 것이다. 늘 가지고 다니던, 총알 없는 그의 권총은 지문을 닦아 강에 던져 버렸다.

"당신은 왜 푸시맨의 집을 알려는 겁니까?"

조수석의 남자가 말했다. 당혹감과 두려움이 비치는 목소리로.

"이유가 뭐죠? 당신은 데라하라하고는 상관이 없어 보이는데. 뭘 하려는 겁니까?"

조수석에 앉은 남자가 푸시맨의 집을 아는 자 같다.

"이유는 무슨, 그런 거 없다니까. 그냥 푸시맨에 관한 정보를 좀 얻고 싶을 뿐이야. 잘 들어. 당신이 선택할 길은 딱 두 가지야. 여기서 순순히 불든가, 아니면 결국 내 손맛을 보고 나서 불든가. 두 번째는 글쎄, 아마 편치는 않을 거야. 몸은 몸대로 축나지, 골은 골대로 빠지지, 어차피 결론은 첫 번째와 같거든."

"그럼 조금 전 상황과 다를 게 없지 않습니까."

조수석의 남자가 나지막이 말했다.

"아까 데라하라의 부하들이 한 짓과 뭐가 다르냐고요. 그들도 실토하라면서 날 고문했단 말입니다."

"뭐, 하긴 그렇네."

그러고 나서 한동안 조수석에서는 아무 소리도 들리지 않았다. 마음을 정하는 데 시간이 필요한 건지, 아니면 입을 봉하고 있기로 맘을 굳힌 건지 담요 밑에서는 판단할 길이 없다.

"뭐, 됐어. 일단 자릴 이동해서 천천히 들어주지."

매미는 그렇게 말하면서 부스럭거렸다.

"열쇠가 안 보이네. 어디다 뒀는지 알아?"

순간 고래는 자신에게 묻는 소린가 싶어 움찔했지만 얼른 정신을 차렸다. 자동차가 출발하지 않으면 그건 나름 자신에게 유리한 일이다. 천천히 몸을 웅크리고 일어날 채비를 한다.

순간 차체가 흔들려 자세가 틀어진다. 시동이 걸렸나? 아니, 그게 아니다. 설마 하던 일이 실제로 일어났다. 또다시 환각이 시작된 것이다. 동시에 두통이 엄습했다. 머리를 짓이기는 격통이 인다. 뇌가 압박감을 이기지 못해 터져버릴 것만 같다.

"결국 저도 이렇게 나타나게 됐네요."

귓가에서 소리가 났다. 왼쪽을 돌아본다.

검은 머리를 얌전히 가른 양복쟁이가 있다. 담요 아래 얼굴이 닿을 듯 가깝다. 장정 둘이 한 이불 아래 있으니 답답하고 불쾌할 따름이지만, 그렇다고 쫓아낼 수도 없는 노릇. 어차피 망령이다.

"가지를 처단하셨더군요."

남자는 정중하게 말했다.

지난밤 호텔 싱글 룸에서 목을 맨 서른세 번째 남자. 가지의 뇌물 스캔들을 잠재우기 위해 희생양이 된 성실한 비서다.

"전 가지가 자살을 해서 기뻤습니다."

그는 거침없이 말했다.

"가지도 죽었으니 조만간 이쪽 세계에서 또 그의 비서 노릇을 하게 될지도 모르겠군요."

고래는 대꾸하지 않는다. 남자가 사라지길 가만히 기다리기로 했다. 안 그래도 매미에게 들킬까 조마조마한 상황이다.

"이런 일 하다 보면 슬퍼지지 않습니까?"

고래는 눈을 꼭 감고 참는다.

"당신도 참 여러모로 힘들겠습니다."

고래는 대꾸하지 않았지만 앞으로 두세 마디만 더 하면 분노가 폭발해 소리를 지르게 될 것만 같았다. 끝까지 자제할 자신이 없다. 언제부터 이렇게 자신을 컨트롤할 수 없게 된 것일까? 모든 것은 레시피에 적혀 있다. 다나카의 말이 떠오른다. 이것도 전부 레시피에 나와 있을까? 고래는 이렇게 되면 망령이 사라지든 말든 움직일 수밖에 없다고 생각했다. 운전석에서도 조수석에서도 기척은 없지만, 사람이 타고 있는 것만은 분명하다. 눈에 보이지 않아도 집행한다. 청산해야 한다. 고래는 마음을 굳혔다.

천천히 무릎을 구부린다. 옆에는 부자연스러울 정도로 가까이 비서가 있다. 그가 내쉬는 숨까지 느껴진다. 어느 쪽이 현실이고 어느 쪽이 환각인지 헷갈린다. 자신을 덮친 환각의 막을 깨부수듯 담요를 젖히며 일어났다. 동시에 머리가 핑그르르 돌며 비서의 목소리가 들렸다.

"지금이 바로 그때."

고래는 곧바로 운전석을 향해 손을 뻗었다. 운전석과 조수석 사이로 왼팔을 뻗어 매미의 이마를 잡았다.

비서의 망령은 사라졌다. 앞자리에 있는 건 분명히 매미였다. 손에도 감촉이 느껴진다. 룸미러에 매미의 표정이 잡혔다. 얼음처럼 굳었다.

고래는 매미의 머리를 바짝 당겨 등받이에 붙였다. 그 울림이 뒤에 엉거주춤 선 자신에게도 전달된다. 청산이다.

뭐가 어떻게 된 건지 모르겠다. 정신을 차렸을 때는 이미 뒷덜미를 잡혀 끌려가고 있었다. 엉덩이는 완전히 떴고, 발뒤꿈치만 겨우 지면에 질질 끌린다.

굉장한 악력이다. 사람이 아니라 견인차가 아닐까 착각이 들 정도다.

대체 이게 뭐야? 아스팔트 노면이 보이고, 조금 전까지 타고 있던 자동차가 점점 멀어진다. 어떻게 된 일인지 헷갈린다. 얼이 빠져 있는데 갑자기 몸이 붕 떴다. 갓길을 타 넘은 모양이다. 발은 어느 틈에 땅에 닿아 있다.

조금 전까지 운전석에 앉아 있었다. 그건 매미도 기억하고 있다. 조수석의 남자를 협박한 다음 차 열쇠를 찾기 위해 바지 주머니를 뒤적였다. 그런데 뒤에서 불쑥 손이 나타났다. 그것도 기억난다. 그러곤 소리 지를 새도 없이 이마를 잡혔다. 시야가 일순 어두워지더니 얼마 후 손가락과 손가락 사이로 희미하게 앞이 보였다. 하지만 그것도 잠시, 무지막지한 힘에 밀려 뒤통수가 시트 등받이에 부딪혔다. 눈앞에서 불꽃이 튀고 정신이 몽롱했다. 뇌가 충격을 받은 탓인지 몸의 중심이 흔들리고, 그다음부턴 기억도 잘 나지 않는다.

운전석 문이 열린 것 같긴 한데 정신을 차렸을 때는 이미 차 밖으로 끌려 나와 있었다.

삼나무 숲이다.

아까 그 건물 정면에 있던, 울창해서 으스스해 보이던 삼나무 숲에 들어와 있다. 차도에서 그리 멀리 떨어진 것도 아닌데 세상의 소음과는 완전히 동떨어진 느낌이다. 동굴 끝으로 빨려 들어가듯, 시커먼 삼나무 숲속으로 끌려간다.

도대체 뭐야, 이거. 그제야 의문이 든다. 차 뒷자리에 숨어 있었던 건가? 도무지 믿기지 않았지만, 고갯짓을 해봐도 상대의 모습을 볼 수가 없었다.

설마 말은 아니겠지?

끌어당기는 힘과 난폭함, 막무가내로 밀어붙이는 것으로 보아 진짜 성난 말이 아닐까? 긴가민가했다.

매미는 뒷덜미를 잡혀 끌려가는 와중에도 오른손을 바지 뒷주머니에 넣었다. 칼자루를 쥐고 상대의 등을 향해 휘둘렀다.

첫 번째 시도는 허사로 돌아갔다. 상대의 위치가 문제인지, 휘두른 팔의 각도가 문제인지 헛스윙으로 끝났다.

"왜 안 맞는 거야!"

매미는 로또에 올인했다 돈만 날린 사람이 할 법한 말을 내질러버렸다.

"안 맞을 리가 없는데, 제기랄."

그때 갑자기 바닥으로 떨어졌다. 매미는 순간 엉덩방아를 찧곤 뒤로 나자빠졌다. 둔통이 지나간 후 젖은 땅의 냉기가 등을 타고 올라왔다. 옆으로 몸을 굴렸다. 흙과 풀로 범벅이 된 채 황급히 일어났다.

안전한 곳으로 달아나야 한다. 몸이 얼른 중심을 잡지 못하고 비틀거린다.

"당신, 뭐야."

매미는 칼을 들고 상대와 마주 섰다. 어라, 이거. 거인이잖아. 속으로 혼잣말을 흘렸다.

몇 미터 앞에 서 있는 남자는 우람했다. 어스름한 숲속에서도 윤곽이 선명했다. 매미보다 머리 하나는 더 크고, 어깨도 떡 벌어졌다. 머리는 짧게 쳤다. 눈썹과 눈 사이 간격이 좁다. 피부색은 희지도 검지도 않고, 중앙에 묵직한 코가 자리 잡았는데 콧대가 높은 탓에 눈 주위는 거뭇하게 그늘졌다. 코트를 입고 있다. 늘어뜨린 두 손엔 권총이나 칼이 들려 있는 것 같지 않다. 잠시 지켜보며 거한의 호흡을 읽는다. 그가 숨을 들이쉬고 내뱉는 타이밍에 자신도 맞춘다.

"네가 매미인가?"

남자가 물었다. 조용한 목소리였지만 묘한 위압감이 숲속의 공기를 뒤흔든다. 언뜻 주변에 늘어선 삼나무가 낸 소리가 아닐까 착각할 정도다.

올려다보니 족히 40미터는 될 법한 삼나무들이 하늘을 가리고 줄줄이 서 있다. 적갈색 나무껍질은 세로로 결이 나 있어 쭉 가르면 깔끔하게 쪼개질 것 같다. 위쪽으로 뻗은 가지와 그 가지에 나선형으로 난 뾰족한 잎이 바람결에 소리를 낸다. 잎과 잎 사이로 빛이 새어 든다. 해넘이를 준비하는 빛이 숲 전체를 은은하게 비추고 있다.

"뭐야, 내 이름을 어떻게 알았지?"

보통 사람은 아니다. 매미는 감을 잡고 경계한다. 자신을 짐짝처럼 잡아끈 힘으로 보나, 흔들림 없는 자세로 보나, 예사롭지 않다. 조금 전 처리한 시바나 도사와는 차원이 다르다.

"나를 죽이려 했다고?"

복화술을 하듯 입술도 거의 움직이지 않고 말한다. 소리가
지면을 타고 전달된다.

그제야 머리가 번쩍한다.

"당신이 그, 가지가 부탁한 덩치?"

"왜 나타나지 않았지?"

거한이 물었다.

매미는 호흡을 가다듬는다. 덤벼들 기미는 보이지 않는다.
담담히 다음 단계에 착수한다.

중요한 건 거리다.

먼저 거리를 확보하는 쪽이 이긴다. 칼날이 미치는 거리, 즉
팔 길이와 칼날의 길이를 더해 경동맥에 이르는 거리, 아니면 힘
껏 칼을 던져서 명중시킬 만한 거리, 거기까지 접근해야 한다.

아까처럼 헛스윙을 했다간 그대로 게임 오버다. 상대에겐 그
만한 힘이 있다. 매미는 한 걸음 나아가 거리를 잰다. 거한은
미동도 하지 않는다. 그대로 서서 매미를 노려본다.

바위야 뭐야, 저거.

또 한 발, 다시 또 한 발, 마지막으로 한 발 더 나선 자리에서
매미는 튀어 올랐다. 거한과의 거리는 2미터 정도. 순간적으로
칼을 빼 들고 돌진한다.

피할 수 없을 거라고 매미는 확신했다. 느닷없이 달려든 매미를 피하기엔 거리가 너무 가깝다. 바닥에 떨어져 있던 나뭇가지가 매미의 발밑에서 빠지직 바스러졌다.

거한은 굳은 표정으로 서둘러 몸의 중심을 왼편으로 옮겼다.

"뜻대로는 안 될걸."

매미는 오른손에 움켜쥔 칼을 휘두르는 척하다 왼손을 뻗었다. 왼손에도 칼을 숨기고 있었다.

거한은 덩치에 어울리지 않게 민첩했다. 하지만 오른손의 눈속임 동작에 속았는지 한발 늦었다. 매미가 노린 부위는 복부였다. 권투 선수가 훅을 명중시키듯 상대의 왼편 옆구리를 찔렀다. 칼끝이 코트를 찢고 들어가 니트 스웨터를 뚫는다. 매미는 정신을 집중했다. 칼날이 피부를 파고드는 감촉이 칼을 쥔 손가락, 팔을 타고 뇌에 와 닿는다. 표피를 찢고 피가 배어나면 칼날은 더더욱 깊숙이 들어간다. 그 과정이 그려진다.

거한이 상체를 뒤로 젖혀 피했다. 엉덩방아를 찧다시피 쓰러진다. 지축이 울리는 소리가 났다. 칼끝이 대상을 잃고 허공을 가른다. 거한은 손으로 땅을 짚고는 눈 깜짝할 사이에 일어났다.

휘두른 왼손을 원상태로 불러들이며 매미는 앞으로 쏠렸던 자세를 바로잡았다.

"그 덩치로 꽤 움직이는데?"

말하면서도 이거 쉽지 않겠다 싶어 조바심이 났다.

거한은 똑바로 서서 손에 묻은 흙을 털어냈다. 코트 오른쪽에 뚫린 구멍을 보고 오른손으로 막는다. 그리고 손을 뒤집어 손바닥에 묻은 피를 내려다본다. 제 몸에서 나온 검붉은 피를 신기한 듯 응시한다.

"별로 깊숙이는 안 들어갔을 거야."

매미는 우스갯소리처럼 말해보지만, 온몸을 휘감는 긴장감을 의식하고 있었다. 손에 땀이 배어난다.

"다음엔 단번에 푸욱 쑤셔드리지."

과연 그럴 수 있을까?

"팔팔하군."

남자는 나지막이 뇌까렸다. 조롱이나 모욕감은 느껴지지 않았다.

"매미는 원래 시끄러운 법."

"고래는 대개 덩치가 크지."

"아아."

그 말을 들은 순간, 매미의 입에서 감탄인지 신음인지 모를 소리가 흘러나왔다.

"당신이 이와니시가 말한 그 고래? 자살하게 만드는 업자?"

"나를 만난 자들이 스스로 죽어갈 뿐이다."

"쳇, 말은 좋네."

매미는 픽, 웃어 보였다.

"사람은 누구나 죽고 싶어 한다."

"그럼 뭐 하나 부탁해도 될까?"

그러면서 발의 중심을 천천히 옮긴다. 다가설 기회를 노린다. 거리, 상대와의 거리를 다시 재어야 한다. 어떻게 하면 고래의 주의를 돌릴 수 있을까 궁리한다.

"뭔가?"

"내 상사 말인데, 이와니시라고 있어. 아니, 뭐 상사라기보다 그냥 별 도움 안 되는 전화 교환수인데, 그 작자를 한번 만나보면 어떨까? 당신을 만나면 누구든 죽고 싶어 한다며? 그 작자는 보통 뻔뻔한 게 아니라 쉽지 않겠지만, 아무튼 그치를 좀 없애줬으면 하는데."

그러자 고래가 여전히 표정도 핏기도 없는 얼굴로 말했다.

"어렵지 않던데."

"엥?"

매미는 얼빠진 소리를 낼 수밖에 없었다.

"이와니시도 다를 바 없었다. 내 앞에서 죽었다."

매미는 순간 할 말을 잃었다. 자칫 칼을 놓칠 뻔했다.

"벌써, 만났다고?"

"여기 오기 전에."

"죽었어? 어떻게?"

"궁금한가?"

"궁금하지."

매미는 어깨를 한 번 으쓱했다.

"몸을 날리더군."

고래의 목소리에는 어떤 감정도 담겨 있지 않았다. 매미는 그가 자신을 의식해서 그리 말하는 건지, 원래 무심해서 그런 건지 판단할 수 없었다.

"창문에서 뛰어내렸다."

"아······."

매미는 말을 잇지 못했다.

"그자는."

고래가 한 발 앞으로 나서는 것도 매미는 눈치 채지 못했다. 불현듯 고래의 모습이 확대경을 통해 보듯 커졌다.

"이와니시는 너에게 기대를 하더군."

"기대? 그치는 나한테 아무것도 기대 안 해."

고래의 덩치가 더 커졌다. 언제 다가섰는지, 축지법이라도 쓰는지, 거구가 눈앞을 막아섰다. 높이 솟은 암벽 같다.

"아무튼 고맙군. 그치가 사라졌다니, 나에게는 뭐, 좋은 일이지."

"진심인가?"

"아무렴 진심이지. 안 그래도 그놈의 이와니시 때문에 성가셔 죽을 지경이었는데. 왜, 내가 괜히 맘에도 없는 소리 하는 것 같아?"

이와니시가 죽었다. 그 말은 곧 내가 해방되었다는 소리가 아닌가. 가브리엘 카소의 영화와는 다른 결말이다. 이와니시가 죽었는데도 나는 살아 있다. 그의 인형이 아니었던 것이다.

"인형이라도 좋으니까 자유롭게 해주세요."라고 비참하게 읍소하던 영화 속 청년과는 정반대의 결말이다. 매미는 거기서 고개를 들고 고래의 눈을 똑바로 마주 보았다. 그 순간 등줄기를 찬바람이 훑고 지나가는 느낌이 들었다. 온몸의 털이 곤두서고 떨리기 시작했다. 똑바로 쳐다봐선 안 된다는 직감이 들었지만, 시선을 돌릴 수 없었다. 창 같은 시선이 와 꽂혔다.

고래의 눈은 삼나무 그림자 때문인지 눈이라기보다 시커먼 동굴처럼 보였다. 안구와 눈꺼풀이 없고 눈 주위의 뼈만 도드라졌다. 한참을 응시하니 어렴풋이 흰자위가 보인다. 하지만 눈동자와 홍채는 뻥 뚫려 있는 것 같다.

눈이 아니다. 공동空洞이다. 매미는 그 구멍에 빠져든다. '이게 대체 뭐지?'라고 인식했을 때는 이미 바닥을 알 수 없는 심연 속으로 빨려 들고 있었다. 온몸이 고래의 눈 속으로 빨려 들어가 깊이 가라앉는다. 심연으로 곤두박질친다. 밤보다 까만 물이 매미를 에워싸고 입안으로 들어온다. 괴롭지는 않다. 그물이 몸속을 채우는 느낌이다. 몸은 잠식된다. 매미는 가라앉으면서 생각했다. 내가 아닌 무엇이 내 몸속으로 들어와 내장까지 구석구석 파고든다. 시커먼 액체가 몸속으로 퍼져간다. 그럼에도 고래의 눈에서 시선을 뗄 수가 없다.

검은 타르 형태의 우울이, 암담한 뭔가가 가슴속으로 퍼지기 시작해 머리까지 차오르는 느낌이 너무나 생생하다.

공포와 불안, 수치심과 분노와는 다른 검은 감정이 매미의 뇌를 지배한다. 축축하고 끈적한 것 같지만, 수분이라고는 일절 없이 퍼석하기도 하다.

이건? 매미는 몽롱한 머리로 생각했다. 대체 이건 뭐지?

질척하고 불투명한 늪에서 헐떡이는 심정으로 머리를 굴린다. 낯선 감정에 당혹스럽고 겁이 난다. 자신에 대한 실망과 낙담, 환멸과도 닮은 무언가가 공격해온다. 허탈함도, 무력감도 아니다.

잠시 후, 설마 하는 생각이 들었다. 설마 내 안에서 죄의식이 기지개를 켜는 것은 아니겠지?

이어서 무수한 목소리가 날아들었다. 속삭임과 외침, 분노에 찬 소리도 있고 애원하는 소리도 들려왔다. 셀 수 없이 많은 사람들의 얼굴이 스쳐 간다. 빽빽이 늘어선 사람들의 얼굴과 그들이 내는 다양한 목소리. 무작정 밀어닥치는 얼굴들과 소리에 정신을 잃을 것만 같다. 눈과 귀로 홍수가 쏟아져 들어오는 것만 같다.

그게 자신이 살해한 자들의 얼굴이고 목소리라는 것을 곧 깨달았다. 경멸과 증오의 육성이 검은 우울로 잠식해오는 것이다.

죄의식은 무슨 얼어 죽을, 집어치워! 저항해보지만 상황은 변하지 않는다.

"이와니시 때문이지?"

또 소리가 들린다. 고래의 입에서 나온 것 같지만 그건 절대 아니라는 확신도 들었다.

"이와니시가 없어져서, 보호막이 사라져버린 거 아니냐?"

목소리는 계속 이어진다.

"지금까지 네가 아무 죄의식 없이 사람들을 죽일 수 있었던 건 이와니시 덕분이잖아. 이와니시가 죽고 없는 지금, 너는 밀려드는 죄의식에 질식할 수밖에 없을걸."

이제 그 목소리가 고래의 것이 아니라는 사실이 명확해졌다. 매미의 머릿속에서 그런 말이 종소리처럼 끊임없이 울렸다. 이와니시는 관계없다니까. 그치를 만나기 전에도 난 사람들을 죽였어. 이와니시가 한 일이라곤 전화 응대와 멍석 깔기 정도가 다라고. 죄의식을 막아주는 보호막 같은 건 절대 아니었어!

고래의 눈은 변함없이 매미를 응시하고 있다.

나는 이와니시하고는 아무 상관도 없어. 이와니시가 없어져도 아무렇지 않다고.

다시 한번 '어쨌거나 나는 그치를 만나기 전부터 존재했잖아.'라고 말하려 했는데 순간 멍해졌다. 앞이 보이지 않는다.

거뭇거뭇한 암괴에 부딪친 것처럼. 정신을 차려보니 매미는 땅바닥에 무릎을 대고 있었다. 얼굴에서 핏기가 싹 가셨다.

"이와니시를 만나기 전엔 어땠는지…… 생각이 안 나."

매미는 그 사실을 깨닫고 완전히 무릎을 꿇었다.

말도 안 돼. 혼자 뇌까려보지만, 그것은 이미 음성이 아니라 고막을 치는 헐떡임에 가까웠다.

"나는 정말로 존재하는 걸까."

사람은 누구나 죽고 싶어 한다.

그 말이 매미를 찍어 눌렀다. 웃기고 있네! 자기도 모르는 새 오른손이 앞으로 나가 있다. 온몸에 힘이 빠져 있지만 오른손만큼은 감각이 있다. 칼끝은 상대가 아닌 자신을 향해.

"어!"

마치 자신을 찌를 듯한 자세에 매미는 당황한다. 하지만 몸이 말을 듣지 않는다. 사람은 누구나 죽고 싶어 한다. 다시 한 번 그 말이 귓가에 울렸을 때 매미는 대답했다.

"그래. 맞다."

나는 죽고 싶었다. 잘됐다.

고래의 눈을 바라보며 오른손을 쳐든다. 무릎을 꿇은 채 일어나 배를 앞으로 내민다. 나는 애당초 존재하지 않았다.

삼나무 잎에서 햇빛인지 가로등 불빛인지 모를 희미한 빛이 부서지는 게 보인다. 엷디엷은 아련한 광선이다. 바람이 부는지, 삼나무가 몸부림한다. 묵직하게 요동치며 삼나무가 매미를 채근한다. 죽어라, 어서 죽어라 등을 떠민다. 칼로 찔러라. 에 잇, 제기랄. 죽으면 되잖아, 죽으면! 매미는 마침내 결심을 굳혔다. 그런데 쳐든 오른손을 휘두르려는 순간 갑자기 시계가 훤히 트였다. 사위를 에워싸고 있던 운무가 깨끗이 걷힌 듯했다.

순간 무슨 일이 일어난 건지 몰라 매미는 어리둥절했다. 하지만 이내 깨달았다.

고래의 모습이 이상했다. 아까와 같은 위치에 서 있긴 한데, 눈을 감고 있다. 꿈이라도 꾸는 듯했다. 이건 또 뭔 일이지?

스즈키는 상황이 어떻게 돌아가는 건지 알 수가 없었다. 정신을 차렸을 때는 운전석 문이 밖에서 열리고 매미가 끌려 나갔다.

차 안에 혼자 남은 스즈키는 한동안 멍하니 앉아 있었다. 손발이 묶여 송충이 같은 꼬락서니지만 아랫배에 힘을 주어 몸을 일으켰다. 좌석 등받이에 기댄 채 창문 너머 오른편을 본다.

매미의 모습이 멀리 보였다. 건장한 남자에게 뒷덜미를 잡힌 채 짐짝처럼 끌려가는 모습이.

해가 거의 기운 탓인지 주위는 안개로 흐릿했다. 차도 너머의 삼나무 숲에는 바닥 모를 늪과 출구 없는 동굴 같은 어둠이 있다. 빨려 들어가듯 매미의 모습이 어두운 숲속으로 녹아든다.

지금이다!

도망쳐야 한다는 생각에 스즈키는 상반신과 다리를 뒤틀어 방향을 바꾸었다. 어떻게든 문을 열려고 몸부림을 치지만 잘되지 않는다. 등 뒤로 묶인 손을 문에 대고 손가락을 뻗어 손잡이를 잡아당겨 보지만 꿈쩍도 하지 않는다. 심장이 말발굽 소리를 내며 뛴다. 필사적으로 팔을 움직이며 상체를 틀어본다. 손가락부터 팔뚝에 걸쳐 마비가 오는 듯 찌릿하지만, 지금은 그런 걸 신경 쓸 때가 아니다.

아내가 생각난다. 전신주와 차 사이에 끼어 죽음을 맞은 아내가 보인다. 이런 데서 이렇게 넋을 놓고 있을 때가 아닌데.

그때, 등 뒤에서 문 열리는 소리가 났다. 깜짝 놀라 고개를 틀어본다. 조수석 문이 열렸다. 이번엔 또 뭐지? 절망에 가까운 공포를 느끼며 돌아본다.

"고생이 심했나 보군."

아사가오의 얼굴이 있었다.

고래는 혼란스러운 가운데 주위를 천천히 둘러보았다. 눈앞에 꿇어앉아 있어야 할 매미의 모습이 가뭇없다.

지금까지는 꼭 두통과 현기증에 이어 환영이 나타났다. 그런데 이번에는 그런 전조가 전혀 없었다. 그래서 고래는 환각이 시작됐다는 것도 인식하지 못했다. 삼나무가 귀엣말을 하듯 가지를 떠는 소리와 귓가를 스쳐 지나가는 바람 소리가 조금 전보다 크게 들린다. 아무도 없는 전방을 바라보다가 실패했다는 데 생각이 미쳤다.

매미는 손에 쥔 칼로 자기 복부를 겨누었고, 그의 눈은 이미 죽음을 갈구하고 있었다. 죽기 직전이었다. 그런데 이 환각 증상으로 수포로 돌아갔다. 위기감이 고래를 덮친다.

이와니시의 아파트에서 있었던 일이 떠오른다. 현기증을 느끼며 환각을 보는 사이, 이와니시는 바닥을 기어 권총을 집어 들려 했다. 까딱 잘못했다간 환각에 휘둘리다 정작 현실을 놓쳐 총알받이가 될 뻔했다. 지금은 더 위험한 순간이라는 것을 고래는 똑똑히 인식했다. 매미는 어디에도 보이지 않는다.

고래는 발작적으로 한 걸음 내딛으며 오른발을 휘둘렀다. 조금 전까지 매미가 있던 자리를 향해 킥을 날렸다. 당장이라도 매미가 달려들 것 같은 공포에 사로잡혀 무턱대고 일단 발길질을 했다. 아니나 다를까, 허공을 가르는 소리 외에 발에 걸리는 것은 아무것도 없다.

"뭐야, 고래도 별거 아니네."

소리가 난 쪽을 돌아본다. 앞에 서 있는 것은 아까 아파트의 창에서 몸을 날린 이와니시였다. 그때와 같은 차림새다. 보라색 카디건 비슷한 것을 걸치고, 고르지 않은 이를 드러내고 있다.

"조금만 더 있었으면 매미도 저세상으로 갔을 텐데."

"네가 나타나서 그런 거잖아."

고래는 이와니시를 향해 적대감을 드러냈다.

"그럼 내가 매미를 궁지에서 구해낸 셈인가? 본의 아니게?"

"그렇지."

말하면서 고래는 고개를 돌린다. 360도, 주위를 필사적으로 살핀다.

"지금 궁지에 몰린 건 나다."

"아니야. 매미도 아직 멍한 상태인걸."

이와니시의 목소리는 즐기는 것 같기도, 괴로워하는 것 같기도 했다. 망령이 옆으로 이동한다. 떨어져 있는 나뭇가지를 밟았지만 부러지는 소리는 나지 않는다. 흙을 스치는 소리도 없다.

"매미는 나보다 쓸 만하지?"

이와니시는 히죽거렸다. 그러다 갑자기 바닥으로 시선을 돌리더니 중얼거렸다.

"이봐, 여기 당신 책 떨어졌어."

황급히 내려다본다. 주머니에 들어 있어야 할 책이 바닥에 떨어져 있었다. 책장이 바람에 날린다. 파닥파닥 페이지가 넘어가다, 뚝 멈췄다.

막 책을 주워 들려는데 이와니시가 말한다.

"그 페이지를 읽어봐. 이렇게 적혀 있어. '그래서 누구보다 제 자신을 잘 속이는 자가 누구보다 편하게 세상을 살아갈 수 있는 겁니다.' 어때, 당신은 자신을 잘 속이고 있나?"

"나는 나를 속이지 않는다."

"그러니 편히 못 사는 거야."

듣는 둥 마는 둥 책으로 다시 손을 뻗는다. 그때 갑자기 바람이 역방향으로 불어 페이지가 앞으로 넘어갔다. 펼쳐진 부분의 문장이 눈에 들어온다.

'그래서 신은 당신에게 무엇을 해주었는가?'

그 한 문장이 고래의 머리를 쳤다. 누구의 대사더라? 기억을 더듬는다. 라스콜리니코프인가? 소냐였나? 아니면 다른 러시아인? 그 문장이 수정체와 망막을 지나 뇌에 박히는 느낌이었다.

"신이라는 건, 잭 크리스핀을 말하는 건가?"

이와니시가 뜻 모를 소리를 한다.

고래는 눈을 감았다. 신이 내게 무엇을 해주었는지 묻기 전에, 신이 애초에 무언가를 해준 인간이 이 세상에 있기나 할까? 신과 타인은 말할 것도 없고, 나 자신조차 내게 아무것도 해주지 못하는 게 현실이라는 귀결에 냉소가 흐른다. 그 당연한 사실을 깨닫고서, 인간은 죽고 싶어지는 것이 아닐까. 그저 태어났으니 살아갈 뿐, 목적 같은 건 없다. 대부분 죽은 듯 산다. 그 사실을 깨닫고는 죽기로 결심하는 것이다.

매미가 어디 있는지 도무지 모르겠다. 땅에 손을 짚고 있는지, 무릎을 꿇고 있는지, 어떤 자세로 있는지 모르겠다. 이 삼나무 숲에 아직 있기는 한지도……. 숲이든 아파트든, 그건 문제가 아니다. 아니, 애당초 매미라는 자가 존재하긴 한 건가? 그자가 망령이 아니라고 누가 단언할 수 있는가? 어디부터 어디까지가 현실인가?

고래는 사람의 숨소리와 발소리, 옷깃 스치는 소리와 코 훌쩍거리는 소리까지 놓치지 않으려 최대한 집중했다. 호흡을 가다듬으려 애쓴다. 삼나무가 수분을 빨아들이는 소리까지 잡아내고픈 심정이다. 피부는 민감해지고, 귀는 명민하게 뜨인다.

눈을 뜬다. 빛이 스친 것은 그 직후였다.

수십 미터는 족히 떨어진 차도를 자동차들이 달리고 있다. 헤드라이트가 가로로 줄을 잇는다. 고래는 환히 떠오르는 라이트를 두 눈으로 쫓는다. 동시에 머리가 흔들린다. 공기의 저항에 휘둘리는 느낌이다. 이쪽이 현실인가? 고래는 습관처럼 자신의 눈을 의심한다.

발치에 있을 책을 주우려 허리를 굽히고 오른손을 뻗는다.

순간, 두 가지가 동시에 눈에 띄었다.

하나는 권총이었다. 이와니시의 아파트에서 가져온 권총이 뻗은 손 아래 떨어져 있었다. 책인 줄 알았는데, 환각이었나?

그리고 또 하나는 매미였다. 등을 돌리고 서서 고개만 이쪽을 향하고 있었다. 그의 손엔 칼이 들려 있다.

고래가 허리를 굽히는 바람에 헛손질을 한 모양이다. 그 반동으로 몸이 돌아간 듯했다. 고래는 권총을 주워 상반신을 꼿꼿이 세운다. 팔을 펴고 방아쇠에 손가락을 건다.

매미는 자세를 바로잡고 다시 한번 고래와 마주했다. 칼을 휘두른 순간 가슴팍이 뜨거워지는 것을 느꼈다.

갑자기 힘이 쭉 빠진다. 동작을 멈추고 무의식중에 가슴에 손을 댄다. 뜨겁다, 그런데 왜 그런지 모르겠다. 숨을 들이쉬려 했지만 흡, 하는 소리만 날 뿐 이번엔 내쉴 수도 없다. 답답해서 목을 잡는다. 총에 맞았다는 걸 깨달았을 때는 이미 무릎이 땅에 떨어졌다. 몸이 옆으로 쓰러진다. 나뭇가지가 와 닿는다.

찌르르, 통증이 온몸을 타고 흐른다. 차갑고 축축한 흙이 귀에 닿는다.

얼굴을 위로 향한다. 수십 미터 상공에서 흔들리는 삼나무가 밤보다도 까만 그림자가 되어 매미를 내려다본다. 나뭇잎이 쏴아쏴아 소리를 내며 떨어진다. 그 옆, 조금 더 가까운 자리에 고래의 얼굴이 있다. 아무 말 없이 매미를 내려다보고 있다.

"지지 말랬지!"

소리가 들리지만 고래의 입에서 나온 건 아니다. 눈동자를 굴려보니 고래의 왼편에 이와니시가 서 있다. 사마귀 같은 얼굴에 고르지 않은 치열이 보인다.

"당신이야말로 아파트에서 뛰어내렸다며?"

그리고 매미는 점차 퍼져가는 통증에 어금니를 꽉 깨물었다.

"시끄러워. 넌 말이 너무 많아."

"근데 이 덩치는 상대를 자살하게 만든다고 하지 않았나?"

매미는 손을 뻗어 고래를 가리키다가 자신의 손가락이 처량하게 부들거리는 것을 보더니 더 심하게 떨었다.

"자살 유도 킬러니까."

"이게 무슨 자살이야?"

매미는 다문 입술을 비죽이 틀며 자기 가슴을 가리켰다.

"봐, 여기. 총으로 쐈잖아. 얘기가 틀리잖아."

"네가 너무 세니까 그렇지."

이와니시의 윤곽은 흐릿하니 뒷배경에 묻혀 있다.

"덩치가 산만 한 고래가 매미 하나 감당 못할 리 없잖아. 최대 포유류와 일개 곤충인데."

"어차피 너도 알겠지만."

이와니시가 턱을 내민다.

"뭘?"

"너는 죽겠지?"

"말해 뭐 해?"

매미는 침을 퉤 뱉는다. 피가 섞여 걸쭉하고 불그죽죽한 덩어리가 입가에 들러붙는다.

"남기고 싶은 말은 없냐?"

"없어."

짧게 답하고 나서 매미는 신음을 흘렸다.

"아아, 바지락."

"바지락?"

"바지락 해감, 아직도 하고 있는데."

매미는 몽롱한 상태에서 말하고, 싱크대 위 그릇 속에서 뻐끔거릴 바지락을 떠올려보았다. 뿍뿍, 소리를 내며 모래를 뱉어내는 바지락을 그려본다.

"그냥 계속 거기 있는 것도 괜찮겠네."

"바지락 말하는 거냐?"

"그래, 바지락. 인간하고 바지락 중에 어느 쪽이 위대한지 알아?"

매미가 물었다.

"당연히 인간이지, 자식아."

"이런 바보. 그거 알아? 인간의 지혜나 과학은 인간한테만 도움이 된다는 거. 다른 어떤 개체도 세상에 인간이 있어서 정말 다행이다, 그런 생각은 안 한다는 거."

"그래, 그럼 넌 다음 생엔 바지락으로 태어나든지."

"그러게."

매미는 가슴에 대고 있던 손을 떼고, 그 피를 보면서 말했다.

"야, 거기 뭐 떨어져 있는데."

이와니시가 쓰러져 있는 매미의 옆을 가리키며 말했다. 흙바닥에 작은 금속 조각이 떨어져 있다. 검은 흙이 묻은 반지였다.

"아, 아까 그 남자한테 슬쩍한 거야."

"비싼 건가?"

"갖고 싶으면 갖든지."

"됐네." 이와니시가 히죽거린다. "그래도 말이야."

"그래도 뭐."

"너, 강했다. 자랑스럽다."

"됐수다."

아사가오가 운전하는 세단은 강을 타듯 부드럽게 달렸다. 해가 진 차도를 자동차 불빛이 어스름히 비춘다.

묶여 있던 손목을 문지르며 무릎 위에 놓인 기구를 내려다본다. 검은 가죽끈에 벨트 버클이 달려 있다. 전문가용이다. 아무리 잡아당기고 비틀어도 한 번 묶이면 풀어낼 재간이 없다.

운전석에 앉은 아사가오를 흘긋 본다. 아, 저도 몰래 소리를 내고 말았다. 그의 얼굴이 너무나 안온했기 때문이다. 스즈키는 새삼 아사가오라는 남자를 의식했다. 이 사람은 온 거리가 지옥의 불길에 휩싸여도 눈 하나 깜짝하지 않을 것 같다.

"아사가오 씨."

교차로 앞에 차가 섰을 때 스즈키는 마침내 입을 열었다.

"뭐요?"

"어떻게 그곳을 아셨습니까?"

"그곳?"

"제가 묶여 있던 그 자동차 말입니다. 어떻게 제가 거기 갇혀 있다는 걸 아신 겁니까?"

"쫓았지."

"쫓아요?"

"당신을 시나가와역에 내려준 다음 궁금해서 미행했소."

"카페까지요?"

"음. 차를 세우고 밖에서 지켜봤소."

"제가 수상해서 그런 겁니까?"

스즈키가 물었다. 학습지 영업 사원이라는 말을 곧이들었다면 미행 같은 걸 했을 리 없다.

"누가 봐도 수상하지 않겠소?"

추궁하는 말투는 아니다.

"학습지 영업 사원이 그렇게 얼굴이 두꺼울 리 없잖소."

아사가오가 말했다.

"얼굴이 두껍지 않으면 영업 일 못합니다."

스즈키는 항변인지 변명인지 모를 말로 끝까지 우겨본다. 그러곤 한숨을 내쉬었다.

"언제부터 눈치 채신 겁니까?"

"집에 찾아왔을 때부터."

스즈키는 어깨가 축 처졌다. 아사가오는 처음부터 모든 걸 꿰뚫어 보는 것처럼 보이긴 했지만 실제로 그렇다는 말을 들으니 여간 실망스러운 게 아니었다. 무대에 오르자마자 수를 읽힌 마술사와 뭐가 다른가.

"겐타로와 이야기할 때부터 말입니까?"

"처음부터."

'설마 제가 태어났을 때부터요?' 하고 묻고 싶을 지경이다.

"겐타로와 고지로도 알았을까요?"

"걔네도 처음부터 알고 있었소."

"처음부터, 그렇게 빤하던가요?"

"그래서 쫓은 거요. 그런데 카페에서 남자들에게 들려 나오더군. 꼭 취해서 쓰러진 것처럼 뻗어서. 약이라도 했소? 그리고는 교차로에 세워둔 차에 타던데. 남자들은 평범해 보이지 않았소. 뭐랄까."

"비합법적?"

아사가오는 고개를 끄덕였다. 그리고 브레이크에서 발을 뗐다. 차가 출발한다.

"법대로 사는 사람들 같진 않더군."

그런 점에선 당신도 마찬가지 아닙니까?

"서둘러 뒤를 쫓았지. 어두컴컴한 지역으로 들어가더군. 일단 차를 다른 장소에 세워두고 걸어서 그쪽으로 갔소. 그러고 보니 그 승합차가 서 있고, 당신이 안에 있더군."

"끔찍했습니다."

"그건 당신 몰골을 보고 짐작했소."

아사가오는 스즈키의 무릎 위에 놓인 기구를 보면서 말했다.

"누구한테 당한 거요?"

"혹시 프로이라인이라는 회사 아십니까? 독일어인데 '영애'라는 뜻이라네요."

"내가 꼭 알아야 하는 이름이오?"

스즈키는 마음을 단단히 먹는다. 위장이나 연기는 필요 없다. 가슴속에서 용기라는 이름의 병사들이 다시 집결한다. 자, 집합! 지금이야말로 대동단결할 때다.

"아사가오 씨가 데라하라의 아들을 죽였기 때문입니다."

"내가?"

"예. 아사가오 씨가요."

"그거 재미있군."

같은 표정으로 그는 대꾸했다. 말과는 달리 전혀 재미있어하는 것 같지는 않았지만.

"내가 어떻게 그 사람을 죽였지?"

"밀어서요."

얼굴을 빤히 노려보았지만 그의 표정은 여전했다.

"밀치지 않았습니까? 교차로에 서 있는 데라하라를 뒤에서 밀었잖아요."

"그게 무슨 말이지?"

"푸시맨이라고 불리지 않습니까. 남을 밀쳐서 죽이는 것을 업으로 하는 사람이요. 제가 봤습니다."

"보다니, 뭘?"

"당신이 그 남자를 미는 걸요."

곧 단답형의 부정문이 뒤따르리라 생각했지만 의외로 그렇지 않았다. 아사가오는 입을 다물고 생각에 잠겼다. 단어를 고르는지 한참 뜸을 들이다가 대답한다.

"당신은 나를 못 봤소."

"네?"

"나를 봤을 리 없소."

그 말에 스즈키는 약간 흔들렸다. 다시 기억을 더듬어본다.

"아, 듣고 보니……, 확실히 미는 장면은 보지 못했습니다. 하지만 아사가오 씨가 현장에서 멀어지는 것을 봤습니다. 똑똑히 봤어요."

"현장에서 멀어지는 사람은 전부 범인이오?"

본질을 흐리려 한다는 것을 스즈키는 알고 있었다. 아사가오는 긍정도 부정도 하지 않고 그저 문답식 대화를 즐기는 것처럼 보이기도 했다.

"지금 어디로 가는 겁니까?"

전방을 주시하며 스즈키가 물었다. 시나가와역은 진작 지났고, 국도를 피했는지 좁은 일방통행로로 들어섰다. 가로등이 일정한 간격으로 서 있지만 그다지 밝지는 않다.

"네토자와."

아사가오가 대답했다.

"집으로 가는 길인데 당신도 같이 가겠소?"

"그 집은 위험할 수도 있는데요."

스즈키의 뇌리에 무시무시한 장면이 스친다. 몇 시간 전에 파스타를 먹다가 본 바로 그 광경이.

네토자와 파크타운으로 속속 들어서는 검은 외제 차, 집으로 쳐들어가는 '영애'의 직원들, 거실 테이블 밑에 숨은 겐타로와 고지로, 새파랗게 질린 스미레. 그리고 또 하나의 장면. 어스름한 창고 바닥에 쓰러져 있는 아이들, 절규하는 스미레. 아이들을 끌어안고 있던 스미레가 퍼뜩 뒤돌아본다. 그런데 그 얼굴이 어느새 아내로 바뀌어 있었다. 왜 죽은 아내가 그런 모습으로 나타난 건지 알 수 없지만 스즈키는 순간 가슴이 먹먹해지면서 몸에서 힘이 빠졌다.

스즈키는 턱밑까지 차오른 불안감을 애써 누르며, 그들이 아사가오를 노리고 있다고 설명하려 했다. 그런데 혀가 제대로 돌지 않는다.

"갑자기 왜 그러시오?"

아사가오는 담담했다. 핸들을 오른쪽으로 꺾으며 가속페달을 밟는다. 원심력으로 스즈키의 몸이 반대쪽 창에 부딪친다.

아사가오는 몸을 비스듬히 기울이며 바지 뒷주머니를 더듬었다. 그러고는 스즈키의 손에 지갑을 건넸다.

"뭡니까, 이게."

"그 안에 사원증이 있소. 파견 나간 회사에서 발급해준 시스템 엔지니어 직원 카드. 그걸로 증명이 되겠소?"

"보나 마납니다."

"난 당신이 말하는 푸시맨인지 뭔지가 아니오."

"아직도 그렇게 우기시는 겁니까? 아무튼 위험해요."

세단이 멈췄다. 앞을 보니 빨간 신호등에 걸렸다.

"처음엔 학습지 가정교사라며 접근해 거짓말을 하고 수상한 사람들에게 끌려가더니, 이젠 위험하다면서 협박을 하는군. 내가 어지간히 인내심이 강한 사람이었으니 망정이지 안 그랬으면 당장 이 차에서 쫓아냈을 거요."

"아사가오 씨는 차에서 사람을 내쫓는 게 아니라, 달리는 차를 향해 밀칩니다."

운전석에서 긴 한숨 소리가 흘렀다.

"데라하라의 회사, 아까 말한 프로이라인이란 회사 말인데요. 거기서 아사가오 씨한테 원한을 품고 지금 혈안이 돼서 찾고 있습니다."

아사가오가 우스운지 코웃음을 쳤다. 또 묘한 색기를 풍긴다.

"설사 당신 말이 사실이라고 쳐도, 어떻게 그들이 내 집을 안다는 거요?"

스즈키는 그 말에 입을 다물었다.

"누가 이 차를 미행하는 것 같진 않은데, 당신이 우리 집 주소를 말한 거요?"

"아직은 말하지 않았습니다."

그렇게 대답하고 나서 스즈키는 수치심에 시선을 떨어뜨렸다. 그런 그를 흘긋 보며 아사가오가 다시 콧바람을 내쉰다.

"솔직해서 좋군. 말할 수도 있었다는 뜻인가?"

"더 심한 고문을 당했다면 그랬을지도 모르죠."

"그야 그렇겠지. 고문이라는 행위도 결국 인간이 발명한 것 중 하난데."

"어쨌거나 아직 주소는 말하지 않았습니다."

그러기 전에 매미에게 구출됐으니까. 혹시 그러지 않았으면 주소를 불었을지도 모른다.

"그렇다면 우리 집은 위험할 일이 없잖소."

"그건 그렇지만."

그러면서도 스즈키는 왠지 모를 불안감에 사로잡혔다.

"어쩌면 내 몸 어딘가에 무슨 장치를 해놓았을 수도."

그런 생각이 퍼뜩 스쳤다. 서둘러 옷을 들춰본다. 요즘은 인공위성을 통한 위치 추적이 가능하다. 자신을 묶은 후 그런 장치를 해두었을 가능성도 있다.

"아까 당신을 차에서 끌어낼 때 확인했소. 옷에는 아무것도 붙어 있지 않더군."

"그래요?"

확인했다고?

"혹시 항문 속에 집어넣었다면 모를까."

그 말을 듣고 스즈키는 항문을 움찔움찔해봤지만 이질감은 전혀 느껴지지 않았다. 잠깐, 도대체 뭐 하는 회사의 시스템 엔지니어이기에 발신 장치의 유무까지 생각한단 말인가.

순간 또 다른 의심이 뇌리를 스쳤다. 휴대전화, '영애'에서 지급한 전화기에 혹시 위치 추적 장치를 해놓은 건 아닐까? 퍼뜩 떠올라 뒷주머니를 뒤져봤는데, 아무것도 없었다.

"어?"

"왜, 뭐가 잘못됐소?"

"휴대전화가 없습니다."

"잃어버린 거요?"

"떨어뜨렸는지도 모르겠네요."

그제야 코트가 없다는 것을 알았다.

"코트를 차 안에 벗어두고 와서, 어쩌면 그 안에 있을지도 모르겠습니다."

"이런, 그거 안됐군."

"하지만 뭐, 회사 전화기니까 곤란할 건 없습니다."

전화하는 사람은 히요코뿐이다.

그때 벨소리가 들렸다. 별 특징 없는 전자음이다. 아사가오의 전화기인 모양이다. 그가 주머니에서 휴대전화를 꺼내 귀에 댔다.

"아니, 그를 기다리다 늦은 거야. 지금 다시 태우고 가는 길인데."라고 대답한다.

"응. 다시 우리 집에 갈 모양이야."

그러고는 "바꿔줄게." 하더니 스즈키에게 전화기를 건넸다.

"집사람이 할 말이 있다는데."

무슨? 스즈키는 의아해하면서 전화를 받았다.

"아, 스즈키 씨세요?"

스미레의 목소리는 더없이 여유로웠다.

"마침 잘됐네요. 사실은요."

명랑한 목소리로 말을 이었다.

기분 탓인지 눈앞의 유리창에 잿빛 어둠이 드리워지는 것 같았다. 동시에 불길한 예감이 스쳤다. 불운의 전조라 해야 할지, 결코 환영할 수 없는 농무 같은 것이 온몸을 휘감는다.

"우리 고지로가 스즈키 씨의 전화기를 갖고 있지 뭐예요."

"네?"

"스즈키 씨를 현관에서 배웅했잖아요. 그때 고지로가 주머니에서 꺼낸 모양이에요."

필사적으로 기억을 더듬어보지만 생각나지 않는다. 다리에 엉겨 붙듯이 고지로가 바로 옆에 서 있긴 했다. 하지만 그사이에 휴대전화를 꺼낼 줄은 몰랐다. 생각보다 말이 먼저 나갔다.

"혹시 그 전화로 연락 온 건 없었죠?"

총을 쏜 건 실로 오랜만이었다. 10대 시절 신문 배달 일을 할 때, 그 뚱보 소장한테 화가 나 그를 쏴버린 후론 처음인 것 같다.

고래는 쓰러진 매미를 돌아보았다. 조금 전까지 경련하고 있었는데 이젠 잠잠하다.

다시 발길을 옮겨 삼나무 숲을 벗어나 차도로 나왔다. 건너편에 건물이 즐비하다. 지나가는 차도 없고 어두침침해서 그런지 찻길은 도로가 아니라 마치 도랑 같다. 고래는 그곳을 가로질러 매미가 탔던 RV 차량이 서 있는 곳으로 갔다.

조수석에 남자가 있었다. 그 남자가 푸시맨을 알고 있다. 마지막으로 푸시맨을 제거하면 청산은 완료된다.

대결이오.

그와 대결하면 더 이상 미련도 없다. 이 일에서 손을 털면 된다.

건물의 모퉁이를 돌아 차로 다가간다. 조수석 문이 활짝 열려 있다. 도망쳤나? 묶여 있던 남자는 어디에도 보이지 않는다. 고래는 차 안을 살핀 후 몇 발짝 물러섰다.

푸시맨을 쫓을 단서가 사라졌다. 이와니시도 매미도 제거한 마당에 그자를 놓치면 어찌해볼 도리가 없다. 고래는 좌우를 둘러보고 주위에 남자의 발자국이라도 남아 있는지 찾아본다. 어두침침한 길바닥에선 먼지 한 톨 눈에 띌 성싶지 않다. 하지만 달팽이가 바닥에 남긴 점액처럼 어렴풋한 자국이라도 찾을 수 있지 않을까, 지푸라기라도 잡는 심정으로 바닥을 훑었다.

여자의 목소리가 들린 것은 바로 그때였다.

"나도 지금 갈게."

등 뒤에서 소프라노 톤의 목소리가 날아들어 고래는 움찔했다. 돌아보니 목소리의 주인공이 눈에 들어왔다.

건물 벽에 여자가 기대서 있었다. 고래는 성큼성큼 다가가 다짜고짜 상대의 손목을 움켜잡았다. 여자가 비명을 지르며 귀에 대고 있던 휴대전화를 떨어뜨렸다. 고래는 오른손으로 여자의 이마를 꽉 잡았다. 한 손으로 들어 올리면서 벽에 밀어붙였다. 향수인지 약품 냄새 비슷한, 인공적인 향이 훅 끼쳤다.

"당신 뭐야."

여자의 목소리는 공포가 아니라 분노로 날이 서 있다. 낯익은 얼굴인데? 마른 종잇장에 불붙듯 기억이 되살아난다.

"너, 데라하라의 직원이지? 교통사고 현장에 있던."

어젯밤 후지사와콘고초역 교차로에서 명함을 건넨 여자였다. 두 발이 허공에 뜬 채 버둥거리며 저항한다. 사타구니를 노려 무릎을 세웠지만 고래는 개의치 않고 육중한 몸으로 밀어붙여 벽과 그의 몸 사이에 여자를 가두었다. 가만 보니 여자는 구두도 신지 않았다. 스타킹만 신은 발로 이런 으슥한 곳에 서 있는 것 자체가 심상찮다.

"이런 데서 뭘 하는 건가?"

"뭐?"

여자는 괴로운 듯 입술을 일그러뜨리며 말했다.

"어떤 불한당 같은 놈이 나타나서 우리 직원을 데려갔어."

"직원?"

"회사에 연락하는 사이 채 갔다고."

"넌 혼자 도망친 건가?"

"도망치려고 했는데, 생각해보니 혼자 돌아갔다간 무슨 소리를 듣게 될지 몰라서."

여자의 목소리가 수그러들었다.

"그래서 어떻게 할까 어정거리고 있었지."

고래는 더 들을 것도 없이 질문했다.

"푸시맨은 어디 있나?"

"뭐?"

여자는 발끈했다.

"지금 뭐라고 했어?"

이마를 쥔 손에 힘을 준다. 여자의 머리는 그리 크지 않아 최대한 힘을 주면 뼈까지 으스러뜨릴 수 있을 것 같았다.

"푸시맨이 어디 있는지 말해. 너희 회사 직원이 푸시맨이 있

331

는 곳을 알잖아."

여자의 얼굴이 파리해졌다.

"이대로 네 뒤통수를 벽에 뭉갤 수도 있다. 머리가 사과처럼 으깨지는 걸 구경하는 것도 나쁘진 않겠지. 그 말은, 당장 집행할 수도 있다는 뜻이다."

"알았어."

"뭘?"

"푸시맨이 있는 곳을 알려주겠다고."

고래는 손에서 힘을 빼고 여자의 이마를 놓아주었다. 허공에 떠 있던 여자는 그대로 땅바닥으로 떨어진다. 균형을 잃고 볼썽사나운 꼴로 주저앉는다.

고래는 자세를 낮추고 얼굴을 가까이 들이댔다. 여자가 허튼 수작을 부리면 곧 제압할 수 있도록 채비는 했다. 여자는 떨어진 전화기를 주워 흙을 털었다.

"푸시맨이 있는 곳을 알고 있나?"

"어쩌다 보니, 그렇게 됐어."

여자가 호흡을 가다듬는다. 그 와중에도 거만을 떨며 입을 놀린다. 그때마다 향수인지 뭔지의 냄새 때문에 숨이 막힐 것 같다.

"스즈키한테 전화를 했거든, 내가."

"스즈키?"

"우리 회사 직원 말이야. 푸시맨을 미행하고서도 어딘지 불지 않은 꼴통."

"그자의 이름이 스즈키군."

"그랬더니 웬 애송이가 받더라고."

"애송이?"

"그 사람, 푸시맨의 아이겠거니 했지. 육감으로 말이야. 그래서 가만 들어보니 '아저씨가 전화기를 두고 갔어.' 그러더라고."

어울리지 않게 아이 목소리를 흉내 낸다. 점점 기어들어 가는 소리로.

"애들은 생각이 없잖아. 그래서 내가 싫어하지만."

"푸시맨한테 애가 있다고?"

"우쭈쭈 해가며 물으니까 주소를 말하더라고."

그러면서 여자는 사냥감을 눈앞에 둔 사냥꾼인 양 만족스럽게 웃었다.

"멍청한 녀석."

"어딘지 대라."

고래는 말하면서 여자의 어깨를 잡아 일으켜 세웠다. 그러고는 차로 끌고 갔다.

"타."

스즈키

"위험합니다."

스즈키는 계속 같은 말을 반복했다. 그럼에도 아사가오는 전혀 서두르는 기미를 보이지 않는다. 점점 더 안달이 난다.

"서두른다고 일찍 도착하는 것도 아니니까."

아사가오는 느긋한 소리를 한다. 스즈키는 초조한 마음에 저도 모르게 소리쳤다.

"아, 액셀! 액셀을 밟으세요. 힘껏 밟으면 빨리 갈 거 아닙니까. 그러라고 있는 장치잖아요. 그래야 빨리 간다니까요."

차창 밖으로 가로등과 자판기 불빛이 스쳐 지나간다. 밖은 온전한 어둠이다. 윤곽이 암흑 속에 녹아들어 그저 시커먼 덩어리로 보이는 건물들이 뒤로 사라져간다.

"그들이 주소를 알았다고요."

스즈키는 호소했다.

"그러니 이제 곧 데라하라의 일행이 들이닥칠 겁니다."

조금 전 전화로 스미레의 설명을 들은 순간 스즈키는 온몸의 피가 얼어붙는 것 같았다.

"스즈키 씨의 휴대전화를 고지로가 만지작거리고 있는데, 마침 그때 전화가 왔나 봐요. 저는 주방에 있느라 몰랐거든요. 글쎄, 고지로가 뭐라고 말을 하더라고요."

전화로 고지로에게 말을 건 사람은 히요코일 것이다. 처음엔 어리둥절했겠지만, 곧 푸시맨에게 아이들이 있단 말을 떠올리고 물어보았을 것이다.

"스즈키라는 사람, 거기 없니?"

"지금 네가 있는 곳이 어디니?"

"집이라고? 거기가 어딘데?"

"너희 집 주소 좀 말해볼래?"

어떻게 이런 일이! 스즈키는 암흑 속으로 내동댕이쳐진 기분이었다. 귀가 울린다.

"그래서 고지로가 대답을 했답니까?"

"그런 거 같아요."

스미레의 밝은 목소리에 스즈키는 더 깊은 나락으로 곤두박질쳤다.

"어머나, 뭔가 잘못됐나 보네요? 상대분께 사과라도 해두는 건데 그랬나 봐요."

"곤란하게 됐습니다."

스즈키의 목소리는 절반 노기를 띠었다.

"주소를 알려준 게 그렇게 곤란한 일인가요?"

"곤란한 정도가 아닙니다."

"스즈키 씨가 우리 집에 있는 줄 알고 찾아올까요? 혹시 스즈키 씨의 숨겨둔 애인? 아하, 부인께는 물론 비밀이겠죠?"

"그런 게 아닙니다."

스즈키는 가시방석에 앉은 기분이었다.

"그곳은 위험합니다. 얼른 피하세요."

전화기에 대고 소리쳤다. 하지만 스미레는 너무나 아무렇지 않게 "수상한데요, 스즈키 씨?" 하면서 웃었다.

이렇게 가다간 끝이 없다.

"아사가오 씨가 설명해주십시오."

스즈키는 아사가오에게 휴대전화를 건넸다. 그는 전화기를 받아 귀에 대더니 고개를 끄덕인다.

"어어, 그래. 그런가 봐."

스미레의 말에 대꾸하면서 "약간 흥분했어."라고 담담하게 말했다. 그러고 나서 흘깃 눈동자로만 스즈키를 보았다.

"저기, 아사가오 씨, 빨리 도망치라고 하십시오."

그럼에도 아사가오는 태도를 바꾸지 않았다. 일상적인 이야기를 한두 마디 더 하더니 "그렇게 된 거야." 하고는 전화를 끊었다. 그러고는 스즈키를 보며 말했다.

"자, 이렇게 됐소."

"대체 어떻게 된 겁니까?"

스즈키는 속이 부글부글 끓었다.

"지금 한가하게 있을 때가 아니라니까요. 내 말 못 알아듣겠습니까?"

"내 보기엔 당신 혼자 난리인 것 같은데."

"아이들도 위험하다니까요."

"당신이 말한 내용이 전부 사실이라면. 안 그렇소?"

"사실이라니까요."

스즈키는 더 이상 점잖을 뺄 생각도, 말의 순서를 따질 경황도 없었다. 일사천리로 지금까지의 경위를 설명했다. 감정이 격해져서는 있는 그대로 털어놓았다.

데라하라의 아들이 당한 사고, 아사가오를 미행하라는 회사의 지시, 범인을 잡는 데 혈안이 된 회사 사람들, 주소가 알려진 지금 그들이 집으로 쳐들어올 거라는 사실을 숨 한번 안 쉬고 목이 터져라 떠들었다.

"그러니까 위험하다고요!"

"그 말을 나더러 믿으라는 거요?"

날아오는 창을 빤히 보고 있다가 슬쩍 피하듯 아사가오는 아무렇지 않은 얼굴로 되물었다.

"믿어주십시오."

앞을 가로막고 서 있는 경차가 짜증스럽기만 하다.

"서둘러야 합니다."

아사가오는 사이드미러를 보면서 핸들을 돌려 천천히 차선을 바꾼다. 그러나 긍정의 대답은 아직 하지 않았다. 경차를 추월한다. 스즈키는 이마를 짚고 창에 기댔다. 출구 없는 무력감에, 어떠한 방법도 제시하지 못하는 무능함에 분노가 치밀었다.

"당신은."

그때 아사가오가 입을 열었다.

"예?"

"증거가 있소?"

순간 스즈키는 흠칫했다. 아랫도리가 서늘했다.

"증거……요?"

"나를 설득할 만한 증거 말이오."

"어, 없습니다."

정색을 하진 않았지만, 스즈키의 목소리에 힘이 들어갔다.

"제 말을 믿어야 합니다. 두 눈으로 직접 제가 끌려가는 걸 보지 않았습니까. 법하고는 담을 쌓은 자들이에요. 그들이 나를 묶고 폭행했습니다."

무릎 위에 있는 가죽끈을 가리킨다.

"당신들이 꾸민 연극일 수도 있잖소."

아사가오는 말하며 싱긋 웃었다.

엔진 소리와 스쳐 지나가는 차 소리 외엔 어떤 소음도 없었다. 카스테레오도 꺼져 있다. 타이어가 구르는 진동은 느껴지지만 그럼에도 무척 고요하다.

"다 왔소."

차가 멈춰 섰다. 칠흑 같이 어두워 주위 정경은 보이지 않았다. 하지만 반듯하게 잘 정돈된 길을 보니 파크타운이 맞는 듯했다. 주차장에 차를 넣으려 핸들을 돌리는 아사가오를 보고 스즈키는 정신이 번쩍 들었다.

"당장 도망쳐야 한다니까요. 차는 바로 뺄 수 있게 주차해둬야 합니다."

"여태 그 소리요?"

지루한 영화가 빨리 끝나길 바라는 사람처럼 말한다.

"믿어주십시오. 정말입니다. 데라하라 일당이 분명 이곳으로 올 겁니다."

문의 잠금장치를 해제한 다음 아사가오가 시선을 돌렸다.

"증거는? 당신이 지금 사실을 말하고 있다는 증거 말이오. 내가 푸시맨이라는 증거, 이 집이 표적이 됐다는 증거, 그래서 내가 서두르지 않으면 안 되는 증거."

깊은 호수를 연상시키는 눈동자를 멍하니 바라본다. 자리를 뜨고 싶은 마음이 굴뚝같다. 하지만 스즈키는 결심을 굳혔다. 머리를 마구 헝클어뜨리고 심호흡을 한 뒤 또박또박 말했다.

"증거, 증거! 증거 참 좋아하시네요."

학생들을 꾸짖을 때도 나오지 않던, 격앙된 목소리였다.

"증거 나부랭이가 무슨 상관입니까. 나를 믿으시라고요. 뭐든 그딴 식으로 따지면, 브라이언 존스가 롤링스톤스에 있었다는 증거는 또 어디 있습니까. 쥐뿔도 없습니다!"

차 안이 찬물을 끼얹은 듯 고요해졌다. 도대체 지금 내가 무슨 말을 떠들어댄 거지? 순간적으로 멍해졌다. 그런데 아사가오가 갑자기 소리 내어 웃기 시작했다.

"재미있군."

"네?"

"나쁘지 않아."

"뭐라고요?"

"당신을 믿어보겠소."

아사가오의 말에 스즈키는 눈만 껌뻑였다.

"저, 정말입니까?"

영원히 그칠 것 같지 않던 비가 뚝 그친 것 같은 기분이다.

"당신이 어떻게 대답할지 궁금했소. 그런데 설마, 브라이언 존스 얘기를 할 줄이야."

아내가 생각난다. 뭐가 어떻게 된 건지 모르겠지만, 아무튼 당신 말이 맞아. 그런 것 같네.

고래는 운전을 하면서 옆에 앉은 여자를 몇 번인가 힐끗거렸다. 가슴과 엉덩이가 풍만한 육감적인 몸매지만 섣불리 범접할 수 없는 분위기를 풍긴다. 처음 길에서 봤을 때의 인상과 달라진 건 없다.

여자는 차에 탄 직후에 비하면 경계심을 늦춘 것처럼 보였다.

"푸시맨이 있는 곳은 내가 안내하지."

스스럼없는 말투다.

"주택가야. 오래전에 가본 적이 있으니까 아마 찾을 수 있을 거야. 아, 다음 신호에서 우회전."

고래는 오른쪽 차선으로 끼어들며 물었다.

"너희 회사는 푸시맨에게 복수를 하려는 건가? 어쩔 셈이지?"

하늘도 땅도 짙은 먹색으로 가라앉았다. 양쪽에 늘어선 가로등이 희미한 불빛을 드리우고 있다. 차량 통행은 거의 없지만 전방 교차로에 몇 쌍인가 헤드라이트가 모여 있다. 벌레들의 군집 같다.

"아, 그거?"

여자가 뜸을 들이며 입술을 비쭉였다. 여유 있게 보이려고 애쓰는 것이 빤했다. 여자는 조바심과 두려움을 감추고 있다. 도망칠 기회를 노리고 있을지도 모른다.

"당신이 나타나기 전에 이미 회사에 전화를 해두었어. 그러니 지금쯤 그쪽으로 가고 있을걸?"

"푸시맨의 집으로?"

"그래. 온 가족이 모여 있는 스위트홈으로."

"잔인하군."

"이 세상에 잔인하지 않은 게 있나? 태어난 순간 죽음의 카운트다운이 시작되는 것 자체가 이미 잔인한 일이잖아."

여자의 휴대전화 벨소리가 요란하게 울렸다. 여자는 재빨리 전화를 받아 "그래, 나도 지금 가고 있어."라고 대답한 다음 고래를 슬쩍 보며 말을 이었다.

"친절하고 건장한 남자분이 데려다주고 있어. 아니, 그렇게 오래 걸리진 않을 거야. 이제 조금만 더 가면 국도가 나오니까. 그쪽은 어때? 그래? 그럼 그쪽이 더 빠르겠네. 도착하면 다시 전화해."

전화를 끊은 히요코에게 고래가 물었다.

"누구지?"

"회사 직원들. 난 회사에서 꽤 높은 위치니까 부하라고 해야겠지."

"몇 명이나 가고 있나?"

"당신하고는 상관없는 일 아닌가?"

"글쎄."

상관이 없지는 않지. 푸시맨과 대결하려면 쓸데없는 피라미들은 걷어치워야 한다. 다시 말해, 푸시맨의 집에 도착하면 일단 데라하라의 직원들을 쫓아내는 게 1단계 작업이다.

"몇 명이냐고 물었다."

"차가 네다섯 대 되니까 한 스무 명 정도?"

"많군."

기껏 어린애를 포함한 일가족을 상대하기엔 차고도 넘치는 숫자다.

"숫자가 많으면 일찌감치 단념할 거라고 그러던데? 암만 애써도 이 많은 사람들을 혼자서는 도저히 감당할 수 없다, 싶겠지. 더군다나 친절하고 신사적인 사람들은 아니거든. 푸시맨도 쉽지 않을 거야."

여자는 남 얘기 하듯 했다.

"푸시맨을 어쩌겠다는 건가?"

여자는 자기 손톱을 내려다보면서, 그것도 결국 태연을 가장한 행동이겠지만, 도톰한 입술을 움직였다.

"아마 차에 가족들까지 전부 태워서 본사로 데려갈걸."

"현장에선 아무 짓도 안 한다는 소린가?"

그렇다면 본사로 이송하는 도중에 푸시맨을 낚아챌 수 있겠다고 고래는 계산한다.

대결이오.

다나카의 목소리가 다시 귓가에 울린다.

"상대가 저항하지 않는 한 이쪽에서 먼저 총을 쏘거나 하진 않을 거야. 어쨌거나."

"어쨌거나?"

"지금 제일 꼭지가 돈 사람은 데라하라라니까. 데라하라가 보는 앞에서 푸시맨을 처리하지 않으면 의미가 없지."

"데라하라가 본사에서 아들의 원수를 기다린단 말인가?"

"아마 그럴걸. 지금쯤 씩씩대면서 본사 바닥에다 비닐을 깔고 있을 거야."

"비닐?"

"피든 똥이든 그런 게 남으면 보기 싫잖아. 고문을 하다 보면 그런 게 튀기 마련이거든. 아마 그 준비를 하고 있을 거야. 사장은 그런 거 좋아해. 아, 사거리에서 좌회전."

여자가 손가락으로 왼쪽을 가리켰다. 고래는 시키는 대로 좁은 길로 들어섰다.

"별 웃기는 사장도 다 있군."

"오늘은 아마 더할걸. 누가 뭐래도 자기 아들을 죽인 원수잖아. 칼 가는 정도가 다르지."

"여자와 아이도 가리지 않는단 말인가?"

"우선 애를 먼저 죽이겠지. 그다음 여자를 죽여서 속을 꺼멓게 태운 뒤에 당사자를 고문할걸. 누가 사주했는지 불게 한 다음, 더 강도 높게 고문할 거야. 시간도 방법도 충분하니까."

"그렇군."

건성으로 대꾸하면서 고래는 어떻게 하면 이들의 방해를 받지 않고 푸시맨과 정면 대결을 할 수 있을지 궁리했다.

좁은 길을 지나 마침 켜진 진행 신호에 따라 국도로 들어섰다. 그때 문득 생각이 나서 고래는 물었다.

"근데 정말로 푸시맨이 맞나?"

"뭐라고?"

"너희가 지금 잡아들이려는 자가 푸시맨 맞느냐고 물었다."

"미행을 했으니까."

"확실한가?"

"그럴걸."

여자는 찔끔하는 기색도 없이 고갯짓을 했다.

"증거는 없지만. 설사 우리가 착각을 했고, 그 가족이 푸시맨하고는 전혀 상관이 없다 해도."

"가능성은 있지."

"그렇다고 뭐 달라질 게 있나?"

여자는 무표정에 눈을 빤히 뜨고 말했다.

아사가오는 집에 도착해서도 뭔가 행동을 취할 기미가 보이지 않았다. 입으로는 분명 믿어보겠다고 했으면서도 태도는 달라진 게 없었다. 현관으로 들어서자 스미레가 웃으며 맞아준다.

"어서 와요."

아사가오는 "어." 하고 짧게 대꾸하고는 웃는 얼굴로 스즈키를 가리키며 말했다. "이 사람이 마침내 고백했어."

"고백?"

스미레가 두 눈 가득 호기심을 담고 스즈키를 바라보았다.

"스즈키 씨, 무슨 고백이요?"

갑작스러운 질문에 당황했지만 스즈키는 사실대로 대답했다. "사실 전 가정교사가 아닙니다."

그러자 스미레는 "그걸 벌써 말해버렸어요?" 하면서 아쉽다는 듯 웃었다. 시시한 퀴즈 프로를 보면서 '벌써 답이 나와버렸네.' 하고 불만을 터뜨리는 듯한 표정이다. 스즈키는 아사가오를 따라 거실로 들어가 식탁으로 향했다.

"스미레 씨도 알고 계셨습니까?"

"처음부터요."

스미레는 말했다.

"참 재미있었는데."

"아니, 그보다 일단 서둘러야 합니다."

"아까 전화로도 그러시더니."

스미레는 상냥하게, 스즈키 입장에서 보면 얄미울 정도로 여유 있는 목소리로 말했다.

"어? 아저씨, 정말 왔네?"

거실 쪽에서 겐타로의 목소리가 들려 스즈키의 불안감을 부채질했다. 너무나 한가로운 정경에 어이가 없었다. 이렇게 희희낙락하고 있을 때가 아니란 말이야! 스즈키는 속으로 외치며 인상을 쓴다.

겐타로는 스즈키에게 바싹 다가서서 고개를 바짝 들고는 "아저씨가 가정교사가 아니라는 건 진작 알고 있었어요."라고 맹랑하게 말했다.

스즈키는 얼굴을 붉히면서 이 집안의 평온한 분위기에 당황했다. 아사가오를 불렀다. 도대체 왜 자신만 이렇게 몸이 달아 어쩔 줄 몰라야 하는지 화가 났다.

아사가오는 어느 틈에 식탁 의자에 앉아 있다. 스즈키에게도 앉으라는 듯 맞은편 자리를 손짓한다. 앉을 기분은 아니었지만, 그렇게라도 하지 않으면 대화가 안 될 것 같아 마지못해 자리를 잡았다.

"어서 도망칩시다. 아까 제 얘기 믿는다고 하셨죠?"

"아, 당신이 하는 말이 사실이라는 건 알고 있소."

"그렇다면……."

그때 식탁으로 겐타로와 고지로가 다가섰다.

"이거."

고지로가 들릴락 말락 작은 소리로 말했다. 의자에 앉아 팔을 쭉 뻗어서 휴대전화를 스즈키 앞에 밀어놓는다.

"죄송해요."

스즈키는 서둘러 휴대전화를 집어 들었다.

"몰래 꺼내 가서."

고지로가 고개를 숙인다.

"아니, 괜찮아."

스즈키는 대답했다. 전혀 괜찮지는 않지만 이제 와서 꾸짖어 봤자 소용없다.

"고지로는 잘못 없소."

아사가오의 말에 스즈키는 얼굴을 들었다.

"내가 부탁한 거요. 당신 전화기를 좀 빼내라고."

"예? 뭐, 뭐 때문에요?"

스즈키는 너무 혼란스러워 혀가 제대로 돌지 않았다.

"당신이 가정교사가 아니라는 건 처음부터 눈치 챘소. 그래서 어떤 사람인지 알아보려고 고지로에게 부탁했지."

아사가오가 점잖은 목소리로 설명했다.

어느새 스미레도 옆에 앉았다. 표정은 여전히 부드러웠지만, 왠지 식탁에 둘러앉은 일가족이 동시에 자신을 규탄하는 것 같은 기분이 들었다.

그때 집 밖에서 차 소리가 났다. 조용한 주택가에 시동 끄는 소리가 울린다. 한 대가 아니다.

스즈키의 심장이 빠르게 뛰기 시작했다.

"아사가오 씨, 우선 어디로든 피해야 합니다. 그들이 왔어요."

"그런가 보군."

하면서도 아사가오는 의자에서 일어나려고도 하지 않았다.

"경찰을 부릅시다."

스즈키는 그 생각이 떠올라 큰 소리로 말했다.

"맞아요. 우선 경찰을 부르는 게 좋겠습니다. 아사가오 씨는 내키지 않겠지만, 험한 꼴을 당하는 것보다는 낫습니다."

그러면서 휴대전화 폴더를 열었는데 배터리가 나가 있다. 하필이면 이럴 때! 바닥에 내동댕이쳐버리고 싶다.

스즈키는 '영애'의 직원들이 한 발 두 발 다가서는 게 느껴졌다. 집 앞에 세운 차에서 내려 떼거리로 몰려드는 무지막지한 사내들.

들릴 턱이 없는 발소리가 들리고, 느껴질 리 없는 수상쩍은 열기가 전해졌다. 틀림없이 이들은 어딘가 어두침침한 장소로 끌려갈 것이다.

소리를 질러야 하나? 스즈키는 멍하니 생각했다. 이웃에 사는 주민들이라도 모여들게 큰 소리를 질러야겠다. 고래고래 소리치고, 그래도 안 되겠다 싶으면 불이라도 지르자. 그렇게 생난리를 치면 '영애'의 직원들도 물러나지 않을까? 2층으로 도망쳐서 지붕을 타고 이웃집으로 넘어가면 어떨까 하는 생각도 했다.

"일단 경찰을 부르겠습니다. 그런 다음 모두 2층으로 갑시다. 지붕을 타고 도망치는 겁니다. 전화 좀 쓰겠습니다."

주인의 대답도 듣기 전에 거실로 갔다.

실내를 이리저리 둘러본다. 그러는 동안에도 공포로 다리가 후들거렸다. 까딱하다간 바닥에 주저앉을 것만 같다. 돌쟁이도 웃고 갈 걸음걸이였다. 아이들만이라도 데리고 도망쳐야 하지 않을까? 어떻게 해야 하지? 혼자 고민하면서 두 손을 비비다가, 그제야 반지가 없는 것을 알아차렸다.

"어!"

입 밖으로 신음이 새어 나왔다. 이게 어디로 갔지?

어떡해, 잃어버렸잖아. 질책하는 아내의 목소리가 귓가에 울린다.

"전화는 없소."

소리가 들려 뒤돌아보니 거실과 주방 사이에 아사가오가 서 있었다.

"안됐지만, 이 집에 전화기는 없소."

"전화가…… 없어요?"

스즈키의 귀에는 그 소리가 '이제 다 틀렸다'는 말로 들렸다.

고래가 운전하는 차가 주택가로 들어섰을 때 여자의 전화기가 다시 울렸다.

"우리도 거의 다 왔어. 괜찮으니까 먼저 가 있어."

여자는 담담하게 지시했다.

"아이들도 차에 태워. 그래. 괜찮대도. 혹시 옆집에서 누가 나오면 환자를 옮기는 거라고 적당히 둘러대면 되잖아. 그래. 그럼 잘해봐."

그러고 나서 덧붙였다.

"아, 맞다. 주택가라면 집들이 다닥다닥 붙어 있을 거 아냐. 그럼 베란다나 지붕을 타고 도망칠 수도 있어. 잘 지켜봐. 그래. 뒷길도. 완전히 집을 에워싸고 빈틈없이. 아무렴 푸시맨도 보통은 아닐 테니까 정신 바짝 차리지 않으면 안 될 거야."

똑 부러지게 명령한다. 그러고 나서 주택가 입구에서 그 집까지 가는 루트를 자세히 물어본 다음 전화를 끊었다. 히요코는 만족스러운 표정으로 고래를 쳐다보았다.

"드디어 시작되는 모양이네."

"집 안으로 들어갈 건가?"

"그렇겠지. 금방 끝날 거야. 끌어내기만 하면 되는데, 뭐. 여러 사람이 에워싸고 아이를 협박하면 부모는 대개 순순히 따르게 되어 있지."

"그 집에 네가 말한 그 직원도 같이 있는 거 아닌가?"

"스즈키? 또 그 집으로 갔다고? 그렇게까지 바보는 아닐 텐데. 그렇지만 뭐 그러거나 말거나 상관없어. 별로 큰일 할 인물이 못 되거든. 우리 편도 아니지만, 그렇다고 크게 방해가 될 만한 인물도 아니야."

"그런가?"

여자는 다음 모퉁이에서 왼쪽으로 돌라고 지시했다.

"이제부터 쭉 가면 돼. 막다른 집이랬어."

어디서나 볼 수 있는 주택가다. 비슷비슷한 집이 늘어서 있고 직선으로 도로가 뚫려 있다. 얼핏 보면 마구간인 줄 알겠군.

"저 집인가?"

고래가 물었다. 앞 유리 너머 약 100미터 전방에 몇 대의 차들이 나란히 늘어서 있었다. 왼편 갓길로 바싹 붙여 정차했다. 라이트는 껐지만 어둠 속에서도 윤곽은 파악할 수 있다.

"맞네."

여자가 고개를 끄덕인다.

속도를 늦춰 정차할 준비를 하면서 고래는 푸시맨을 어떻게 할지 궁리했다. 여자의 말이 사실이라면 데라하라의 부하들이 푸시맨을 그 자리에서 죽이지는 않을 것이다.

어느 지점에서 가로채야 하나 생각한다. 시간이 많지 않다.

"고민할 시간 없다니까."

느닷없이 옆에서 소리가 들렸다.

고래는 황급히 브레이크를 밟았다. 요란한 소리를 내며 앞으로 고꾸라질 듯 차가 급정거한다. 한껏 늘어난 안전벨트가 고래와 여자의 몸을 힘겹게 지탱한다.

"지금 뭐 하는 거야!"

여자가 째지는 소리를 냈다.

"이 여자, 더럽게 쨍쨍대네."

뒷자리에서 얼굴을 내민 남자가 허연 이를 드러낸다. 아까 죽은 매미다. 매미가 운전석 옆으로 얼굴을 들이민다.

"내가 한 대 쳤을 때는 냉큼 꼬리를 내리더니. 저거 봐, 신발도 안 신고 있잖아."

"야, 너……."

고래는 매미를 노려보다가 여자를 보았다. 여자는 자기를 부른 줄 알고 대답한다.

"왜! 왜 이런 데서 차를 세우는 거야. 고양이라도 치었어? 브레이크 밟는 법도 몰라? 대체 어디서 운전을 배운 거야. 됐고, 바로 저 앞이니까 난 여기서 내릴게."

고래의 모습이 어딘가 이상한 것을 눈치 챈 걸까? 도망치려면 지금이 적기라고 판단한 걸까? 여자는 문손잡이를 잡았다. 그리고는 "그럼." 한마디를 던지고 허겁지겁 밖으로 나갔다. 한 시름 놓은 듯 보인다. 문이 닫히고 차가 덜컹거린다.

"놓쳤잖아."

매미가 침을 퉤 뱉었다. 어느 틈에 조수석에 앉아 있다.

고래는 상황을 파악하지 못하고 멍하니 앉아 있었다. 옆자리에 있는 게 매미의 망령이라는 것은 의심할 여지가 없다. 하지만 지난번과 마찬가지로 전조라고 할 만한 현기증도 없었다. 게다가 환각을 볼 때 현실의 인간은 모습을 감추기 마련인데, 조수석의 여자는 여자대로 생생했다.

"평소랑 달라서 쫄았지? 그게 바로 악화되고 있다는 증거거든. 증상이 깊어질 대로 깊어졌잖아. 아마 갈수록 더 안 좋아질걸. 이 나라 꼬락서니처럼 말이야. 아무튼 다시 만나게 돼서 반갑네."

"이렇게 일찍 나타날 줄은 몰랐는데."

고래는 눈을 비비고 나서 차갑게 말했다.

"빨리 안 가봐도 돼?"

매미가 전방을 손으로 가리켰다. 여자가 뛰어간 방향이다.

"그렇게 만만디로 앉아 있다간 당신의 적수, 푸시맨을 엉뚱한 것들한테 빼앗길지도 모르는데."

혼자 실실댄다. 망령의 말을 들을 생각은 없었지만 고래는 안전벨트를 풀고 차에서 내렸다. 길을 따라 걸어간다.

"나도 푸시맨이 어디 있는지 알고 싶었거든."

매미는 청바지 뒷주머니에 손을 찔러 넣고 고래와 나란히 걸었다. 보폭이 다를 터인데 바싹 붙어 따라온다.

"놈을 먼저 죽여서 몸값을 좀 높일 생각이었는데."

"죽은 놈은 입 닥치고 있어."

전방에 차들이 줄지어 정차해 있다. 모두 네 대로 반듯하게 각이 잡힌 외제 차였다. 윤기 나는 까만색 벌레의 잔등을 연상시킨다. 더듬이처럼 안테나를 쭉 뻗고 있다. 정사각형 주사위를 두 개 겹쳐놓은 듯한 건물 앞에 양복 입은 사내가 몇몇 어정거리고 있다. 주택이라기보다 무슨 사무실 같은 외관이다.

"당신한테는 안됐지만."

매미가 입을 실룩거렸다. 가만 보니 상황을 즐기는 눈치다.

"뭐가?"

고래가 물었다.

"푸시맨은 여기 없어."

고래는 무슨 말인가 싶어 매미의 얼굴을 쳐다보았다. 하지만 매미는 거들먹거리며 앞으로 계속 걸어 나갔다. 고래는 빠른 걸음으로 따라가며 여자를 주시했다.

"말도 안 돼!"

여자는 양복 입은 남자를 마주 보고 서서 발을 동동 굴렀다. 그러다 가까이 다가온 고래를 보고는 움찔하며 뒷걸음쳤다. 하지만 금세 아무렇지 않은 척 먼저 말을 건다.

"상황이 우습게 됐네."

"뭐가?"

"여기까지 왔는데 아니라니, 말이 돼?"

여자가 머리를 쓸어 올리며 신경질적으로 말했다.

고래는 양복 입은 남자를 향해 돌아섰다. 건장한 사내들이 로봇처럼 서 있다. 잘 훈련받은 군용견을 보는 듯하다.

"이 집이 아닌가?"

매미의 망령이 귓가에서 실실거린다.

"푸시맨은 여기 없다니까. 생쇼라고!"

고래도 '영애'의 간부라고 착각했는지 양복 입은 남자가 심각한 표정으로 대답했다.

"예. 아무도 없습니다. 주택이 아니라 회사 같은데요."

"회사?"

고래가 되묻자 여자가 입꼬리를 올리며 대꾸했다.

"작은 사무실이라나 뭐라나. 곤충 스티커만 방 안 가득 있대."

"곤충?"

"예."

양복 입은 남자가 설명을 곁들였다.

"곧바로 밀고 들어갔는데, 안에는 스티커와 곤충 사육 기구밖에 없었습니다."

"그 멍청한 애송이는 대체 어디 주소를 댄 거야."

이성을 잃은 여자가 이를 갈다가 손톱을 물어뜯기 시작했다. 고래는 건물 기둥에 붙어 있는 '도쿄도 분쿄구 쓰지오카 산초메 2-3'이라는 주소를 바라보았다.

"이런 코미디가 또 어디 있어?"

고래는 푸하하 웃음을 터뜨린 매미를 말없이 바라보았다. 그는 한바탕 웃고 나서 말을 이었다.

"그래도 당신한텐 꼭 나쁜 일만은 아니네. 아직 기회가 있다는 소리잖아."

전화가 없다고 말한 아사가오의 입에서 뒤이어 상상도 못한 말이 튀어나왔다.

"이곳은 내 집이 아니오."

스즈키는 그만 할 말을 잃었다.

식탁 의자에 앉아 입만 헤벌리고 있었다. 아사가오가 정면에, 그 옆엔 스미레가 앉았다. 겐타로와 고지로는 양옆 의자에 앉아 있다.

이게 도대체 어떻게 된 노릇인가. 스즈키는 머리가 뒤죽박죽인 채 앉아 어떻게든 안갯속을 헤쳐 나오려 마음을 가라앉혔다.

"당신이 말한 위험한 자들은 오지 않을 것 같은데."

집 밖을 향해 귀를 기울이다 아사가오가 말했다.

조금 전에 분명 차 소리가 들렸는데, 집으로 다가서는 기척은 없다. 문 앞에 정차하는 소리도, 차에서 누군가가 내리는 발소리도 없다.

"그런 것 같네요."

스즈키는 그제야 대답한다. 엉뚱하게 수선을 떨어 민망하긴했지만, 그 이상으로 지금 자신이 처한 장난 아닌 상황이 당혹스러웠다. 풀죽은 얼굴로 입을 연다.

"아니, 그것보다."

"당신은 여태 그 '그것' 때문에 정신이 없었잖소."

아사가오가 지적한다.

"아저씨 표정, 되게 무서웠어."

겐타로가 손가락으로 뾰족이 가리키며 말했다.

"웃겼어."

고지로도 개미 소리를 한마디 보탠다.

"이게 대체 어떻게 된 겁니까? 고지로가 주소를 가르쳐준 게아니었습니까?"

"가르쳐줬소, 다른 곳 주소를."

아사가오가 대답하고 고지로는 고개를 한 번 까딱했다.

"다른 곳…… 주소요?"

"내가 고지로에게 당신 휴대전화를 꺼내라고 말했소. 그리고 혹시 누가 전화해서 주소를 묻거든 이 집 말고 아무 주소나 대충 둘러대라고."

"언제요? 아니, 언제 그런 지시를 해둔 겁니까?"

"어제였지, 아마?"

"어제?"

스즈키는 소리 높여 반문했다.

"그건 제가 여기 오기도 전이지 않습니까?"

스즈키가 이 집을 방문한 것은 오늘 낮이었다.

"왔잖소."

그의 시선이 똑바로 스즈키에게 날아왔다. 스즈키는 또다시 호수로 빠져드는 듯한 느낌이었다.

"내 뒤를 밟아 이 집까지."

"아아, 어제 그……."

스즈키는 인정할 수밖에 없었다. 딱히 둘러댈 말도 떠오르지 않았다.

"맞습니다. 당신을 미행했습니다. 데라하라 사장의 아들이 사고를 당해서, 그래서……."

"이 집까지 따라왔지. 그 자리에서 바로 덤벼들지 않을까 했는데, 의외였소."

"만약 그랬다면 상황이 어떻게 됐을까요?"

"흐음."

아사가오는 대충 얼버무리려고도 하지 않았다.

"당신이 다시 이곳을 찾아올 거라 예상했소. 그래서 아이들에게 얘기를 해둔 거요."

"무슨 얘기를요?"

"당신이 왔을 때의 반응. 가능성과 대처 방법에 대해서."

"그게 무슨……."

"당신의 역할이 뭔지 궁금했소. 나를 죽이러 온 사람인지, 그냥 조사차 나온 일개 직원인지, 아니면 어쩌다 휘말린 사람인지. 이러니저러니 해도, 상대는 그 데라하라의 아들이잖소. 미리 준비를 해두어도 나쁠 거 없지."

"그래서 가정교사 운운하는 저를 집에 들인 겁니까?"

"그렇소. 당신이 하는 말을 믿었소."

"정확히 말하면, 믿는 척한 거죠."

"그래도 축구는 정말 재미있었어."

겐타로가 축 처져 있는 스즈키를 다독이려는 듯 끼어들었다.

"대체 뭘 하려고 그런 겁니까?"

"사실은."

입을 연 것은 스미레였다.

"스즈키 씨를 좀 더 조사하면, 어쩜 데라하라에게 접근할 수도 있지 않을까 기대한 거죠."

스미레의 입에서 데라하라의 이름이 나올 줄은 꿈에도 생각지 못했다. 푸시맨의 아내라 역시 음지 세계에 대해 잘 알고 있는 것일까.

"프로이라인이라는 회사가 있잖소."

아사가오가 별 관심 없는 투로 말했다.

"영애 말이오."

"아니, 대체 이게 다 어떻게 된 겁니까?"

스즈키는 단도직입적으로 물었다.

"스미레 씨, 그리고 겐타로와 고지로, 당신 가족은 다들 왜 이런 겁니까?"

그러자 아사가오는 스즈키를 동정한 것인지, 아니면 속인 것이 미안해선지 표정을 약간 부드럽게 풀었다. 그래도 과장된 제스처 하나 없이 짤막하게 대답했다.

"우린 가족이 아니오."

뭐? 스즈키는 한동안 입을 다물지 못했다. 이건 그야말로 결정타다. 입술을 뻐끔거려보지만, 뿌연 머릿속에 아무 생각도 떠오르지 않았다.

"이 사람들은 내 고용주요."

아사가오는 담담하게 설명했다.

"극단이라고, 들어봤소?"

스즈키는 고개를 끄덕였다. 히요코가 언급한 적이 있다. 기억난다.

"스미레 씨는 그 그룹의 일원이오. 나도 자세한 내막은 모르지만, 이 아이들도 아마 극단원일 거요."

아사가오가 겐타로와 고지로를 본다. 그건 아버지가 아들에게 보내는 시선이 아니라 팀원이나 동지를, 정확히 말하면 고용주를 보는 눈빛이었다.

"우리는 데라하라의 회사와 함께 일을 해왔는데, 최근 문제가 생겨 사이가 틀어졌어요."

스미레는 여학생이 남자 친구의 험담을 하듯 눈썹을 찌푸리며 말했다.

"어떻게든 해결해보려고 이분에게 부탁한 거죠. 의뢰를 한거예요. 우린 연극은 할 줄 알아도 사람 죽이는 건 아마추어라."

스미레의 입에서 죽인다는 말이 튀어나온 순간 스즈키는 비명을 지를 뻔했다.

"하지만 데라하라의 회사는 덩치가 크지."

아사가오가 표정 없는 얼굴로 말한다.

"게다가 거칠고."

"아아."

스즈키는 경련인지 수긍인지 모를 고갯짓을 했다.

"크고 잔인하지요."

"수법도 난폭하고. 안 그렇소? 그래서 데라하라의 아들이 죽은 후 어떻게 나올지 걱정이 되었소. 그 회사가 가만있을 리 없으니까. 내가 한 사람 밀친 것만으로 발칵 뒤집힐지도 모르지. 다른 누군가에게 피해가 갈지도 모르고. 애먼 사람에게 화풀이를 하거나 불똥이 튀는 일은 늘 있으니까."

"그럴 수 있죠."

스즈키는 몽롱한 정신에도 히요코가 한 말을 떠올리고 대꾸했다. 아들이 그렇게 죽자 데라하라는 완전히 꼭지가 돌았다.

"그래서 나를 쫓아오게 한 거요."

"쫓아오게 해요?"

"사방이 꽉 막히면 인간이라는 족속은 폭발하게 마련이지. 그럴 땐 어디 한군데 길을 터주면 돼. 단서를 흘리면 그걸 물려고 필사적으로 따라오게 돼 있지. 나를 추격하는 동안에는 엉뚱한 짓은 하지 않을 거라고 생각했소."

스즈키는 그제야 자신의 역할을 깨닫고 얼굴을 들 수 없었다.

"그게 저였던 겁니까?"

"꼭 당신이 아니어도 상관없었소. 다만 누군가가 쫓아오리라는 건 예상했지. 그래서 이 동네, 이 집으로 유도한 거요. 여기는 내 집이 아니오. 이번 일을 위해 빈집을 빌린 거지."

"우리가 준비한 거예요."

스미레가 말한다. 우리라는 건 결국 극단을 말하는 거겠지?

"이 여자분과 아이들은."

아사가오는 스미레와 겐타로, 고지로를 차례로 돌아본 뒤 말을 이었다.

"가족으로 위장한 거요."

"데라하라의 아들뿐만 아니라 사장도 이참에 처리하고 싶었거든요. 뭔가 건수가 없을까 생각했죠."

"사장도 죽이려고 했다고?"

스즈키는 속으로 말할 생각이었는데, 자기도 모르게 입 밖으로 튀어나온 모양이다. 스미레가 "원래 타깃은 데라하라의 장남이었지만, 어쨌든 그 회사 자체도 맘에 들지 않았으니까요. 사장을 노리기에도 적절한 기회다 싶었고요."라고 대답했다.

"그래서 따라온 스즈키 씨를 좀 지켜보고 싶었어요."

"저를 이용했다는 말이군요."

"이용이라는 말은 좀 그렇고."

아사가오가 말을 바꾼다.

"활용이라고 해둡시다."

"그게 그거 아닙니까."

스즈키가 울먹이는 듯한 소리를 내자 스미레와 겐타로가 웃음을 터뜨렸다.

"아니⋯⋯." 스즈키는 그때까지도 의문이 남았다. "처음 제가 쫓아왔을 때 만약 제가 회사에 이 집 주소를 말했다면 어쩔 셈이셨습니까?"

어쩌다 내가 겁이 많고 게다가 신중했기에 더 크게 번지지 않았지, 그날 밤 안으로 복수심에 눈이 먼 '영애'의 직원들이 쳐들어왔을 수도 있다. 그건 가정교사 흉내를 내고 있을 동안에도 충분히 일어날 수 있었던 일이다.

"사실, 첫날 이 집 주위에 저의 동료들이 여럿 숨어 있었어요. 쫓아온 스즈키 씨를 관찰하다, 혹시라도 '영애'가 쳐들어오면 그 자리를 덮쳐서 데라하라 사장을 불러낼 계기로 삼을까 생각했었는데."

스미레가 담담하게 말했다.

스즈키는 눈을 연신 깜빡거리면서 당시의 일을 떠올리려 했다. 그날 밤 아사가오의 뒤를 밟아 이 집 앞까지 왔다. 조용한 주택가라고만 생각했지, '극단' 사람들이 숨을 죽이고 자신을 지켜보고 있을 줄은 꿈에도 생각 못했다.

그래, 당신은 꼭 중요한 걸 놓치지. 죽은 아내가 놀리는 소리가 들렸다.

"그런데 그대로 돌아가더라고. 그래서 실은 내가 당신 뒤를 밟았소."

"아사가오 씨가 저를 미행했다고요?" 뒤를 밟아야 할 대상에게, 도리어 미행을 당했다는 말인가.

"집으로 가지 않고 호텔에 들어가 보고하는 당신을 보니, 짐작컨대 당신은 자신의 역할에 저항을 느끼는 것 같더군."

아사가오가 차근차근 설명했지만 스즈키의 귀에는 거의 접수되지 않았다. 다시 한번 맞은편에 앉은 아사가오를 바라보았다.

투명해 보이는 평온한 얼굴은 아무도 밟지 않은 설원 내지, 그 표면을 천천히 녹이는 태양광처럼 느껴졌다. 무뚝뚝한 인상인데도 온기가 풍긴다. 보면 볼수록 신기했다.

"이 사람은 스즈키 씨가 곧바로 이 집을 회사에 보고하지 않을 거라 예상했어요. 하지만 행여 그 예상이 빗나가 '영애' 사람들이 쳐들어온다면 우리도 동료들을 불렀겠죠. 이 집이 이래 봬도 알게 모르게 도주로까지 확보되어 있거든요."

스즈키는 이미 축 처진 어깨에 힘없이 고개를 저으며 한숨을 내쉬었다.

"그런데."

아직 궁금한 게 남아 있다. 아니, 많이 있다.

"지금 저에게 사실대로 모든 것을 말하는 이유가 뭡니까? 왜, 이제 데라하라는 포기한 겁니까? 이제 제게는 볼일이 다 끝난 겁니까?"

"비밀을 안 이상 살려둘 수는 없지."

아사가오가 툭 한마디 던졌다. 스즈키는 찬물을 뒤집어쓴 기분이었다. 뭐야, 나를 없애버리겠다는 건가?

"그냥 해본 소리요."

아사가오는 눈썹을 한 번 실룩했다. 뭐라고? 그걸 지금 농담이라고 해! 스즈키는 긴장이 풀리면서 화가 났다. 아사가오가 다시 차분하게 말했다.

"그게 아니라, 데라하라 사장이 죽었다는군."

"예?"

이젠 놀라기도 지쳤다. 하지만 스즈키는 다시 한번 그런 소리를 내지 않을 수 없었다.

"어, 언제요?"

"조금 전에요."

스미레가 대답했다. 아사가오를 흘깃 쳐다보고는 말을 이었다. "우리 직원한테 연락이 왔어요. 데라하라가 죽었다고. 아무래도 살해된 것 같아요."

"누, 누구한테요?"

"글쎄요."

알면서 시치미를 떼는 것 같지는 않았다.

"그것까진 모르는 것 같아요."

"아아."

"아까 당신을 태우고 돌아올 때, 이분이 전화를 했잖소."

아사가오는 스미레를 쳐다보았다.

"나도 그때 소식을 들었소. 그래서 우리는 더 이상 당신을 이용할 필요가 없어진 거지."

"활용이라면서요."

스즈키는 가까스로 한마디 했다.

"사실 당신한테 정황을 설명할 생각은 없었소. 굳이 그럴 필요도 없고. 대충 어디선가 당신을 내려주고 헤어지면 그걸로 끝이라고 생각했지."

"그런데 왜 이렇게 진상을 다 이야기해주는 겁니까?"

"설명해주고 싶어졌소. 나쁜 사람 같진 않고 해서."

"그렇게 보이진 않죠."

스미레도 동의하고, 겐타로도 "사람 좋아 보여." 하며 킥킥댄다.

"게다가 브라이언 존스 이야기도 한몫했지."

아사가오는 웃음기 하나 없는 얼굴로 그렇게 말했다.

스즈키는 꿈결에 구름 위를 걷는 기분으로 현관을 향했다. 도무지 현실감이 들지 않는다. 그렇지만 어찌 됐건 이만 이 집을 나서야겠다고 생각했다.

그런데 어디로 가야 할까? 집은 무사할까? 비즈니스호텔에 빈방은 있을까? 동시에 이런저런 생각이 스쳤다.

"스즈키 씨를 배웅하는 게 오늘만 두 번째네요."

스미레가 현관에 선 스즈키에게 말했다.

겐타로와 고지로도 나란히 서 있다. 그들의 표정이 어딘지 쓸쓸해 보였다. 그것이 '극단'에서 갈고닦은 의례적인 표정인지,

그저 순수하게 스즈키와 헤어지는 것이 섭섭해 그런 건지 이미
된통 뒤통수를 얻어맞은 스즈키로서는 판단이 서지 않았다.

"아저씨, 집에 가요?"

겐타로가 물었다.

"어, 그래. 어쨌거나 여긴 너희 집도 아니잖니."

각자 집으로 갈 수밖에.

"그건 그렇죠."

그러면서 샐쭉한 표정을 지었다. 고지로도 겐타로의 손을
잡고 서서 "이제 가요?"라고 속삭였다. 가만 보니 그 둘은 참
많이 닮았다. 눈썹이나 귀 모양이 완전히 빼다 박았다. 어쩌면
이 아이들은 정말로 피를 나눈 형제일지도 모른다는 생각이 들
었다.

이어서 이 아이들은 어쩌다 이렇게 어린 나이에 '극단'이라는
그룹에 들게 됐을까 하는 생각이 떠올라 스즈키는 마음이 착잡
했다. 이 아이들이 지금까지 살아온 삶은 평범함과는 거리가
먼 것이었을까? 불행과 고난의 연속이었거나, 아무튼 일반적
이지 않은 특수한 것이었을까? 이 아이들의 부모는 어디 있을
까? 학교에는 안 보내나? 축구공을 차던 겐타로의 얼굴이 떠오
른다. 좋아하던 그 모습은 연기가 아니라 진짜처럼 보였는데.

학교에서는 축구를 하지 않느냐고 물었을 때, 겐타로의 표정
은 왠지 쓸쓸해 보였다.

"응. 대충 그래요." 하고 힘없이 고개를 저었다.

고지로가 스즈키 앞에 서서 오른손을 내밀었다.

무슨 일인가 싶어 몸을 굽혀 얼굴을 가까이 들이대니 작은 소리로 속삭이듯 "이거 줄게요." 한다.

시선을 내리니 오른손에 스티커를 쥐고 있다. 스즈키는 머뭇거리다 받아 들고는 자세히 보았다. 반지르르한 장수하늘소 사진이었다.

"이거 내가 가져도 되니?"

고지로는 "응." 하면서 힘차게 고개를 끄덕였다.

스티커를 자세히 들여다보니 생각보다 귀엽고 사랑스러웠다. 그래서 스즈키는 다시 물었다.

"이거 구하기 힘든 거 아니니? 정말 아저씨가 가져도 돼?"

고지로는 또랑또랑한 눈으로 고개를 가로저었다.

"아니, 그거 많아. 제일 많은 거야."

"그렇구나."

스즈키는 실망하기보다는 웃음이 났다.

"바래다주겠소."

아사가오가 말했다.

"아니, 됐습니다."

스즈키는 얼른 손을 내저었다. 당신 차를 타고 가다 또 무슨 일이 벌어지면 어쩌느냐고 대꾸하려는 순간, 왼손 손가락이 눈길을 끌었다. 저도 모르게 신음을 흘리며 고개를 숙였다.

"왜, 무슨 일 있어요?"

스미레가 물었다.

"네, 한 번 더 신세 좀 져도 되겠습니까?"

스즈키는 고개를 숙이고 부탁했다.

"반지를 찾으러 가야겠습니다."

"반지?"

"네, 꼭 찾아야 합니다."

당연히 그래야지! 아내가 귓가에서 말하며 손뼉을 친다. 잊어버린 줄 알았는데, 라고 말한다.

그럴 리 없잖아. 당신을 위해 이렇게 애쓰고 있는데.

고래

고래는 옆에 선 매미에게, 정확히 말하면 매미의 망령에게 무슨 말이냐고 물었다.

"기회가 있다고?"

"있고말고. 당연히 있지, 암."

"어디?"

고래에게 이미 매미는 생생한 현실 속 인물이었다. 옆에 있는 전신주보다 더 리얼하게 느껴졌다.

"아까 그 장소, 아까 거기."

"아까 거기라니, 어디를 말하는 거지?"

"어디긴, 당신이 날 죽인 장소지. 존 레넌은 다코타 하우스, 오다 노부나가는 혼노지, 그리고 이 매미는 삼나무 숲이잖아." 매미는 자기가 말하고도 민망했는지 머리를 긁적였다.

"그곳으로 가."

"그곳에 다시 가서 뭘 어쩌라고."

"내가 쓰러진 곳에 반지가 떨어져 있을 거야. 그거, 그 스즈키라는 남자 거거든. 내가 갖고 있다가 거기서 떨어뜨렸어."

듣고 보니 생각이 난다. 삼나무 숲에서 총에 맞은 직후 가슴에 피를 흘리며 숨을 헐떡거리던 매미가 뭐라고 웅얼거렸다. 숨넘어가기 전 신음처럼 흘린 말. 고래의 뒤에 있는 망령과 이야기를 나누는 것 같았는데, 그때 반지에 대해 얘기하던 기억이 난다.

"아마 반지를 찾으러 올 거야. 스즈키라는 그 남자."

"어째서 그 숲으로 올 거라고 확신하지?"

"삼나무 숲인지 어딘지 확실히는 몰라도 그 근처에서 반지를 떨어뜨렸을 거라고 생각할 테니까. 차 안이든, 건물 안이든, 아무튼 간에 스즈키는 반드시 올 거야."

고래는 망령의 말을 곧이들을 생각은 없었지만, 일리는 있다고 보았다. 그것 말고는 달리 방법도 없으니까.

주위가 소란스러워지기 시작했다. 주택가에 줄지어 선 외제차도 그렇고, 거의 발광하듯 꽥꽥거리는 여자 때문에 몇몇 집에서 사람들이 얼굴을 내밀었다. '영애'의 직원들도 어찌해야 좋을지 몰라 우왕좌왕하고 있다.

고래는 이미 여기 일은 어찌 되든 관심이 없었다. 푸시맨은 이 집에 없다. 그 사실을 안 이상 여자도, '영애'도, 물론 주택가도 별 볼 일 없다. 차로 돌아가려고 몸을 돌렸다.

"잠깐, 회사에서 전화가 왔네."

여자가 휴대전화를 쥐고 긴장한 목소리로 말했다.

"사장이면 뭐라고 그러지?"

완전히 냉정을 잃은 여자가 호들갑을 떤다.

고래는 꼴불견이라고 생각하면서 여자를 돌아보았다.

"뭐!"

여자가 다시 버럭 소리를 질렀다. 상대에게 계속해서 뭔가를 되묻는다. 속사포처럼 질문을 해대고 재차 확인한다. 뭐라고 하는지 정확히 알아들을 순 없었지만, "대체 어쩌다 그런 거야! 도대체 뭐냐고, 그것들!" 막판엔 그렇게 소리쳤다.

주위에 서 있던 양복쟁이들이 통화를 끝낸 여자에게 무슨 일이냐고 물었다. 고래도 그쪽으로 다가갔다.

"사장이 죽었대."

망연자실이라고 할 정도는 아니지만, 여자는 얼이 빠져 축 늘어졌다. 살결이 하얗다 못해 퍼렇다. 혈관이 푸르스름하게 도드라져 보인다.

매미의 망령이 옆에서 휘파람을 불었다.

"데라하라가 죽었다고? 거참 잘됐네."

어쩌다 죽었느냐고 옆에 있던 남자가 묻자 여자는 부들부들 떨며 나직이 말했다.

"독살됐대. 독살."

주문을 외듯, 신음하듯 '독'이라는 단어를 반복했다.

"본사에서 독이 든 차를 마시고 죽었대."

"누가 한 짓이지?"

고래는 어느 틈에 여자의 정면에 서서 묻고 있다. 가로등 아래 고래의 그림자가 차도로 길게 뻗어 있다.

"차에 독을 넣은 게 누구냐고."

"그것들이야."

여자는 시선을 하늘을 향한 채 제자리에서 한 바퀴 돌았다.

"우리가 감금해둔 두 사람. 그것들이 없어졌대. 젊은 남자랑 여자. 스즈키에게 죽이라고 지시한 애들."

고래는 여자의 설명을 알아들을 수가 없었다. 양복쟁이 남자들도 못 알아듣겠는지 멍한 얼굴로 서로를 쳐다보기만 했다.

그때 여자는 누가 보거나 말거나 뮤지컬 배우처럼 두 팔을 활짝 벌리고 제자리에서 빙빙 돌기 시작했다.

"노랑이 어쩌고 까망이 어쩌고 하면서 떠들어대던 걔들이 사장을 죽인 거야. 혹시 그것들, 처음부터 그럴 작정으로 우리를 따라온 거 아닐까?"

"노랑과 까망이라면."

매미의 망령이 신이 나서 고래에게 귀엣말을 했다.

"말벌 얘기 아닌가? 벌 색깔이 노랑과 검정이잖아. 보기만 해도 찝찝한 색깔 말이야."

"말벌."

고래도 입 밖으로 소리 내어 말해본다. 그러고 보니 들은 적이 있다. 살인 청부업자 중에 독살 전문가가 있다고 했다.

"그 말벌한테는 누가 의뢰한 거지?"

고래는 매미에게 물었다. 제 안에서 나온 망령에게 자기가 모르는 것을 물어보는 것이 바보 같은 짓인 줄 뻔히 알면서도 물을 수밖에 없었다.

"글쎄. 그렇지만 뭐 데라하라한테 원한을 품은 자가 한둘이 아니니까."

매미는 별 감정 없이 대답하고는 말을 이었다.

"이 사람들은 그냥 내버려두고, 빨리 네 갈 길이나 가. 푸시맨과의 대결이 남았잖아."

고래는 발길을 돌렸다. 가로등 불빛이 만들어낸 그의 그림자가, 늘어선 담장 위로 겹겹이 이어진다. 차로 돌아와 운전석 문을 열 즈음 매미는 감쪽같이 사라지고 없었다.

아사가오가 운전하는 차 안에서는 대화가 거의 없었다. 하고 픈 말은 산더미 같은데 딱히 해야 할 말은 하나도 없는, 애매한 기분이었다.

조수석에 앉아 창밖으로 지나가는 야경을 바라보았다. 시나가와로 가는 길은 오늘만 두 번째인데, 해가 진 탓인지 새로운 느낌이었다. 마주 오는 차의 불빛만 보인다. 까만 창에 뿌연 빛이 퍼지고, 그 빛은 곧 선이 되어 뻗어간다.

머리가 꾸벅 떨어지는 바람에 졸았다는 걸 알았다.

"괜찮소?"

아사가오가 물어 괜찮다고 대답했지만, 머리에 묵직한 둔통이 일었다. 카페에서 마신 약 기운 때문인지도 모르겠다.

"그런데 어쩌다 데라하라의 회사에서 일하게 된 거요?"

아사가오가 묻는 말에 곧바로 반응을 보이지는 않았다. 잠자코 있으니 아사가오가 말을 잇는다.

"그 회사에 대해 잘은 모르지만, 당신 같은 사람이 일할 만한 곳으로는 보이지 않는데."

"실은요."

입을 뗐지만 곧 말문이 막혔다. 실은요, 제 아내가 데라하라의 장난 때문에 죽어서, 그 원수를 갚기 위해 잠입한 겁니다. 위장 취업이요. 유치하게 들릴지도 모르지만 저는 심각했습니다. 상식적이고 이성적인 생활은 진즉에 포기했습니다. 그래서 '영애'에 근무하기로 한 겁니다. 단숨에 그런 말이 쏟아져 나올 것 같아 입을 다물었다. 길바닥에 떨어진 종이가 바람에 떠밀려 나부낀다. 스즈키의 기분이 딱 그 모양이었다. 불안감이 좀 가라앉았나 싶어 한숨 돌리면 어느새 또 바람이 불어와 흔든다. 입을 꼭 다물고 앉아 바람이 잦아들길 기다린다. 가만히 그러고 있으면 또 졸음이 몰려든다.

스즈키의 속내를 짐작했는지 아사가오는 더 이상 캐물으려 하지 않았다.

"복수를 하고 싶었습니다."

스스로 생각해도 기특할 정도로 침착한 목소리가 나왔다.

"데라하라에게?"

"그 아들에게요. 저를 위해 복수하고 싶었습니다. 이렇게 말하긴 뭐하지만, 다른 사람이야 어떻게 되든 그것까지 챙길 여유는 없었습니다. 그래서 그 회사에서 불법 약품을 팔고 있다는 걸 어렴풋이 알아차렸음에도 눈감기로 한 겁니다."

"이기적이군."

"별거 아니라고 생각한 면도 있죠."

실제로 불법 약품을 파는 것에 대해서는 별로 죄책감을 느끼지 않았다. 노랑인지 까망인지 그 젊은 사람들을 차에 태우고, 총으로 쏘라는 명령을 받고 나서야 비로소 덜컥했다. 잠깐, 그러고 보니 그 사람들은 어떻게 됐지? 다시 불안해진다. 제자와 닮은 그 젊은 남자는 무사히 풀려났을까? 데라하라가 정말로 죽었다면 회사는 발칵 뒤집혀 모두들 제정신이 아닐 것이다. 그사이 어떻게든 도망쳤으면 좋을 텐데. 스즈키는 제발 그랬길 바랐다.

스즈키는 조수석에 앉아 다시 창밖으로 시선을 던졌다. 흘러가는 밤을 말없이 바라본다.

"아사가오 씨, 점심때 그 메뚜기 얘기 말인데, 사실입니까?"

말을 하고 나서 그것이 오늘 있었던 일이라는 사실에 새삼 놀랐다. 까마득한 옛날 일 같다. 10년 전에 교수에게 들은 이야기가 차라리 더 신선하게 다가온다.

"메뚜기?"

"인간의 수가 너무 많아서, 그래서 다들 난폭한 메뚜기로 변해간다고 그러셨잖습니까."

"당신은 그렇게 생각지 않소?"

"꽉 막힌 도로에 갇혀 있다 보면 짜증이 나긴 합니다만."

"너무 비대해졌어."

"그래서 그런 일을 하는 겁니까?"

스즈키는 약으로 인한 두통과 잠기운 탓인지, 푸시맨에 대한 두려움이 반감됐다.

"그래서 사람을 밀쳐 죽이는 겁니까?"

"지금 이 나라에서는 연간 수천 명이나 되는 인간이 교통사고로 죽어가지."

아사가오는 묻는 말에는 대답하지 않고 수치를 들먹였다.

"그렇다고 하더군요."

"어떤 테러리스트도 그렇게 많은 수를 죽이진 않소. 무작위로 만 명에 가까운 사람을 죽이는 테러리스트는 없지. 아마 다친 사람까지 치면, 그 숫자는 엄청 불어날 거요."

"그렇겠죠."

"그런데도 차를 타지 말자고 외치는 자는 아무도 없지. 웃기는 일 아니오? 다시 말해서, 사람 목숨은 2차적인 문제고 중요한 건 편리성이다, 그거요. 생명보다는 편리성이라고."

"하지만 그렇게 말씀하시는 아사가오 씨도 지금 차를 몰고 있지 않습니까."

"그렇지."

"그러고 보니 자동차는 어딘가 메뚜기의 날개와 비슷한 느낌이 드네요."

"글쎄, 뭐 그럴지도 모르고."

아귀가 맞는 건지 어긋나는 건지 모를 대화였다. 서로 뜻이 맞는다고는 볼 수 없고, 둘 사이에 유대감이 생긴 것도 아니었다. 그러나 침묵을 메우기 위해 억지로 이어가는 말이 아니라, 기꺼이 주고받는 대화인 건 확실하다. 왠지 편안했다.

"저기."

차가 사거리에 멈춰 섰을 때 갑자기 생각났다.

"앞으로 스미레 씨나 겐타로, 고지로는 만날 수 없겠죠?"

"그렇게 되지 않겠소? 그들은 이미 그곳을 떠났을 거요. 나도 이제 볼 일은 없을 거고. 난 원래 단독으로 움직이는 데다, 그들하고는 이번 건으로 어쩌다 만나게 된 거니까."

"그렇습니까?"

"설마 섭섭하다느니 그런 소리를 하려는 건 아니겠지?"

아사가오는 웃지도 않고 덤덤하게 말했다.

실은 내가 생각해도 웃기지만, 섭섭합니다. 스즈키는 그렇게 대답하고 싶었으나 할 수 없었다. 부끄러웠다. 그들을 진짜 가족이라고 굳게 믿고, 자기도 그 일원인 듯 느낀 것이 창피했다.

신호가 파란색으로 바뀌자 차는 속도를 내어 달려갔다. 시나가와역을 지나 어둑한 길을 조용히 질주한다. 밤이라 그런지 짜증스러운 정체는 없었다. 스즈키는 어제에 이어 오늘까지, 이 기기묘묘한 시간이 마침내 마무리되어 가는 것을 실감했다.

"이제 와서 이런 걸 묻긴 좀 미안하지만."

전방을 응시한 채 아사가오가 입을 뗀 것은 스즈키가 끌려간 건물의 그림자가 왼편으로 소리 없이 나타났을 무렵이었다.

"그 반지가 정말로 저기 있을까?"

"처음에 끌려왔을 때 떨어뜨린 것 같아요. 차 안이나, 아니면 건물 안에서."

"이곳에 다시 오다니, 위험하다는 생각은 안 하시오?"

"거기까진 생각하지 못했는데요."

스즈키는 솔직히 대답하고 나서 얼굴을 붉혔다.

"어쨌든 가볼 수밖에 없잖습니까."

삼나무 숲은 칠흑 같은 어둠을 끌어안고 있었다. 안으로 걸어 들어가니 검은 공기가 온몸을 에워쌌다. 땅을 밟을 때마다 몸이 점점 검게 물들고, 깊이 들어갈수록 그림자와 하나가 되는 느낌이었다. 고래는 그것을 온몸으로 느꼈다.

매미의 망령은 다시 나타나지 않았다. 다른 망령도 나타나지 않았다.

매미의 시체는 땅바닥 위에 납작하다. 고래가 총을 쏜 자리에서 한 치도 벗어나지 않았다. 아무도 찾지 않는 깊은 숲속에 아무도 모르게 쓰러져 있는 사체는 놀랄 만큼 주변 배경에 동화되어 있었다. 비참함도 이질감도 없이, 너무나 자연스럽게 어우러졌다. 바닥에 떨어져 뒹구는 나뭇가지와 벌레의 사체들, 이파리와 새똥처럼 자연의 일부다.

사체를 내려다본다. 빛은 어디서도 들이치지 않을 텐데 매미의 옆얼굴이, 그 뺨에 난 솜털까지 훤히 보이는 것 같다. 눈은 뜨고 있다. 그의 두 손은 앞으로 향하고 있지만, 오른팔이 약간 휘어져 있었다. 팔꿈치가 꺾이고 집게손가락만 튀어나와 있다.

마치 어딘가를 가리키는 것 같아 그 손끝을 따라 시선을 움직이니 반지가 떨어져 있었다. 빛을 발한 건 아니나 흙에 반쯤 묻힌 반지는 금방 눈에 띄었다. 고래는 팔을 뻗어 그것을 줍고 흙을 털어냈다. 스즈키라는 자는 정말로 이곳에 올까? 근거는 없다. 거죽이 쩍쩍 갈라진 삼나무에 기대서서 고래는 눈을 감았다. 소리에 정신을 집중하고, 피부로 차가운 공기를 느끼며 호흡을 확인한다.

잠깐 걷다가 안주머니에 손을 넣어본다. 너덜너덜한 책을 어루만진다.

숲에서 나왔다. 눈앞에는 편도 이 차선 도로가 있다. 도로 폭에 비해 차량 통행은 거의 없다. 도로 건너편 건물을 바라보았다. 그제야 5층에 불이 켜져 있다는 것을 알아차렸다.

데라하라의 직원이 일을 하고 있든지, 아니면 청소를 하고 있을 거라고 상상하며 고래는 가로등에 기대섰다. 거대한 고사리를 연상시키는 가로등 불빛 아래 책을 펼친다. 마음을 가라앉히는 데는 이 방법이 최고다.

마침내 사무실에 불이 꺼졌다. 건물 전체가 눈을 감은 듯했다.

고래는 책갈피에 서표를 끼워 덮은 다음 주머니에 넣었다. 가로등에서 등을 떼고 가만히 건물 입구를 바라보았다.

얼마나 그러고 있었는지 모르겠지만 잠시 후 차도 건너 빌딩 정문에서 남자가 나왔다.

그리고 그 순간 "왔다." 하는 소리가 들렸다. 처음에는 매미가 한 말인 줄 알았는데, 그게 사람의 음성인지도 확실치는 않다. 여러 사람이 동시에, 그것도 외치거나 성을 내는 게 아니라 속삭이듯 자신에게 알려주는 것 같았다.

억울하게 죽은 정치가의 비서, 불륜 상대에게 배신당한 여자, 정의와 자기만족을 구분 못한 뉴스캐스터, 누명을 뒤집어쓴 의원, 부모에게 버림받은 젊은이, 멋모르고 정치가의 딸을 집적거린 조폭, 그리고 살인 청부의 매니저 역할을 한 사마귀를 닮은 남자, 그들이 고래의 안팎에서 한목소리를 냈다.

"왔다."

힘 있는 울림이었다. 건물에서 나온 남자의 전신이 서서히 드러난다. 마른 남자였다. 몇 살이나 됐는지는 알 수 없지만 이삼십 대 언저리로 보인다. 스즈키다.

"네 말이 맞구나."

고래는 존재할 턱이 없는 매미에게 나름의 고마움을 표했다. 스즈키가 왔다. 가로등 아래서 벗어나 왼편으로 걷기 시작한다. 차도를 사이에 두고 스즈키의 정면에 선다.

대결이오.

다나카의 목소리가 들렸다. 고래는 고개를 끄덕인다. 저자와 대결해야 한다. 순간 '저 남자는 푸시맨 본인이 아니다. 굳이 대결할 필요가 있나?' 하는 소리가 들렸지만 또 다른 목소리에 금세 꼬리를 감춘다. '저자가 푸시맨이 아니라고 누가 장담해?'

누가 말했는지는 모른다. 하지만 납득이 가는 메시지였다. 저 젊은 남자가 푸시맨일 가능성도 있다. 이것으로 끝이다. 무의식중에 그렇게 뇌까린다.

차도를 사이에 두고 스즈키와 대치한다. 가로등 불빛이 흐릿하지만 표정은 볼 수 있다. 스즈키가 고개를 들고 고래를 봤다. 처음엔 멍하니 보다가 곧 두 눈을 휘둥그레 뜬다. 공포와 당혹감이 교차한다.

이것으로 끝이다. 고래는 한 발 내딛었다.

스즈키는 건물을 저만치 앞두고 차에서 내렸다. 데라하라가 죽었다는 정보가 사실인지 확인하지 못했으니 경계할 필요가 있다. 100미터 정도 앞두고 걷기로 했다.

"여기서 어떻게 돌아갈 생각이오?"

아사가오의 말에 알아서 가겠다 하고 헤어졌다. 둘 사이엔 인사다운 인사도 없었다.

천천히 건물로 다가선다. 다가갈수록 인기척이 없음을 확신할 수 있었다. 먼저 히요코 일행이 타고 온 차를 찾았지만 보이지 않았다. 주변에 그대로 세워놓았을 수도 있다는 생각에 여기저기 둘러봤지만 어디에도 없었다.

건물로 들어갔다. 잠겨 있지는 않았지만 자동문이 작동하지 않아 억지로 열어야 했다. 전기가 끊어져 앞을 분간하기 어려웠지만 그래도 스즈키는 나아갔다. 역시 사람은 없었다. 계단으로 5층까지 올라가는 동안에도 무섭지는 않았다. 반지를 찾아야 한다는 일념에 그런 걸 느낄 새도 없었다.

5층에 도착해서야 불을 켜고 조금 전 쓰러졌던 부근을 네 발로 기다시피 하며 찾았다. 쓰러져 있는 시체를 보곤 순간 식겁했지만 희한하게도 더 이상 무섭진 않았다. 혹시나 싶어 통로와 비상계단까지 훑었다. 숨만 찰 뿐, 반지 비슷한 것도 없었다. 떨어뜨렸다면 분명 이 부근일 거라는 생각에 엘리베이터까지의 경로도 왕복해보았지만 성과는 없었다. 점점 두통이 심해진다. 눈꺼풀도 무겁게 내려앉는다. 졸음이 쏟아지면서 자꾸 약한 마음이 들었지만 그때마다 자신을 채찍질했다. 반지가 어디 있는지는 몰라도, 여기서 잠들면 끝내 찾지 못할 거라는 사실은 안다.

이곳에 없다면 역시 건물 앞길인가 싶어 1층으로 향했다.

그리고 건물을 나섰을 때, 심상찮은 기운을 느꼈다. 압축된 공기가 온몸으로 밀려들었다.

처음에는 맞은편에 있는 새까만 삼나무 숲의 기운 때문인가 싶었는데, 곧 그게 아니라는 것을 알았다.

도로를 사이에 두고 남자가 서 있다. 거대한 우물 같은 어둡고 깊은 삼나무 숲을 배경으로 남자는 한 그루 거목처럼 서 있었다.

매미를 끌고 간 거구의 남자라는 것을 그제야 깨닫는다. 저 자가 몇 시간 전에 운전석 문을 열고 매미를 끌고 갔다.

그때부터 내내 숲속에 있었나? 매미는 보이지 않는다. 어쩌면 저 남자는 숲의 일부가 아닐까? 문득 그런 생각도 들었다. 저자는 숲의 촉수, 밖으로 뻗어 나와 매미와 벌레들을 잡아들이는지도 모른다.

남자가 차도로 내려선다.

스즈키는 그 위압감에 긴장한다. 움직일 수가 없다. 걸음을 내딛을 수도, 몸을 돌릴 수도 없다. 눈을 껌뻑이는 것조차 뜻대로 안 된다. 언제, 어디서 나타난 걸까?

남자가 한 걸음 내딛었다. 얼굴은 그림자로 절반 이상이 검게 그늘졌다. 표정을 읽을 수 없다고 생각한 순간, 귓가에 나직한 소리가 들렸다. 사람의 말소리인지, 바람의 속삭임인지, 자신의 옷깃이 스치는 소리인지 알 수가 없다.

"인간은 누구나 죽고 싶어 한다."

그렇게 들렸다.

또 한 걸음 남자가 다가섰을 때, 스즈키는 가슴에 압박감을 느꼈다. 모래주머니를 얹은 듯 답답했다. 음울한 생각이 온몸을 옭아맨다. 숨을 제대로 쉴 수 없다. 숨을 토해도 공기가 뭉치기만 할 뿐 빠져나가지 않는다.

혹시 내게 다가서는 저 남자가 내뿜는 기운 때문인가? 그런 생각을 하는 와중에도 점점 더 몽롱해졌다. 시커먼 감정이 스즈키의 몸속으로 퍼져 나갔다.

'영애'의 직원으로 일한 기억이 떠오른다. 길 가는 여자에게 말을 건다. 지방에서 막 상경한 듯 촌스러운 차림새의 여자를 불러 세운다. 여자는 불안해하면서도 어색한 미소를 띠고 카페까지 따라온다. 도시에 대한 동경과 새로운 삶에 대한 기대를 숨기지 못한다. 스즈키는 팸플릿을 펴고 샘플 분말을 꺼내 영업을 시작한다. 여자는 환한 표정으로 신청서를 받아 들고 돌아간다. 2주 후 그 길에서 다시 여자를 본다. 순박한 웃음은 온데간데없고, 눈 밑이 푹 꺼진 몰골로 유흥업소 삐끼에게 걸려든다. 걸음걸이는 비척거리고, 생기라곤 찾아볼 수 없다. 혹시 자신이 판 상품 때문에, 그 약물에 중독되어 저렇게 망가진 것은 아닐까?

스즈키는 곧 그런 생각을 부정했다. 여자의 몰골이 그런 것은 아마도 이 거리의 독기에 물들었기 때문일 것이다, 내가 하는 일과는 상관없다, 하고 자신을 설득했다. 그리고 다시 지나가는 여자를 불러 세웠다.

아내의 원수를 갚기 위해서는 어쩔 수 없다. 누가 뭐라고 한 것도 아닌데 스즈키는 열심히 변명했다. 이 회사에서 신용을 얻어 데라하라의 아들에게 접근해야 한다.

이기적이라고 생각하지 않나? 자신을 위해서라면 불법적인 회사에 취직해 나쁜 짓에 가담해도 괜찮다는 건가?

상관없다고 스즈키는 대답한다. 이건 선악의 문제가 아니라 내 개인의 문제다. 아내의 원수만 갚을 수 있다면 뭐든 가리지 않는다.

스즈키는 자신에게 변명하고 애써 긍정한다. 왜, 이렇게 덤벼드는 게 죄입니까? 가슴에서 목구멍으로, 머리와 내장으로 시커먼 연기가 퍼져 나간다.

그때 찌를 듯한 목소리가 날아들었다.

"복수, 복수, 하는데. 결국 그것조차 제대로 못했잖아."

굴욕적인 지적이 울린다. 누구의 입에서 나온 말인지 분명치 않지만, 스즈키에게 날아든 조롱인 것만은 틀림없다. 듣기 좋은 말은 아니나 틀린 말도 아니다. 정곡을 제대로 찔렀다.

스즈키는 눈앞에 두꺼운 천이 드리워진 기분이었다. 농담農談 없는 시꺼먼 천이 온몸을 뒤덮는다. 텅 빈 구멍을 바람이 훑고 지나가듯 황량한 소리가 몸속에서 메아리친다.

자신도 모르는 사이에 도로 쪽으로 발을 내딛는다. 동시에 오른편에서 작은 불빛이 보였다. 한 쌍의 헤드라이트가 비춘다. 이쪽을 향해 다가온다. 완벽한 타이밍이다. 스즈키는 한 발 두 발, 차도로 내려섰다. 머뭇거려선 안 된다. 얼른 뛰어들어야 한다. 조바심만 남았다. 당장 죽어야 한다.

어쩌면 아내도 이런 느낌이지 않았을까? 데라하라 아들이 탄 차가 돌진해 올 때 아내도 순간적으로 죽음을 바랐을지 모른다. 절망과 비참함으로 얼룩진 세상에 아내는 늘 예민하게 반응했다. 지금의 나처럼 당장 죽어야 한다고 마음을 정한 게 아닐까. 그랬다, 분명 그렇다. 그럼 나도 뒤따라가야 한다.

스즈키는 꿈을 꾸는 기분으로 가까이 다가서는 헤드라이트를 향해 걸음을 옮겼다. 차는 미니밴이었다.

뛰어들어야 한다. 스즈키는 각오를 다지고 아내도 분명 기뻐할 것이라고 믿는다. 오른발을 내딛는다. 지면에서 마지막 발을 떼려는데, 소리가 들렸다.

"멋대로 생각하지 마."

실제로 들린 소리는 아니다. 다만 죽은 아내가 스즈키의 귓가에 입을 대고는 "왜 내가 죽고 싶어 해야 되는데?"라고 말하며 특유의 귀여운 웃음소리를 냈다. 그렇게 들렸다.

깜짝 놀라 스즈키는 걸음을 멈췄다. 밴이 코앞을 스쳐 지나갔다. 엔진 소리도, 타이어 마찰음도, 스즈키에겐 들리지 않았다.

그리고 그 직후에 목격했다. 맞은편에서 도로로 내려서 있던 남자가 고꾸라지는 모습을. 긴 팔을 앞으로 뻗은 채 쓰러져 있다.

"아."

밴이 거구의 남자를 쳤다. 브레이크 밟는 소리와 남자의 몸이 밟히는 소리, 차체의 기계음과 운전사의 고함 소리, 그런 건 전혀 들리지 않았다. 박살 난 헤드라이트, 우그러진 보닛, 반대쪽으로 꺾인 남자의 팔과 납작해진 상반신, 그 모든 것이 슬로비디오로 보였다.

밴은 수십 미터를 더 달려 왼쪽으로 비스듬히 멈춰 섰다.

한동안 망연자실한 채 그 자리에 서 있었다. 잠시 후에야 움직일 수 있었다. 쓰러진 남자에게 다가갔다.

스즈키는 책 한 권이 떨어져 있는 것을 보았다. 몇 번이고 읽었는지 손때가 묻어 반질반질하다. 그것을 주우려는데, 반지가 눈에 띄었다. 어디선가 굴러온 모양이다. 얼른 주워 들고 자세히 들여다본다.

"봐. 있잖아."

아내의 목소리가 들린다.

스즈키는 아사가오를 찾아 이리저리 둘러본다. 남자가 차에 치인 건 누군가에게 떠밀려서 그렇게 된 게 아닐까 생각했다. 검은 삼나무만 할 말이 있는 듯 가지를 흔든다. 고요히 가라앉은 밤길에 피인지 자동차 기름인지 모를 액체가 길게 꼬리를 끌며 얼룩을 남긴다. 그것을 내려다보던 스즈키는 순간적으로 휘청한다. 피로와 안도감이 한꺼번에 몰려든다. 순간 무릎이 꺾인다. 퍼뜩 정신을 차렸을 때는 이미 아스팔트에 주저앉아 있었다. 머리에 둔통이 일고 얼굴 근육이 풀어진다. 눈꺼풀도 내려앉는다. 밤하늘의 군청색과 삼나무 숲의 검은빛이 엉키면서 차도의 무기질적인 회색과 합쳐진다 싶더니, 이제는 제몸이 아예 그 속에 녹아든다. 졸리다.

스즈키는 호텔 레스토랑에서 접시를 앞에 두고 있었다. 히로시마의 어느 호텔 최상층, 따사로운 아침 햇살이 들이치는 창가에 앉아 튀김을 입안 가득 밀어 넣는다. 우적우적 씹다가 삼킨다.

"와, 거참 엄청 담아 왔군."

그 소리에 고개를 드니 나이 지긋한 남자가 테이블 옆에 서 있었다. 처음 보는 사람이었다. 지나가다 눈에 띄어 말을 걸었을 것이다. 칭찬인지 비웃음인지 모르겠다.

"아주 넘치게 담았네. 역시 젊은 사람이라 다르구먼."

"그래서라기보다."

스즈키는 빙긋이 웃으며 대꾸했다.

"뷔페라는 건 일대일 승부잖습니까."

"응? 그건 또 무슨 소린가?"

"요리와 일대일로 대결을 해나가는 겁니다. 접시를 들고 요리 앞에 서서 이건 먹을 수 있나, 먹을 수 없나 물어보는 거죠."

"묻다니, 누구한테?"

"저한테요. 제게 물은 다음 먹을 만하다 싶으면 집어 듭니다. 그러다 양이 많아지든 말든, 그건 중요하지 않죠."

"아니, 그게 왜 안 중요해."

남자는 고르지 않은 이를 내보이며 웃었다. 그의 접시에는 된장국과 쌀밥, 연어구이만 얹혀 있었다.

"난 이 정도로 충분해."

뷔페를 무시하는 거냐고 말하고 싶었지만, 스즈키는 그저 싱긋 웃고는 음식을 먹기 시작했다. 고기에 친 식초 소스 냄새가 콧속으로 스며든다.

식사를 하면서 스즈키는 그건 대체 뭐였을까, 하고 반년 전 겨울에 있었던 일을 떠올려보았다.

데라하라 아들의 죽음으로 시작된 푸시맨 소동.

그날 스즈키는 시나가와역에서 정신을 차렸다. 상행선 승강장 벤치에 앉아 있었다. 잠에서 깨어 허둥지둥 주위를 둘러보았지만 특별히 이상한 점은 눈에 띄지 않았다. 거한을 들이받은 밴, 그 사고도 어떻게 됐는지 그 이후는 알 수 없었다. 그저 멍했다. 걸어서 역으로 왔는지, 차를 타고 왔는지도 기억나지 않았다.

이대로 집에 돌아가는 것은 경솔한 행동이다 싶어 일단 시내 호텔에 묵기로 했다. 자신이 어떤 상황에 놓여 있는지 도무지 알 수 없었기 때문이다.

오차노미즈에 있는 비즈니스호텔에서 한 달간 지냈다. 휴대 전화의 배터리가 나갔고, 당연히 히요코에게서도 연락은 없었다. 고지로한테 받은 장수하늘소 스티커를 찾아보았지만 그것도 보이지 않았다. 한 달 후 조심조심 집으로 돌아왔는데도 상황은 변함없었다. 당황스러웠지만 새로운 생활을 준비하기로 하고 겸사겸사 이런저런 소문을 모으던 중 '영애'가 사실상 소멸했다는 이야기도 들었다.

네토자와 파크타운에는 몇 달 전에 한 번 가봤다. 감과 기억만으로 비슷하게 생긴 주택가를 한 시간 가까이 배회했지만 결국 그 집은 찾아내지 못했다. 눈에 익은 집과 차도 보이지 않았다. 돌아오는 길에 혹시 곤충 스티커가 떨어져 있지는 않은지 주의 깊게 살펴봤지만 그마저도 없었다.

며칠 전 신문에 20대 여자가 지하철 선로로 뛰어들어 자살했다는 뉴스가 실렸다. 여자가 역 구내에서 묘한 언동을 반복했다는 내용으로 스포츠 신문에서는 나름 크게 기사를 다루었다. 스즈키는 그것이 히요코가 아닌가 싶었다. 현장 사진에 찍힌 하이힐도 히요코가 신고 다니던 것처럼 보였다. 물론 진상은 모른다.

유일하게 스즈키가 알고 있는 사실은 아내가 죽었고, 아내의 복수를 완수하지 못했다는 것뿐이다.

그 후로 몇 달 동안 우울하게 지냈다.

"당신, 왜 그렇게 축 처져 있어?"

아내가 꾸짖는 소리가 들렸지만 대꾸할 기력도 없었다. 집에 틀어박혀 바닥에서 올라오는 습기로 온몸에 곰팡이가 피어나기를 바라는 심정으로 하루하루를 보냈다.

이대로는 안 된다, 얼마 전 아주 사사로운 일을 계기로 결단을 내리자고 마음먹었다.

어쩌다 컨 텔레비전에 여러 마리의 개가 한데 모여 큰 그릇에 담긴 음식을 게걸스럽게 먹는 장면이 나왔다. 일사불란하게 먹어 치우는 그 모습을 뚫어지게 바라보다 순간 깨달았다.

당장 일어나 구직 정보지를 사러 밖으로 나갔다. 일을 해야겠다는 생각이 들었다. 정신없이 음식을 먹어대는 개들에게서 무조건적인 생의 의지를 보고 살아야겠다는 생각을 한 것이다.

결국 구한 일은 학원 강사 자리였다. 임시 계약직으로, 그다지 신뢰가 안 가는 분위기였지만 저항은 없었다. 신주쿠에서 조금 떨어진 뒷골목에 있는 보습 학원이었다.

그리고 출근 전날, 스즈키는 신칸센을 타고 히로시마로 왔다. 새 출발을 앞두고 아내와 처음 만난 호텔 레스토랑에 가보고 싶었다. 거기서 새 출발, 새 각오를 다지는 의식을 치른 다음 도쿄로 돌아와 그길로 첫 수업에 들어갈 예정이었다.

다음 날 아침 식사를 위해 점심부터 식사를 건너뛰었다. 허기를 참고 아내와의 추억을 떠올리며 몇 년 만에 원폭 돔을 둘러보고, 아침을 기다렸다.

그리고 지금, 수북한 접시를 눈앞에 두고 스즈키는 우적우적 맛이 있는지 없는지 음식을 씹어 삼키고 있다.

"무슨 도전이라도 하는 것 같군, 자네."

나이 지긋한 남자가 말한다.

"소화하는 겁니다."

스즈키는 스크램블드에그를 씹으며 대답했다.

"그야 뭐, 먹으면 소화가 되는 거 아닌가?"

"여러 가지를 소화하는 겁니다."

우선 죽은 아내를 소화하는 거다, 그렇게 마음먹었다.

"살려고요."

스즈키는 음식을 삼키고 나서 혼잣말처럼 말했다.

"그건 또 무슨 소린가?"

"이런저런 생각을 했거든요. 기왕 한 번 사는 건데, 죽은 듯 살아서야 되겠습니까. 그럼 집사람한테 미안하잖아요."

"결혼했나?"

"살기 위해서는 먹어야 하잖습니까. 그래서 많이 먹으려고요."

입안 가득 음식을 넣고 꼭꼭 씹은 다음 꿀꺽 삼킨다. 그 과정을 반복했다. 배가 부르다. 하지만 포기할 생각은 없었다.

살려면 많이 먹어야 한다.

그 말은 입안에 가득 든 음식 때문에 밖으로 나오지 않았다. 테이블 맞은편에 아내가 앉아 있는 것도 같다. 이쪽을 보며, 역시 음식이 산처럼 쌓인 접시를 앞에 둔 채 배를 감싸 쥐고 있다. 파랗게 질린 얼굴로 더 이상은 못 먹겠다며 쌕쌕 숨을 내쉰다.

나는 전부 먹을 거야. 살기 위해서. 스즈키는 그렇게 마음을
다진다. 두고 봐. 죽은 듯 살진 않을 테니까. 살아 있는 게 뭔지
보여줄 테니까.

"좋은 얘기긴 한데."

남자는 동정하듯 걱정스러운 표정을 지었다.

"그렇게 먹다간 오래 못 살 텐데."

그날 오후 신칸센을 타고 도쿄역으로 돌아온 스즈키는 쾌속
열차를 타기 위해 승강장에 서 있었다. 저녁 시간이라 승객이
꽤 있다. 허리가 굽은 노인도 있고, 머리를 염색한 남녀도 있
다. 다들 따분한 표정으로 가방을 들고 있다. 바닥에 눌어붙은
비둘기 똥이 흰 도료처럼 보인다.

염천을 코앞에 둔 7월 중순, 셔츠의 깃과 뒷목에 땀이 배어난
다. 지는 해가 남은 힘을 맹렬히 쏟아낸다. 방사라는 단어가 퍼
뜩 떠오르는 무분별한 쪼임이었다. 역 앞의 전력 회사 건물에
도 그 빛이 반사되고 있다.

스즈키의 정면에 선로가 있고, 그 앞은 하행선 승강장이다.
그쪽에도 사람들이 줄을 서 있다.

선로를 따라 좌우로 고개를 돌리다 왜 이렇게 열차가 안 오
나 싶어 오른쪽을 보았다. 천천히 건너편 승강장으로 시선을
돌린 순간, 저도 모르게 입 밖으로 소리가 터져 나왔다.

"아."

정면에 아이 둘이 서 있다. 똑같은 디자인에 색만 다른 티셔츠를 입고 있었다. 무릎까지 오는 바지가 앙증맞고 귀엽다.

그쪽에서도 스즈키를 보았는지 키 큰 아이가 손가락으로 이쪽을 가리켰다. 겐타로다. 옆에 서 있는 동생으로 보이는 꼬마도 생글거린다. 고지로였다.

스즈키는 절로 입이 벌어졌다. 동시에 가슴을 옥죄던 끈이 풀리는 것 같았다. 따뜻한 기운이 감돈다. 아, 있었구나. 자신도 모르게 입 밖으로 내뱉을 뻔했다. '역시 있었어.'

스미레는 보이지 않았다. 아사가오도 없다. 대신 두 아이의 뒤에는 낯선 안경잡이 남자가 서 있었다.

저 사람도 무언가 주어진 일을 하고 있는 걸까? '극단'이라는 그룹에 속해 살아가는 아이들의 새로운 보호자일까?

고지로는 옆구리에 커다란 앨범 같은 것을 끼고 있다. 곤충 스티커를 붙인 앨범일 것이다. 저게 고지로의 보물 1호라는 말은 거짓말이 아닐 것이다.

네가 준 스티커가 없어졌다고 말하고 싶었다. 그때 구내방송이 나왔다. 낮게 깔린 그 소리는 이번에 들어올 열차가 회송이라고 알렸다.

스즈키는 엷은 미소를 지으며 겐타로와 고지로를 보았다. 어떻게 하면 좋을지 생각나지 않는다. 아이들도 생글거리고만 있

다. 손을 흔들어야지, 생각하고 오른손을 들려는데 그때 왼편
에서 열차가 들어왔다. 건너편 승강장 앞을 쌩하니 지나간다.

강둑이 터져 탁류가 넘실거리듯 소란스러웠다. 눈앞을 쓸고
지나간다. 건너편 해안을 완전히 가렸다.

열차의 흐름이 좀체 끊기지 않아 스즈키는 초조해졌다. 이러
는 사이 겐타로와 고지로가 사라지면 어떡하나 불안했다.

마침내 열차의 마지막 차량이 지나갔지만, 동시에 오른편에
서 열차가 들어왔다. 이번엔 스즈키 앞을 지나간다.

주변의 경치를 단번에 휩쓸어버릴 기세로 열차가 달려간다.
쏴아아 흘러간다. 시야는 차단되고 굉음에 압도된다. 하지만
그 순간 스즈키는 소리를 들었다.

건너편 플랫폼에서 "바보 아니에요?" 하는 아이의 높은 목소
리가 들렸다. 어린애의 소리였지만 발음이 또렷했다. 열차 소
리에 묻혀서도 이쪽까지 전달됐다.

"바보 아니에요?"

다른 아이의 목소리가 들린다. 고지로다. 웬일이냐, 만날 개미
같은 소리로 속삭이듯 말하더니. 아이가 대견스럽고 기특하다.

선로를 넘어 아이들에게 가고 싶다.

지나가는 열차를 보며 스즈키는 아내에게 말한다.

"그 열차 그거, 되게 기네."

회송 열차는 아직도 지나가고 있다.

살인자의 죽음이 슬픈 이유

누가 현실 속 인물이고 누가 판타지 속 인물인지는 둘째 치고(어디가 현실이고 어디가 환상인지 누구도 단정할 수 없으므로), 작품 속엔 별난 킬러들이 등장한다.

먼저 푸시맨을 보면, 자기 합리화로 자신을 세뇌시킨 킬러다. 고래는 멸시와 핍박 속에서 어린 시절을 보내 어둠으로 속을 채운, 덩치가 산만 한 자살 유도 킬러다. 매미는 애당초 뿌리가 성치 않아 이리저리 휘둘리다 도덕도 인정도 경험해보지 못한 채 칼잡이로 자란 무차별 킬러다.

이들은 공고한 사회의 권력 구조 속에서 '하는 수밖에 없다'는 불문율, 다시 말해 억압과 통제, 조종에 의해 살인자가 되었다. 하지만 이런 합리화는 순간의 면피일 뿐, 그들은 마지막 순간까지 양심(망령의 목소리)의 질타에 시달려야 했다.

그들은 '살인'을 업으로 삼아 살아가지만 그들이 그 일을 통해 보람을 느끼고 그것을 내일의 동력으로 여겼는지, 그들의 바람은 무엇이었는지, 우린 묻지도 듣지도 않는다.

안락의자에 늘어져 손끝으로 사람 골을 쏙 빼놓는 사장들은 당연한 듯 고용인을 무시하고 막말을 하다 제 무덤을 판다. 갖고 놀던 인형이 독을 품는 걸 까맣게 모른다. 이들에게 살인을 의뢰하는 자들은 자기 손엔 피 한 방울 묻히지 않고 타인의 영혼을 좀먹는다. 권력자들은 무슨 짓을 해도 처벌받지 않는다.

작가는 이 작품에서도 기성세대와 정치가에 대한 불신을 내비치고, 그들의 비리를 들춘다. 파산한 은행에 막대한 세금을 쏟아붓는 행정, 적자를 내는 공사公社가 쓸데없는 건물을 무분별하게 신축하는 행태, 위정자들과 언더그라운드 업자 간의 은밀한 결탁 등. 현대 사회에서 흔히 보고 들을 수 있는 병폐로, 작가는 등장인물의 궤변 아닌 궤변을 통해 이런 현상을 은근히 비꼬고 독자들을 부추긴다.

"정치가들을 감시하라. 그러지 않으면 내일 당장 노래까지 빼앗긴다."

"한 그릇에 담긴 것들은 같이 썩는다는 말도 모르냐? 같은 사람이 계속 정권을 쥐고 있으면 썩기 마련이야. 어차피 그놈이 그놈이라면 더더욱 정기적으로 바꿔줘야지. 안 그럼 고인

물처럼 이끼가 끼고 썩어 들어가지 않겠냐고."

그러니 우리는 잭 크리스핀의 말대로 국민의 권리인 참정권을 올바로 행사해야 한다.

작가는 이 작품에 이야기 속 이야기 구성을 도입해 현실과 판타지의 경계를 모호하게 유도한다. 이런 기법은 작가의 기존 작품 가운데《오듀본의 기도》를 상당 부분 따르고 있다.《오듀본의 기도》는 작가의 데뷔작이자 이후 출간되는 여러 작품의 모태가 되는 작품으로《그래스호퍼》역시 그중 하나다. 현실과 판타지를 자유롭게 오가는 구성도 그렇고, 허수아비(오듀본의 기도)와 아사가오, 다나카(그래스호퍼)처럼 한 단계 높은 곳에서 모든 것을 달관한 듯 내려다보는 인물이 등장하는 것, 그리고 '신의 레시피' 운운하는 것도 같다. 현실 속을 긴장하며 달리다 '어!' 하며 멈춰 서고, 그러다 또 바삐 쫓아가게 되는 전개 방식이라고 할 수 있다.

아무 연관성도 없어 뵈는 인물과 사건이 이야기가 진행될수록 하나하나 이어지고, 완전하게 마무리되는 특징 또한 재현된다. '살인'을 업으로 삼은 것 외에 아무런 연관성도 없던 세 명의 킬러는 복수와 대결, 청산이라는 각자의 목적에 의해 먹이사슬을 이룬다.

고래는 자신을 죽이라는 사주를 받은 매미를 제거하고, 이

바닥에서 해방되기 위해 마지막 청산 대상인 푸시맨를 쫓는다. 매미는 고래를 죽이라는 지시를 받지만 푸시맨을 잡아 자신을 짓누르는 이와니시에게 실력을 인정받고 그의 그늘에서 벗어나고자 한다. 업계(?)의 미스터리 킬러인 푸시맨은 그 바닥 업자들의 대결 대상 일 순위로 극단의 의뢰를 받아 일하다 고래를 제거하게 된다.

인간으로 태어났지만 인간에게 학대받고, 인간을 증오하나 인간에게서 벗어나지 못하다 결국 인간에 의해 생을 마치는 그들. 결국 그들은 끝까지 인간의 굴레에서 이탈하지 못한다.

가도카와출판사와 작가의 인터뷰를 보니, 작품의 분위기와는 달리 꽤 희극적인 자세였기에 살짝 공유하고자 한다. 먼저 이 작품은 강자들의 대결 구도를 선호하고 손에 땀을 쥐는 결말을 좋아하는 작가의 취향이 동기가 됐단다. 프로페셔널 킬러들끼리 한판 붙으면 어떨까, 재밌겠다 싶어서 작품을 구상했다는 후문이다.

인물 설정을 보면 고래와 푸시맨은 처음부터 정해져 있었고, 매미를 처음엔 저격수로 하려다 너무 흔해서 칼잡이로 수정했다고 한다. 그 외에도 자동차로 치어 죽이는 '차치기'와 개를 이용해 물어 죽이는 살인자까지 다양한 후보자를 떠올렸다고 하니, 그의 독특한 발상에 감탄을 금할 수 없다. 여기서 한 가지,

이사카 고타로는 워낙 소설에 테마를 부여하는 걸 좋아하지 않는데 이 작품에는 특별히 세 가지 테마가 숨어 있다고 밝혔다.

첫째, 시골에 살자.

　개체가 밀집해 살면 초식 동물인 메뚜기조차 흉포해진다. 그러니 과밀화된 도시를 떠나 한가한 시골에 살 것을 권한다.

둘째, 투표를 하자.

　매미의 상사 이와니시는 잭 크리스핀을 들먹이며 국민의 자주적이고 적극적인 의사 표현 수단인 '투표권'을 행사하자고 주장하는데, 이는 기존 작품에서도 볼 수 있는 작가의 주된 테마다.

셋째, 바지락된장국은 맛있다.

　매미처럼 작가도 바지락 해감하는 과정을 즐겨 본단다. 이유는 산 것을 먹기 위해 죽인다는 점을 실감할 수 있어서. 무신경하게 배를 채우는 게 아니니까.

　'할 수밖에 없다'는 말이 등장인물에게는 무언의 강요로 작용하지만, 작가는 스즈키의 아내 입을 통해 또 다른 해석을 제시한다.

"태어났으니 사는 수밖에. 이런저런 궁리를 하고 필사적으로 머리를 쥐어짜는 건 인간의 몹쓸 면이야."

그리고 위에서도 말했듯 작가가 여러 작품을 통해 독자들에게 전하고자 한 메시지가 이 작품에도 숨어 있다.

일어나 행동하라. 죽은 듯 살지 말고.

개정판을 맞아 많은 문장이 다듬어지고 삭제, 수정되었다. 읽을 때 좀 더 경쾌하며 분위기는 긴박해졌다. 본래 작품에서 삭제된 문장 가운데서도 역자로서는 아깝다 생각한 대사들, 지문들이 많지만 그럼에도 작가의 의도를 곱씹어봤을 때 작품 속 메시지는 분명해진다.

이사카 고타로는 사람들과 나누고 싶은 주제가 많은 사람이며 그것을 작가로서 어떤 방식으로 표현할지 늘 궁리하는 사람이다. 매 작품마다 정치, 사회, 인간에 대한 문제와 자신의 의견을 때로는 비꼬아서 때로는 유머러스하게 표현해준다. 킬러들이라는 무겁고 어두운 주제를 택해 그 안에서 인간들 사이의 병폐를 이야기한 이번 작품도 마찬가지. 작가의 다른 작품들도 우리말로 옮기면서 이러한 의도를 살리려고 노력했고, 특히 등장인물들의 특징을 살려보고자 신경을 썼다.

작가가 주고픈 메시지가 너무 드러나지 않게 작품 속에 배어 있지만 주장이 되지 않도록 노력했다. 그럼에도 귓가를 맴도는 문장은 '죽은 듯 살지 마라.'였다. 내가 있는 곳이 현실인지 환상인지 정답은 없지만 그 어디든 마지못해 숨 쉬는 게 아닌, 산 사람답게 움직여야 하는 것은 정답인 것 같다. 물론 죽은 듯 사는 쪽을 선택하는 것도 인간으로서의 자유지만, 그 인간드라마의 상영 시간은 유한하고 너나없이 짧다.

늘 환상과 현실이 헷갈리도록 멋진 시간을 주는 작가에게 감사하고 다음을 고대하며, 책을 잡고 있는 동안 올곧이 고래가 되고 매미가 되고 푸시맨이 되어줄 독자 여러분께도 감사드린다. 마지막으로 믿고 맡겨주신 알에이치코리아 여러분께도 감사드린다.

코미디인가, 비극인가.
현실인가, 판타지인가.
당신은 유죄인가, 무죄인가.

2019년 개정판을 앞두고.
오유리

그래스호퍼 GRASSHOPPER

1판 1쇄 발행 2009년 12월 8일
2판 1쇄 인쇄 2019년 7월 25일
2판 1쇄 발행 2019년 8월 7일

지은이 이사카 고타로
옮긴이 오유리

발행인 양원석
본부장 김순미
편집장 김건희
책임편집 지소연
디자인 이혜경디자인
해외저작권 최푸름
제작 문태일, 안성현
영업마케팅 최창규, 김용환, 윤우성, 양정길, 이은혜, 신우섭, 조아라
　　　　　　김유정, 유가형, 임도진, 정문희, 신예은, 유수정

펴낸 곳 ㈜알에이치코리아
주소 서울시 금천구 가산디지털2로 53, 20층 (가산동, 한라시그마밸리)
편집문의 02-6443-8902   **구입문의** 02-6443-8838
홈페이지 http://rhk.co.kr
등록 2004년 1월 15일 제 2-3726호

ISBN 978-89-255-6467-8 (03830)